나도
짝을 찾고
싶다

일러두기

이 책은 저자가 천 일 동안 TV 프로그램 『짝』을 기획 연출하면서
가장 인상 깊었던 출연자들 이야기를 개인적인 관점에서 들려주는 것이다.

이 책에 나오는 인물의 연령과 직업은 방송 출연 당시를 기준으로 했다.

나도 『짝』을 찾고 싶다

남규홍 (SBS PD) 지음

예문사

이 글은 남규홍 피디가 애정촌을 꾸며 놓고

『짝』이라는 TV 프로그램을 천 일 동안 기획 연출하면서 느꼈던

남자와 여자 그리고 인간에 대한 감상이다.

리얼리티 프로그램
『짝』이 들려주는
애정촌 사람들 이야기

『짝』은 애정촌이라고 이름 지어진 공간에서 일주일 동안 생활하면서 남녀가 짝을 찾아가는 과정을 담은 리얼리티 TV 프로그램이다. 세상 모든 남녀가 만나 짝을 이루고 사는 과정은 그들만의 추억과 기억 속에서만 존재한다. 그것은 종종 부정확하고 때로는 지나치게 미화되거나 왜곡되기도 한다. 그러니 짝을 이루는 과정을 담아내는 다큐멘터리는 온통 말뿐인 허상인 것을 어찌할 것인가?

나는 사회의 축소판인 가상 세계를 만들어 껍데기는 걷어 내고 본질만으로 승부하면 된다고 보았다. 그래서 현실 세계에 없는 애정촌이라는 말을 만들고 애정촌의 기능을 선언하면서 애정촌이라는 공간을 창조했다. 그곳은 집안 문제, 직장일 등 복잡한 개인사는 잠시 잊고 오로지 애정 문제만 집중하자는 의도로 만들어졌다.

방법은 매우 간단하다. 간판을 달고 깃발을 세우는 순간 그 공간은 애정촌이 되고, 오로지 짝을 찾기 위해 존재하는 세계로 재탄생된다. 『짝』에서는 일체의 지명이 등장하지 않는다. 그것은 매우 혁명적인 발상이다. 서울, 부산, 대구, 대전, 광주 등 장소 명칭이 짝을 찾는 일과 무슨 상관이 있는가? 본질과 관련 없는 것은 불필요하다. 나는 짝을 찾는 출연자들의 이름도 모두 없앴다.

누구는 폭력이라고 했고
누구는 미친 짓이라고 했다.

출연자들은 이름 대신 번호로 불리며 번호가 적힌 똑같은 의상을 입는다. 그 황당한 시도 때문에 사람들은 놀랐고, 그 이유를 묻는다. 나는 대답한다. 지금까지 그 누구도 그렇게 하지 않았으니까.

짝을 찾는 데 남자와 여자라는 본질이 중요하지 이름은 장식품과 같고 쓸데없이 복잡하기만 하다. 단순화시키고 본질만 강조한 것이 남자1호, 여자1호라는 명칭이다. 사람을 이름 대신 호로 부르는 것은 프로그램의 차별화와 개성을 불어넣는 데 기여했다. 『짝』을 모르는 사람들도 『짝』이 남자1호, 여자1호라고 부르는 프로그램이라고 하면 금방 안다. TV를 보든, 촬영 장면을 구경하든 사람들은 옷만 보고도 『짝』이라는 것을 알아본다. 군인이 군복을 입는 것처럼 애정촌 구성원은 지정된 옷을 입기 때문이다. 동등하게 번호로 부르고 동일한 옷을 입는 순간 그들은 평등한 애정촌 사람이 된다.

그렇게 『짝』에는 아무도 시도하지 않았던 독특한 형식들이 존재한다.

그러나 내용의 진정성을 담보하지 못하면 형식의 새로움은 무의미하다.『짝』은 리얼리티 프로그램이니만큼 제작진의 간섭이나 개입을 최소화하기 위한 장치가 필요했다. 그래서 애정촌 12강령을 만들고 구성원의 자치에 운영을 맡겼다. 또한 촬영 기간은 6박 7일로 정했다. 한나절 녹화나 1박 2일 촬영 관행에 비하면 그야말로 파격적인 행보다. 애정촌의 일주일은 사회에서라면 한두 해 정도는 족히 걸릴 남녀의 애정생활을 고농도로 압축하여 고속 촬영으로 보여 준다. 애정촌에서 울고불고하는 감정의 카타르시스는 일주일 공동생활에서 오는 진정성 때문이다. 생활을 보면 사람이 보인다. 결혼을 위해 짝을 찾을 때 사람을 제대로 보는 것은 가장 중요한 요소다.

진실한 사랑을 찾아
인간 본연의 모습이 자연스럽게 펼쳐지는 곳,
그곳이 애정촌이다.

『짝』에는 그 유명한 '도시락 선택'이 있다. 호감이 가는 사람과 함께 도시락 식사를 한다는 그 아이디어는 『짝』을 일으켰고 번성시켰다. 사회

에서 밥을 먹으며 정치를 하고 친목을 다지며 생존을 하는 방식과 애정
촌에서 밥을 먹는 것은 비슷하다. 사랑은 목숨과 같다는 의미에서 한 잔
의 커피가 아닌 밥 한 덩어리가 더 소중했다. 그 사이 많은 사람이 이른
바 '의자왕', '의자녀'가 되어 으스댔고 누군가는 쓸쓸하게 혼자 밥을 먹
었다. 그들은 밥을 먹으면서 무엇을 생각했을까? 나하고 밥을 먹어 주
는 한 사람의 존재가 얼마나 소중한지 느끼지 않았을까?

그렇게 애정촌에서 사람들은 사랑을 배우고 인생을 알아 갔다. 그들은
정말 애정촌에서 사랑을 했을까? 울고 웃었던 애정촌의 미스터리는 무
엇 때문이었을까? 그곳에 가 보면 저절로 알게 된다. 애정촌은 단순한
짝짓기를 위해서 존재하는 것이 아니다. 자기 자신이 누구인지 깨닫는
것이 더 큰 기쁨이다.

> 다양한 인간 군상이 사랑을 하고
> 짝을 찾아가는 애정촌에서
> 누구는 환상을 보았고 누구는 진실을 보았다.

그것이 인간이고 자신의 얼굴이고 당신의 모습이다. 애정촌의 시스템은 사랑을 주제로 인간을 보여 주는 좋은 창구가 되었다. 남녀의 애정 문제에 관심 많은 사람에게 『짝』은 뜨거운 애증의 대상이었고 사랑에 서투른 그 누군가에게는 사랑의 교본으로 작동하기도 했다.

온몸이 부서지도록 오로지 『짝』 제작에만 매달렸지만 순수함과 진정성에 대한 대중의 의혹은 여전히 매서웠고 프로그램은 하루도 바람 잘 날이 없었다. 그러나 누군가는 의심을 하고 헛소문을 믿을 때 누군가는 몸소 맛을 보고 명약의 비밀을 알아 간다. 그들을 대표하여 나는 애정촌이 보여 주는 진심을 한 치의 거짓도 없이 정직하게 고할 것이다.

애정촌에서 천 일 동안 펼쳐진 수백 가지 러브 스토리와 다양한 삶의 모습들 그리고 인간의 내면까지 하고 싶은 말은 끝없이 샘처럼 솟아날 것이다. 사랑을 통해 본 남자와 여자 그리고 인간에 대한 감상을 말하다 보면 『짝』이란 프로그램이 눈물겹도록 그리워질 것 같다.

1부

마음이
흔들리는
순간

여자는
갈대,

남자도
갈대

애정촌 59기
양양 편

남자의 마음은 갈대
오늘도
저울과 자를 가지고 살지요

누구나 사랑의 시작은

황홀하다

모두가 있는 자리에서 남자는 말했다.

> "저는 순애보예요. 한 여자만 봐요. 제가 사랑을 하면
> 그 여자한테 모든 걸 다 바치는 스타일입니다."

남자7호(29세/회사원)

남자라면 직감적으로 안다. 이 말은 지킬 수 없으며, 다분히 허세가 가미되어 있다는 것을 ……. 여자라면 듣고 싶은 대로 감정도 기울고 믿음도 강화된다. 다소 허세가 있을지라도 그 정도는 충분히 용서 가능하다는 입장이다. 하물며 남자가 자신을 향해 마음을 열고 있다면 순정파 남자의 공주가 될 수 있는 좋은 기회다. 그러니 여자는 눈을 깜빡이며 그 순간을 기다릴 수도 있다.

예상한 대로 그 남자는 한 여자만 바라보지 않는다. 오늘도 헷갈리고 내일도 헷갈리고 그렇게 애정촌에서 오락가락한다. 한 여자만 바라본다는 순애보 남자의 행동으로는 언행불일치다. 그러나 두 여자가 눈에 들어와 그 매력 때문에 어쩔 수 없다는 남자의 마음도 이해는 된다. 불행인지 운명인지 두 여자가 모두 순정파 남자에게 호감을 보이면서 그의 갈팡질팡 행보에 단초를 제공한다.

여자가 남몰래 거미줄을 치면 남자는 그물에 걸려들곤 웃

는다. 그러면서 험난한 감정 회로를 여행하며 사랑을 했노라고 큰소리친다. 졸졸졸 시냇물이 장강이 되어 바다로 가면 더 이상 버들잎 노랫소리도 복사꽃 물빛 추억도 생각나지 않으리라. 누구나 사랑의 시작은 황홀하고 어리석은 맹세에서 시작한다. 잘 들어 보면 모든 말은 부정이 아닌 긍정으로 기울어 있다.

남자7호 :

여자4호 님이랑 신기하다. 우연히 잘 만나네요.
우연히 …….

여자4호 :

남자들 얼굴이 감자 고구마 호박, 감자 고구마 호박 …….

남자7호 :

못생겼다고요?

여자4호 :

아니요. (느낌 때문에) 분간이 안 가는 거예요.

남자7호 :

다 비슷비슷하게 생겼다고 …… 표현이 독특하네요.
오늘 옷 예쁘게 잘 입었어요.

여자4호 :

그래요?

남자7호 :

여자4호 님은 예뻐서 남동생도 잘생겼을 것 같은데 ······.

여자4호 :

어떡해! 아침부터 남자7호 님 제정신에 이런 말을 해.

그런데 이번에는 남자가 다른 여자와 만나 저울과 자를 가지고 그녀를 재 본다. 이 여자인가? 저 여자인가? 마음은 일단 두 여자를 다 갖고 말았다. 그런데 '도시락 선택'을 앞두고 여자1호는 비밀을 말했다.

여자1호 :

난 '도시락 선택' 하면 남자7호! 말하면 안 되는데 ······.

남자7호 :

저는 한 여자만 바라보는 사랑을 해요. 그 여자가
제일 예뻐요. 이 세상에서 ······.

여자가 비밀을 말하면 남자는 비밀을 소유한 죄로 그녀를 놓지 못한다. 자기를 선택하겠다는 여자1호의 말을 듣는 바람에 남자는 첫 '도시락 선택'에서 그녀를 선택하고 말았다. 순간 여자4호의 낯빛이 차가워졌다. 마음의 죄책감 때문에 남자는 밥맛을 잃고 웃음을 잊었다. 그만큼 남자는 두 여자 사이에서 안쓰러울 정도로 많이 흔들렸다. 그것은 애초 남자의 순애보 발언만 없었어도 충분히 있음 직한 일이었다.

예전에 술 먹으면 안 취한다는 발언을 넘어 한 번도 취해 본적이 없다고 호언장담했던 남자가 있었다. 세 여자에게 '도시락 선택'을 받자 기분이 좋아졌는지 남자는 그날 밤 술을 좀 세게 마셨다. 그리고 그 남자는 호언장담과는 달리 가장 빨리 가장 심하게 취하고 말았다. 물론 방송은 취기를 담는 수준 정도였지만 현실은 상상하던 그대로였다. 남자는 취해 해변의 벤치에 길게 누워 길게 잠을 잤다. 그러니 남자의 허세는 믿을 것이 못 된다. 절대 그렇지 않다는 말은 대부분 그렇다는 것이 입증되면서 종료된다.

애정촌에서 참을 수 없을 만큼 가벼운 남자의 말과 행동을 종종 목격한다. 7일 천하에서 이성의 마음을 확인하고 싶어 안절 부절못하는 남녀를 종종 본다. 그들의 마음은 대부분 '내가 좋다면 너도 좋아해야 한다'보다는 '네가 좋아하면 나도 좋아하겠다'는 안정 추구형 심리 보험을 든 채 불안을 달랜다. 그렇게 한들 뭘 얻겠냐마는 그것이 마음이 편한 모양이다.

남녀평등이 대세가 되어 가는 지금 사랑을 담보로 한 거래도 평등해져 간다. 순애보 행동은 점점 보기 힘들고 말만 그런 경우가 흔하다. 사랑도 경제처럼 시시콜콜 따지고 소비하고 투자하고 손익 계산을 한다. 그러니 상대의 마음을 확인하는 것은 전쟁에서 최고급 고성능 무기를 구입하는 것과 마찬가지로 심리적 안정을 가져다 줄 수도 있다. 여자의 마음을 알려 주는 것이 당연하다며 제작 진에게 협박성으로 거칠게 항의했던 남자도 있었다. 그 모든 진실을 말할 수는 없지만 미루어 짐작해 보면 상상 외의 일들이 종종 일어난다. 인간은 겉으로 보이는 것이 전부가 아니다. '위기의 순간'에 인간의 본성은 믿을 수 없을 만큼 정확하게 진실을 보여 준다. 실망과 분노를 넘어 연민과 안타까움으로 감정의 쌍곡선을 넘나들다 보면 자연스럽게 사람의 민낯을 마주치게 된다.

방송이니까 내보낼 수 없었던 불발탄들이 많다. 인간적인 허물을 사랑이라는 포장지로 감히 감쌀 수 없어 안타까웠던 순간들도 있다. 그런 모든 것은 사랑이라는 인간의 감정에서 나온 상처와 멍들이었다. 사랑이라는 이름으로 사람 사이에 생긴 치욕과 굴욕의 역사는 조용히 묻어 두었다. 인간이란 그럴 수 있다. 맹자, 공자, 예수, 석가모니조차 그 상황이라면 짐승처럼 물었을지도 모른다. 하물며 우리는 약하고 불완전한 인간이다. 치명적인 약점과 부끄러움을 굳이 부각하여 출연자의 불만을 사는 것은 어리석다. 꽃이 아름답지 않으면 꽃구경을 갈 일도 없다.

출연자의 명예와 자존심을 살려 주는 것이 애정촌장의 제일가는 덕목이다. 나는 애정촌 구성원에게 함부로 대할 수 없다. 그렇다고 권위를 팽개친 채 아부를 할 수도 없는 노릇이다. 살아남는 방법은 단 하나, 최대한 공정하고 옳은 방송을 하는 것뿐이다. 소신과 원칙을 강조하며 정직한 방송을 하면 누구나 이해할 것이고, 불평불만을 공식적으로 제기하는 것도 어려울 것이다. 우연한 실수, 변칙적인 일회용 행동들은 편집에서 삭제하는 것이 원칙이다. 그것이 그 사람의 본질을 나타내지 못하기 때문이다. 본질은 거짓과 진실을 구별 짓는다.

여기 여자 앞에서 갈팡질팡하며 혼란스러운 마음이 드러나는 남자를 보여 주는 것은 그것이 내 모습과 다를 바 없고 대다수 남자들의 본질과 그게 차이가 나지 않는다고 판단했기 때문이다. 흔들리는 동안은 저울의 눈금을 읽을 수가 없다. 마음이 흔들리는 순간은 어느 것이 진심인지 자신조차도 모른다. 남자7호는 그 마음을 알기 위해 이 여자 저 여자 왔다 갔다 하고 있는 것이 아닐까. 가슴이 시키는 대로 말이다.

가슴이
시키는 대로
하라

'약한 자여! 그대 이름은 여자 그리고 남자!'

시대가 바뀌니 여자만 약하다고 보는 것만큼 아둔한 것도 없다. 사랑에서 굳이 강약을 논하자면 더 많이 좋아하는 자가 약자가 된다. 그러니 애정촌에는 밤마다 사랑의 세레나데가 넘쳐흐른다. 좋아하는 그녀를 위해서라면 음치라도 용기를 내어 노래를 선물하는 일은 흔했다. 정말로 예쁜 그녀가 만든 똥이 변기를 막더라도 손을 집어넣어 뚫을 수 있는 것이 사랑이다. 실제 그랬고 남자는 하트 눈이 된 여자를 하트 눈이 되어 바라보았다. 생활의 불편함은 사랑으로 승화하고 남자들은 적극적으로 문제 해결에 나서라는 애정촌의 강령이 효력을 발휘하는 순간이다.

　　그렇게 애정촌의 마법이 본격적으로 작동하는 것은 일주일의 중간쯤 왔을 때다. 체면과 가식이 더 이상 자신을 감출 수 없고 민낯이 좀처럼 부끄럽지 않은 순간이 고개를 들이밀 때면 남녀는 또 다른 세상의 자신과 만난다. 그때쯤이면 애정촌은 본격적인 리얼 수목 드라마가 펼쳐진다. 남녀는 서로 새로운 매력을 발견하고 정이 들고 감정이 끓어오르니 그야말로 요원지화(搖原芝火)! 누구도 막을 수가 없다.

> 이틀만 더 가을의 햇빛을 주신다면
> 과실은 더 맛나게 익어 갈 것이고
> 조금만 더 일찍 마음을 보여 준다면
> 진심은 더 진하게 녹아 갈 것이니
> 그대들이여! 표·현·하·라!

남녀는 상대방의 마음을 모르니 수시로 애정촌 앞을 거닐며 서로의 마음을 탐하고 있다. 남자는 누군가를 불러내고 또 불러내고 있고, 여자는 무언가를 고대하고 또 고대하고 있다. 그곳에서 여자나 남자는 모두 마음 약한 갈대다. 그렇게 조그만 바람에도 쉽게 흔들리는 애정촌에서 사랑을 찾고 사람의 마음을 얻는 가장 좋은 방법은 진심을 보여 주는 것이다. 애정촌이 세상에 나온 지 어언 천 일, 가슴이 시키는 대로 하면 인생 후회는 없다는 것을 나는 믿는다.

마지막까지 힘껏 최선을 다하고 떠나는 사람의 뒷모습은 아름답다. 출연자의 진정성을 높이 사는 이유는 그 사람이 애정촌의 주인공이고 인생의 주인이기 때문이다. 애정촌은 어찌 보면 축구와도 같다. 애정촌에서 갈팡질팡하는 남자의 모습은 이리저리 패스하며 골을 향해 돌진하는 과정과 닮았다. 인생도 먼 길을 돌아 헤매다 보면 지름길을 찾을 수 있다. 남자7호도 오락가락 헤매고 나서야 비로소 자신의 마음을 제대로 알게 되었다.

"아까 여자1호와 데이트를 갔다 왔지만 제가 정말 마음에 두고 있는 사람은 여자4호인 것 같네요. 여자1호한테 다시 집중을 하고 싶어도 다시 여자4호한테 흔들리고 …….
이런 흔들리는 모습이 저도 이해가 안 가는데, 근본적인
이유는 여자4호한테 느꼈던 매력이 더 컸던 거 같아요.
여자4호는 특이해요. 자유로운 영혼이랄까 …….
다른 여자들과 좀 달라요."

남자7호(29세/회사원)

남자는 자신과 닮은 여자를 편안하게 생각하고 호감을 느낀다. 그리고 자신과 많이 다른 여자를 호기심에 이끌려 좋아한다. 그래서 연인들을 보면 무척 닮았거나 혹은 지나치게 다른 경우가 종종 있다. 여자1호가 편안하고 가정적인 여자라면 여자4호는 특이하고 자유로운 영혼을 가진 그런 여자다. 결국 남자7호의 마음은 여자4호에게 점점 기울어 가고 있었다.

> 유혹하는 남자를 믿느냐 마느냐는
> 여자들의 영원한 고민.
>
> 알랭 드 보통

부딪쳐 보기 전에는 세상도 사람도 사랑도 알 수 없다. 파도도 바위덩어리에 힘껏 부딪쳐 봐야 파도의 크기를 가늠하기 쉽다. 오늘 또 힘껏 부딪치고 보니 여자4호의 가슴이 아파 온다. 믿었던 남자7호가 오늘 '도시락 선택'에서 그녀를 또다시 외면했다. 아주 사소한 사건이 발단이 되었고 남자는 연적인 여자1호에게 또 갔다. 하지만 남자는 여자4호 때문에 행복하지 않았고 그런 남자를 보면서 여자1호도 그 남자를 놓아 줄 시간이 되었다고 생각했다. 남자

7호가 오지 않아 역시 여자4호의 표정은 좋지 않았다. 데이트권을 따 서로를 행복하게 해 주자는 지난밤의 맹세는 또 부질없이 부서지고 말았다.

미스터리하게도 인생은 똑같은 일이 연속적으로 되풀이되어 일어난다. 첫 번째 '도시락 선택' 때도 남자의 배신이 있었다. 그때 남자7호는 여자4호의 믿음과 달리 그녀에게 오지 않았다. 프로 경륜 선수 남자1호만 여자4호에게 왔다. 남자1호는 순진하게도 '네 마음을 보여 줘!'라며 끊임없이 여자의 마음을 물었다. 남자는 확인하고 싶어 했고 여자는 묻어 두고 싶어 했다. 여자의 비밀을 함부로 헤집어 놓으면 남자는 다친다. 좋은 사람들이 만났지만 둘은 전혀 통하지 않았다. 두 남녀는 끝까지 평행선만 달렸다. 레일이 끊기면 기차는 달릴 수 없다. 결국 남자1호는 스스로 여자4호를 떠나갔다.

　　오늘 두 번째 '도시락 선택'에서 믿었던 남자7호는 안 오고 남자6호가 새로이 여자4호에게 왔다. 그 남자도 두 여자 사이에서 갈등하다 여자4호를 선택했다. 남자의 마음은 갈대. 그 남자도 저울과 자를 가지고 그 여자를 재고 있었으리라. 결과적으로 마음과는 달리 여자4호를 선택하지 않은 남자7호는 답답하고 초조했다. 그녀가 저만치 달아났으니 남자는 그만큼 또 쫓아가지 않을 수 없다.

여자4호 :

　첫 번째 '도시락 선택' 때도 두 번째 '도시락 선택' 때도 아무튼 남자7호 님은 나한테 안 왔잖아. 그럼 난 끝이야. 나에게 어떤 여지를 준 적도 없어.

남자7호 :

…….

여자4호 :

더 마음이 가는 사람에게 가.

남자7호 :

너야, 그건 솔직히.

여자4호 :

하지만 선택이 그렇지 않았잖아.

남자7호 :

그건 오해야.

여자4호 :

오해였든 어쨌든 선택은 그렇지 않았잖아. 아무튼 이렇게
됐어. 옛날에 남자 친구가 바람피워 헤어졌을 때 오 년을
못 잊었을 때 그 기분을 지금 비슷하게 느끼고 있어. 그게
너무 싫어. 그 트라우마가 다시 떠오르는 게, 그런 과거를
떠올리게 하는 널 용서할 수 없어. 그래서 받아들일 수
없어. 미안해.

그날 '도시락 선택'을 하기 전 그녀가 다른 남자와 저녁 내기 배드
민턴 치는 것을 남자는 질투했다. 남들이 보기엔 대수롭지 않은 일
도 당사자들은 심각한 법이다. 커뮤니케이션의 부재가 오해를 낳
고 결국 일을 그르쳤다. 그 남자와 배드민턴만 안 쳤어도, 그녀가

지나치게 기쁜 표정으로 치지만 않았어도 '도시락 선택'의 결과는 달라졌을지 모른다. 남자는 심각했고 여자는 단호했다.

> "이렇게 표현하면 그렇지만 세컨드 같은 느낌. 저는 그걸
> 참을 수가 없어요. 지금까지 그런 상처 때문에 연애 못한
> 건데 어떻게 내 인생에 이런 기분을 또 들게 할 수 있는지."
>
> 여자4호(29세/회사원)

백 마디 말로 나눈 굳센 맹세보다 행동이 중요하다. '도시락 선택'에서 두 번이나 자신을 외면한 남자7호의 배신으로 여자는 갈등의 정점에 있었다. 그 결정적인 순간, 연적 남자6호는 기습 공격처럼 프러포즈를 했고 여자는 울고 말았다. 애정촌에서 여자가 운다는 것은 남자에 대한 미안함과 고마움 때문이다. 남자의 마음은 애정으로 충만한데 여자의 마음은 다른 남자 때문에 혼란스럽다는 것을 눈물이 말하고 있다.

> "남자6호는 진짜 좋은 사람이고 …… 왜 그렇게 좋은 면을
> 많이 보고 말았는지 모를 정도로 ……. 근데 안 설레요.
> 남자7호는 진짜 생각해 보면 단점밖에 안 보이거든요.
> 근데 모르겠어요. 그냥 끌려요."
>
> 여자4호(29세/회사원)

추락하는 것은
삶의 일부다.
다시 올라가는 것이
삶이다

불완전하니까 인간이다. 허술하고 허전하고 모자라는 것을 채워 주는 것이 짝의 기쁨이다. 좋은 남자지만 설레지 않는다. 불완전하지만 설렌다. 결국 진자처럼 오고 간 남녀의 마음이 약이 되고 답을 주었다. 사랑의 크기를 재는 방법은 잠시 그 사람을 떠나 보는 것이다. 사라지고 나면 그 사람의 빈자리를 느낄 수 있다. 그 빈자리는 또 누군가가 채우기 마련이다. 다른 남자의 대시를 지켜본 남자의 마음은 불안해진다. 초조하고 답답한 남자는 또 다시 여자를 불러낸다. 아 …… 확인하고픈 남녀의 마음. 애정촌에서 끝까지 남녀는 서로의 마음을 탐하는구나.

내 마음은 어디로 가고 있는가? 그녀의 마음은 어디에 있는가? 도대체 얼마나 오락가락하는지 그 시선으로 지켜보니 남자의 마음은 매일 매 순간 요동을 쳤다. 불러내고 또 불러내는 남자라고 생각하면서 보니 여자를 일곱 번 불러낸 것이 보였다. 밤낮으로 조용히 진행된 남자의 작업 과정을 유심히 보지 않으면 그 특성과 캐릭터를 잡아내기 쉽지 않다. 조용하고 차분한 사람들은 공동생활에서 유난히 몸짓이 뚜렷하고 목소리가 큰 사람들에게 묻히기 십상이다. 그렇기 때문에 객관적인 거리와 시선을 유지하지 않으면 그 사람의 행동과 심리는 눈에 잘 들어오지 않는다.

　　홍대 거리를 오가는 수많은 남녀의 모습은 그냥 무심히 지켜보면 인파 속 사람의 무리일 뿐이다. 그런데 유독 빨간 옷을 입은 한 남자의 행동만 집중해서 계속 지켜보면 그 남자가 홍대 발바리인지, 천사의 왼팔인지 알 수 있다. 그러니 사람을 알아 가려면 종으로 횡으로 그 사람의 행동을 살펴보고 섬세한 떨림조차 지나치지 않는 그런 노력과 정성이 필요하다.

애정을 가지고 집중 관찰하면 누구나 애정촌의 주인공이 될 수 있다. 남자7호도 그랬다. 촬영 기간 내내 그의 존재는 그렇게 대단하지 않았다. 남자7호의 행동을 집대성하고 보니 그는 우리 사회에서 흔히 볼 수 있는 소심하고 인간적인 남자의 전형적인 모습이었다. 그러니 말은 순정파지만 행동은 두 여자 사이에서 오락가락하는 남자를 뭐라 할 수는 없다. 나도 그렇고 당신도 그렇고 남자라면 거의 다 그렇다고 봐도 무방하다. 애정촌 59기 일곱 명의 남자들 역시 예외 없이 두 여자 사이에서 갈등하고 갈팡질팡했다. 단 한 명도 일관되게 한 여자를 고집한 순정파 남자는 없었다.

　　　그런 상황에서 순정파라 고백하고 갈등의 정점을 보여 주었던 남자7호의 모습은 차라리 인간적이다. 충분히 그럴 수 있는 곳이 우리가 사는 사회고, 단지 애정촌은 그 밀도가 조금 더 강한 것뿐이다. 그들뿐만 아니라 애정촌에 왔던 거의 모든 남자들이 그런 모습을 보였다. 우유부단하고 불완전하고 갈팡질팡하는 모습에서 동질감을 느끼며 그들을 응원한다. 내 안에 네가 있고 너에게서 나를 본다. 본질에 충실하고 감정에 솔직하다는 이유로 나는 당신을 무한 시샘한다. 결국 남자7호는 충분한 진자 운동을 통해 자신을 알아 갔고 자기 마음을 확인했고 짝을 얻게 되었다.

흔히 여자의 마음을 갈대라 표현한다. 그러나 흔들리는 마음이 여자만의 특성일 리는 없다. 남자의 마음도 갈대처럼 흔들릴 수 있는 것이고 그것은 상황과 인물에 따라 정도 차이만 있을 뿐이다. 그러니 남자의 마음이 쉽게 변한다고 부끄러워할 필요는 전혀 없다. 남자의 마음은 갈대니까 여자 앞에서 사나이 맹세도 언약도 쉽게 물거품이 되고 정신없이 휘청거리는 것이다. 바람이 부는 쪽으로 갈대는 흔들리고 바람보다 빨리 갈대는 눕는다. 자연의 이치대로 바람도 불고 인생도 간다.

사람이 변하면 사랑도 변한다. 그것이 내 탓이고 네 탓이고 내 마음이고 네 마음이다. 누구나 다 사람들은 저울과 자를 가지고 사람을 평가하고 선호를 결정한다. 때로는 그 저울과 자를 가지고 자기 기준에 미달되는 사람을 가차 없이 내쳐 버린다. 그러한 인간의 냉정함이 자신의 본성 안에 조용히 숨어 있다. 그러니 자기가 좋아하는 저 사람이 마음속에 감추고 있는 저울과 자를 언제 꺼내 들지 누가 알겠는가.

사랑을 찾는
그대가
알아야
할 것

애정촌 57기
불개미 편

누군가가 떠나면 누군가가 온다
그 누군가가 중요하다

남자 여자가 만나면 반드시 무슨 일이 일어난다. 그래서 인간은 때로는 위대하고 때로는 치사하고 때로는 장엄하고 때로는 비루하다. 그때 인간은 남자 여자로 철저하게 분리되어 온갖 선입관과 편견이 작용하고 신경계는 본능과 이성 사이를 숨 가쁘게 오간다. 애정촌의 첫 만남은 그렇게 장엄한 종교 의식처럼 그들을 지배한다. 꿈을 꾸고 흥분과 설렘을 안고 애정촌으로 오는 길은 온통 꽃밭이었으리라. 남녀는 모두 인생에서 가장 힘주어 꽃단장을 하고 길을 나섰으리라. 그곳에 가면 운명의 상대를 만나 영화처럼 멋진 사랑을 할지 모른다는 희망으로 그들의 표정은 늘 상기되어 있다.

나이와 직업 등 신상 정보를 전혀 모르는 상황에서 남자들은 본능적으로 기 싸움을 한다. 가벼운 농담과 수다가 오고가는 사이에도 그들의 신경은 온통 누가 오는가에만 집중하고 있다. 마침내 여자들이 존재를 드러내는 순간 남자들의 촉수는 일제히 여자를 겨냥해 뻗어 간다. 어색하고 서먹하지만 팽팽한 긴장감으로 애정촌은 달아오른다. 일체의 정보 없이 본능에 의해 탐색한 감정이 더 정직할 수 있다. 그들은 저울과 자를 가지고 남자를, 여자를 재 보느라 분주하다. 인물을 볼 것이고 패션을 가늠할 것이고 타고 온 자동차를 눈여겨볼 것이다.

그 직설적이고 강렬한 첫 만남의 순간이 지나면 그들의 감정은 감쪽같이 위장된다. 그러나 본능과 본성에 충실한 남녀는 감추려 애를 써도 다 보이고 만다. 좋은 것은 더 좋아 보이고 싫은 것은 더욱 싫어지는 것이다. 오늘 첫 만남이 좋았다면 내일 그 사람이 이유 없이 더 좋아질 수 있다.

애정촌 첫날부터 분위기를 주도하는 남자가 있다. 명문대 의대를 졸업한 남자3호다. 편안하고 쾌활하고 소박하고 활달하고 넉살 좋은 성격 그대로 어색한 첫날 남녀를 통틀어 가장 활발하게 움직였다. 배고픔을 느끼는 시간쯤 초콜릿을 여자들에게 주었고 여자들의 직업을 예상하면서는 립 서비스도 잊지 않았다. 무용학 박사에게는 미인 대회 출신이라며 치켜세웠고 성악 전공 대학원생은 음악하는 사람이라며 얼렁뚱땅 직업을 알아맞혔다. 듣기 좋은 말로 여자의 귀를 간질이는 남자의 넉살에 여자들은 까르르 웃고 있다. 군인이 경계심을 풀고 총을 내려놓으면 평화가 찾아온다. 남녀가 경계심을 풀고 웃음을 나누고 나면 사랑은 용이해진다. 한 남자 때문에 여자들이 웃고 있다.

　　　첫 저녁 식사를 위해 남녀가 모두 식탁 앞에 모였다. 함께 밥을 나누어 먹는다는 것이 식구다. 이 식탁 덕분에 그들은 더욱 친밀해지고 다정해질 것이다. 그들의 첫 식사는 예외적으로 삼겹살이 아닌 치킨이다. 불 피우고 삼겹살 구워 한잔 건배사를 외치는 것이 애정촌 첫날의 익숙한 풍경이었다. 그런데 그들은 그 번거로운 절차를 생략하고 간단히 치킨으로 해결하고 있다. 열두 명의 남녀가 그렇게 웃고 떠들며 치맥을 즐기는 와중에 남자3호의 손이 조용히 뭔가를 만들고 있다. 옆자리 앉은 성악 하는 여자를 위해 종이로 젓가락받침을 만들어 준 것이다. 그 작은 호의가 여자는 대단히 고맙다. 남녀의 작업은 이렇게 첫 저녁 식사부터 본격적으로 시작된다.

사랑은 늘 때와 장소를 가리지 않고 인간을 때로는 가볍게 때로는 강하게 공격한다. 조금 더 강하게 표현하라고 기습적으로 '첫인상 선택'을 진행했다. 공기 좋고 별 총총한 밤이었다. '누구의 전화벨이 울리는가?' 남자들이 방에 모여 전화를 기다렸다. 어디선가 그녀에게서 전화가 온다면 그 남자는 그녀의 목소리만으로 행복할 것이다. 남자3호가 연거푸 환호성을 질렀다. 무용하는 여자와 성악 하는 여자가 남자3호의 첫인상이 좋다고 했다. 두 여자의 '첫인상 선택'으로 남자3호는 첫날 밤 매우 행복했다. 남자3호의 직업은 의사다. 역시 조건 좋은 사람은 힘 빼고 살 필요가 있다.

　　　무장해제한 편안한 남자의 스타일이 여자들에게 통하고 있다. 남자도 여자도 서로 직업을 모르는 채 첫인상만으로 호감을 느끼고 있다. 그리고 그들은 나흘 후 여자가 전화를 한 그네에서, 장독대에서 각자 다시 만나기로 언약을 했다. 첫인상의 달콤한 꿈은 사흘 밤낮을 보낸 후 어떻게 될까.

매미도

연적 때문에 더

크게 운다

첫인상, 첫 만남은 환상적이었지만 문득 어느 날 원수가 되어 살아가는 것이 너와 나의 모습 아닌가? 사랑에 대한 환상은 처절하게 깨지고 오늘도 비극적으로 싸우고 돌아서는 게 짝의 또 다른 현실 아닌가? 많은 짝들이 그렇게 애증의 세월을 살아간다. 아무런 감정의 떨림도 설렘도 없이 무미건조한 일상이 지나가고 있다. 연애와 결혼은 가는 길이 다르다. 환상과 현실의 교차로에서 남녀는 반드시 한 번쯤은 절망하고 만다. 삶의 고단한 여정에서 사랑이 정말 우습고 같잖아 보이는 것을 어쩌겠는가. 한 여자의 죽음 때문에 내 인생을 바쳐 가꾸어 온 애정촌이 순식간에 파괴되는 것을 생생하게 목격하지 않았는가! 정말 인생은 사랑을 압도한다.

인생의 온갖 문제들이 나를 짓이기고 있는 것이지 사랑 때문에 고뇌한다면 그것은 행복한 꾀병이고 청춘의 열병일 수 있다. 무엇 때문에 나는 살아가는가? 존재의 근원 앞에 사랑은 물거품에 불과하다. 자식 낳고 악다구니로 변한 아낙의 모습에 옛사랑의 그림자는 보이지 않는다. 키스도 잊고 섹스도 잊고 사랑은 사치라고 생각하며 그날을 생의 마지막처럼 사는 사람들이 얼마나 많은가. 행복해 죽겠다는 중년의 부부는 행복하고 싶다는 비명일지도 모른다. 그러나 전쟁錢의 시대, 그래도 가장 돈 없이 행복을 느끼는 것은 사랑의 감정을 가지고 인간 보노보처럼 사는 것 아니겠는가. 그대 몸을 닳도록 문지르고 탄력 잃은 내 몸이 얽히고설켜 우리는 삶의 어둠을 견디었지 않는가. 처음 너를 범했던 그때처럼 마음은 온통 불바다인데 몸은 물이라 풀어지고 출렁이고 차갑게 식는다. 어쩔 수 없이 삶은 장탄식으로 신음하고 애도한다. 그래서 오래된 부부는 사랑의 추억으로 살아가나 보다. 그것이 메마르고 황폐해지면 삶도 부서지고 끝이 보인다. 빛바랜 낡은 사진에서 젊은 남녀가 행복하게 웃고 있는 모습은 언제나 감동이다. 사랑의 열병으로 절절 끓었던 청춘의 한때 우리는 무모하고 대담하고 용감하게 인생 직진을 했다. 그 끝이 지구의 멸망이더라도 두 손을 놓지 않았다.

　　　사랑이란 그렇게 위대했는데 살다 보니 왜 그렇게 초라하고 볼품없게 구석으로 밀려난 것일까. 사느라 힘거울 때 가끔 첫 만남을 회상하면 미웠던 그녀 얼굴이 어느새 찐빵처럼 정겹고 예쁜 얼굴이 되어 돌아오지는 않는가. 세월 속에 묻힌 옛사랑의 흔적은 누구나 있다. 첫 만남이 좋았다면 그 이유만으로도 행복해진다.

자기소개 후 물가에서 '도시락 선택'이 있었다. 남자는 막걸리 주전자를 들고 있고 여자는 음식(술안주)을 가지고 있다. '도시락 선택'의 결과는 물처럼 냉정했다. 다섯 여자 중 세 여자가 남자3호를 선택했다. 피아노 치는 여자, 성악 하는 여자, 무용하는 여자 ……. '첫인상 선택'을 한 두 여자에 한 여자가 더 왔다. 승자의 여유와 패자의 쓴맛이 교차하는 현장이다. 막걸리만 들이켜는 남자의 마음이 착잡해 보인다.

> 남자4호 :
> 이게 진짜 이런 기분이구나! 마음에 들었던 사람을
> 누구한테 뺏기는 기분이 …….

세 여자와 함께하는 남자, 이것이 달콤한 인생의 맛인가? 남자는 피아노, 성악, 무용의 순서로 술을 나눠 주면서 무용하는 여자의 기분을 상하게 한다. 정말 사소한 것, 시시한 것 그것들이 삶을 결정짓는 순간들이 있다. 그런 것들에 남자는 둔감하지만 여자는 매우 민감하다. 남자의 행동에 이유가 있을까마는 그것을 분석하는 여자의 마음은 복잡하기만 하다. 세 여자를 대하는 남자의 태도는 공평해 보이지만 여자들에게는 불평등 그 자체다. 과도한 행운에 취하는 순간 사람은 비틀거리게 된다.

애정촌의 '의자왕'들은 항상 완벽한 뒷모습을 보여 주지는 못했다. 권력욕에 취하듯 과한 애정이 집중되면 착각과 오판에 인간적 매력을 잃기 쉽다. 그 사람이 '나'에게 왔을 때 '나'를 만족시켜 주는 것은 '나'를 향한 작은 배려와 관심이다. 그것이 얼마나 어려울지 상상이 간다. 남녀 관계란 모름지기 단 둘이 있어야 제대로 진도가 나가는 법이다. 그날 밤 남자는 성악 하는 여자와 산책을 나왔다.

남자3호 :

여자3호 님이 솔직히 매력적이고 첫인상도 좋았고 ……. 저와 알고 지내고 싶은가요?

여자3호 :

현재 저는 남자3호 님을 좋게 보고 있어요.

여자도 좋다 하고 남자도 좋다 한다. 곧이어 무용하는 여자도 그 남자와 산책을 나갔다.

여자2호 :

남자3호 님이 다른 여자를 좋아하는 것 같아서 …… 일상생활이었으면 빨리 포기하는데 여기는 애정촌이기 때문에 ……. 남자3호 님은 저한테 관심이 없는데 저는 남자3호 님에게 관심이 있으니까 …….

남자3호 :

솔직하게 제가 여자2호 님 많이 보지 않던가요?

여자3호 :

저는 다른 여자라고 착각했어요. 은근히 어장 관리하나?

다른 사람 눈치 보지 말고 딱 마음을 보여 주었으면
좋겠어요.

남자는 노래하는 여자3호가 아닌 무용하는 여자2호를 '첫인상 선택' 했다. 그것을 여자들은 모른다. 남자는 두 여자 사이에서 고민하고 갈등했다. 피아노 치는 여자는 이미 떠났고 두 여자가 남자3호를 지켜보고 있다. 성악 하는 여자와 무용하는 여자 그들의 개성은 아우라지 처녀 선발 대회에서 빛났다. 그녀들이 아우라지 처녀 선발 대회에 나가게 된 것은 우연이고 즉흥적이었다. 그날 저녁 그 대회가 있다는 것을 우연히 듣고 곧바로 추진했다.

> "오늘 저녁 '아우라지 처녀 선발 대회'가 있습니다.
>
> 애정촌 여자 출연자들 초청했습니다.
>
> 가장 인기 있는 분에게 데이트권을 드리겠습니다."

남자들은 환호하고 여자들은 비명을 지른다. 일단 세상일은 부딪쳐 보는 게 좋다. 무슨 일이든 긍정적으로 보면 세상일은 달리 보인다. 오늘 일도 그녀들에게는 악몽보다는 분명 좋은 추억으로 남을 것이다. 인생 돌아보면 해 보지 못한 일 때문에 한숨짓는 일이 얼마나 많던가.

지금 그들은 정선 아우라지 뗏목축제 현장으로 왔고 이제 이곳이 애정촌이다. 아우라지 강물을 사이에 두고 서로 만나지 못하는 남녀의 애틋한 사연과 추억들을 옛 뗏꾼은 노래해 왔다. 인간의 진심은 자연의 진실과 어우러지면 더욱 돋보이고 세상을 아름답게 한다. 축제와 애정촌은 아우라지에서 어우러지며 모두에게 특별한 추억을 선물했다. 십여 년 후 자식들을 데리고 그 현장을 다시 찾아오라고 그들에게 농담처럼 말했다. 그것은 내 진심이고 희망이다. 삶의 경험과 추억이 생생하게 녹아든 현장을 세월이 흐른 다음에 다시 찾아가는 느낌은 특별하다. 오늘 아우라지 축제를 무시하고 거절했다면 먼 훗날 강원도 정선군 여량면을 여행한들 무슨 감흥이 일겠는가.

좋은 일은 대부분 '예스'라고 말할 때 생긴다. 축제의 꽃인 아우라지 처녀 선발 대회는 그녀들이 가기 전에는 네 명의 후보가 전부였다. 그 조촐하고 소박한 대회가 불타는 개성을 가진 다섯 명의 미녀, 즉 불개미 오인방이 가세하면서 제대로 모양새를 갖추게 되었다. 축제의 이름으로 모두 하나 되는 순간 애정촌의 불개미 오인방은 어느새 개성과 끼로 중무장하고 관객 앞에 섰다. 남자들은 이 상황이 마냥 좋다. 그녀들의 숨어 있던 매력이 드러날 때마다 남자들은 열광했다. 특히 민요 정선아리랑에 맞춰 추는 무용학 박사 여자2호의 무용은 남자들에게는 감동이었고 지역 주민에게는 선물이었다. 전혀 망설이거나 빼지 않고 언제나 최선을 다하는 여자2호의 열정에 남자들은 매료되었다.

"자기 일에 정말 전문가답게 집중하는 모습에 ……
아, 대단하다. 이제 굳어졌습니다. 제 마음은."

남자7호(34세/연구원)

대회 출발 전 절대 노래하지 않겠다던 여자2호의 성악은 또 다른 반전이었다. 어린이집 교사 여자4호는 춤을 췄고, 피아노 강사 여자5호는 트로트를 불렀다. 남자들에게는 모두 예상 밖 풍경이다.

내 안에 내가 또 있지만 그대는 모르고 살지 않는가. 보란 듯이 여자들은 자아를 뽐냈다. 각본 없었던 2013 아우라지 펫목축제의 추억은 그렇게 그들의 가슴속에 영원히 남았다. 그날 밤 남자3호는 여자들의 공연에 답하는 퍼포먼스를 남몰래 준비했다. 그는 아우라지 처녀 복장으로 파격적인 변신을 하고 여자들 앞에 섰다. 충격적인 여장을 하고 노래를 하면서 모든 출연자를 경악시키는 남자. 그의 의도는 곧바로 드러났다.

> "부끄러울 수 있던 축제 무대에서 보여 준
> 여자 1, 2, 3, 4, 5호의 용기와 열정에 감탄했습니다.
> 저는 제 사람의 희로애락뿐만 아니라 부끄러움과 용기도
> 함께하고 싶어 이렇게 섰습니다. 부끄러운 모습이지만
> 꽃을 받아 주겠습니까?"
>
> 남자3호(34세/의사)

그는 성악 전공 대학원생 여자3호가 아닌 무용학 박사 여자2호에게 공식적인 프러포즈를 했다. 의사라는 권위와 체면을 내려놓고 한 여자를 위해서 대단한 용기를 보인 그에게 사람들은 박수를 쳐 주었다. 그도 최선을 다했기에 만족했다. 그의 프러포즈로 여자 방에 남자3호가 가져다 놓은 꽃의 주인공도 자연스럽게 밝혀졌다. 그날 오후 남자3호는 꽃과 편지를 여자 방에 가져다 놓았다. 받는 사람이 지정되지 않은 '수취인 불명' 상태였다. 수취인 불명으로 된 데는 다 이유가 있다. 모두 데이트 나간 사이 여자2호를 마음에 두고 남자는 꽃꽂이를 했고 편지를 쓰고 있었다. 역시 데이트 기회가 없던 연적 남자7호가 다가오자 남자는 여자2호 표시를 지워 버리고 편지를 썼다. 편지는 그렇게 수취인 불명이 되었다. 정성스레

놓인 꽃의 주인은 누구일까 의견이 분분한 가운데 여자들은 모두 여자3호로 알고 있었다.

> "데이트를 다 나갔을 때 제일 염려되는 게 누구였나,
> 떠올렸더니 여자2호분이었어요. 기분이 안 좋다. 저도
> 남자니까요. 오늘 다들 데이트 나가고 나니까 내 마음을
> 알겠더라고요."
>
> 남자3호(34세/의사)

> "지금 애정촌에 있는 이 시간 여자2호와 같은 공간에
> 있다는 것만으로도 전 행복한 거죠. 행복하고 ……."
>
> 남자7호(34세/연구원)

남자3호의 고백으로 한 남자와 두 여자의 삼각관계는 끝이 났고, 한 여자와 두 남자의 삼각관계는 불이 붙었다. 남자7호의 순애보는 애틋했고 남자3호의 대시는 격하고 과감했다. 매미도 연적 때문에 더 크게 운다. 그리고 내일의 승자는 구름에 가려 보이지 않는다.

누군가 떠나면
누군가 또 온다

한때 남자3호는 성악 하는 여자3호에게 호감을 표시했다. 무용하는 여자2호에게도 마찬가지였다. 두 여자 사이에서 갈등하던 남자는 때가 되어 한 여자에게 프러포즈를 했고 자연스럽게 여자3호를 떠나게 되었다. 만난 지 나흘째 되는 날, 여자가 '첫인상 선택' 때 전화를 했던 그네에서 그들은 다시 만났다.

여자3호 :

남자3호 님 첫인상이 끝내줘요.

남자3호 :

네. 고맙습니다.
살아오면서 느끼지 못한 정말 짜릿한 기분입니다.

여자3호 :

사흘 후 이 자리에서 다시 만나요.

'첫인상 선택' 때 울리던 전화벨 소리의 떨림과 긴장을 어찌 잊을
수 있을까? 그리고 평생 함께한다던 남녀의 맹세는 또 얼마나 부
질없던가? 그렇다. 영원한 것이 어디 있겠는가. 남녀 사이에 '첫인
상 선택'으로 모든 것이 결정되지는 않는다. 처음에는 그것이 전부
인 것 같아도 단 나흘이면 모든 것이 정리된다고 보았다. 그래서
'첫인상 선택' 당시 여자가 '나흘 후 이 자리에서 만나요'라는 공통
된 주문을 하도록 했다. '첫인상 선택' 나흘 후 약속했던 장소에서
남녀는 다시 만났다. 사흘 동안 그들의 감정은 많이 달라졌다. 한
때 통했던 남자3호와 여자3호. 그러나 남자는 여자2호에게 갔다.
남자는 지금 미안하다.

남자3호 :

그동안 좀 ……. 일단 죄송했단 얘기를 하고 싶어요.

여자3호 :

왜? 왜? 죄송해요? 왜 자기 감정에 ……
감정한테 죄송해요?

남자3호 :

그렇지 않지만 …….

여자3호 :

괜찮아요. 그래도 좀 신기하네요. 나흘 전에

그 마음이랑 지금 이렇게 다르죠? 그렇죠?

남자3호 :

생각해 보면 그렇게 긴 시간도 아니었는데
그렇게 됐습니다.

남녀의 만남은, 시간이 흐르고 감정과 감정이 모이면 결국 사랑하거나 헤어지거나 한다. 그렇게 그네에 앉아 남자는 미안해하고 여자는 괜찮다고 했다. 떠난 남자와 남은 여자. 그 쓸쓸한 풍경이 주는 느낌은 특별했다. 나는 많은 생각이 들었다. 무슨 말을 할 수 있을까? 저 그네에 남자와 여자가 앉아 있지만 남자는 떠나고 여자는 남는다. 그 순간 한없이 밝고 명랑하던 여자3호의 얼굴이 떠올랐다. 동시에 막 애정촌을 떠나야 하는 나의 운명이 겹쳐졌다. 내가 떠난 후 애정촌은 어떻게 될까? 미완의 프로젝트는 꿈처럼 남겨져 있는데 ……. 사랑도 인생도 일도 결국 언젠가는 끝난다. 아름다운 끝마침을 위해서 가장 중요한 것이 무엇일까?

'누군가 떠나면 누군가 또 온다. 그 누군가가 중요하다' 여자3호에게도 남자3호가 떠나면 또 누군가 올 것이다. 애정촌 일곱 사내 중에 없으면 사회에서 또 누군가 올 것이다. 여자3호에게도 내게도 그 누구에게도 매우 중요한 문제 '그 누구냐'를 애정촌은 묻고 있다.

인생은
직선이 아닌
곡선이다

살다 보면 가볍고 작고 시시한 것들이 쌓여 우리들의 인생이 된다. 그것들은 하루아침에 완성되지 않는다. 내가 만날 사람이 누구인가 하는 것이 애정촌 1막이라면 그 사람은 어떤 사람인가 하는 것이 애정촌 2막이다. 애정촌의 남녀들은 상대방의 어린 시절을 얼마나 잘 알고 있을까? 그들에게 서로서로 어린 시절을 돌아보는 기회를 주었다. 과거의 기록들을 보면 인생이 보이고 지금의 나를 제대로 알 수 있다는 의도였다.

> "이 통 안에는 여러분들 추억의 기록들이 있습니다.
> 상대방에 대해서 얼마나 정확하게 잘 기억해 주는가?
> 그분에게 데이트권 드리겠습니다."

어떻게 살아왔는가? 그것이 지금의 자신을 결정한다. 성실하고 꼼꼼했던 여자1호는 자라서 부지런한 디자이너가 되었고, 문제 하나 틀렸다고 안타까워하던 중학생 남자3호는 지금 의사가 되었다. 남자3호의 소년 시절 기록물을 여자들이 들여다보고 있다.

여자2호 :

남자3호 님 장래 희망이 뭐였어?

여자4호 :

부모님은 검사, 학생은 회사 사장.

여자2호 :

미래가 두려워진대.

여자5호 :

(남자3호의 일기를 읽는다) 그래 미국이다. 미국은
내 실력을 최대로 발휘할 수 있는 곳이다.

여자2호 :

어렸을 때 잘해야만 한다는 그런 완벽주의가 …….

여자5호 :

과학고 갔네.

"대단하다. 남자3호는 생각대로 자기가 정말 이렇게 끌고
가는 힘이 있구나! 어떻게 보면 존경할 만한 부분이 있을
수도 있겠다."

여자2호 (32세/무 8 강사)

애정촌의 남녀들이 각자 짝을 지어 어린 시절의 추억 속으로 들
어갔다. 생활기록부와 일기 등 상대방의 어린 시절을 가장 정확하
게 맞히는 사람에게는 데이트권이 주어졌다. 공교롭게도 의사 남

자3호는 여자3호의 '5월의 일기'를 읽게 되었다. 때는 실연과 질투와 사랑을 모르는 순수의 시대. 열두 살 소녀 시절, 5월의 어느 즈음 여자3호는 어땠을까? 일기장 한 권 안에 답이 있고 공부 잘했던 남자3호에게는 어렵지 않을 수도 있는 문제다. 나는 즉흥적으로 문제를 냈지만 출제 의도는 분명했다. 순수했던 아이의 마음을 읽는 것, 그것이다.

제작진 :

5월 20일 토요일 일기 제목 말해 주세요.

남자3호 :

이모!

제작진 :

정답은 이슬이 언니와 놀이공원에 간 날. ……
다음 5월 21일 일요일 일기 제목?

동일한 질문이 계속되었지만 결과는 마찬가지였다. 정답에는 항상 이슬이 언니가 있다. 여자3호, 열두 살 인생의 동반자는 그 누구도 아닌 이슬이 언니였다. 내가 그 일기장을 보았을 때 동성인 언니를 우상처럼 따라다니며 노는 열두 살 여자아이의 인생이 그대로 보였다. 일기에 꼬박꼬박 제목을 단 것은 또 얼마나 순수했던가. 여자 나이 열두 살 그리고 지금은 남자의 사랑을 구하는 스물다섯 여자 ……. 그 세월의 간극 사이 한때는 통하고 호감을 품었던 남자가 그녀의 삶을 들여다보고 있는 풍경 …….
　　그 모든 것을 관장하며 나는 무슨 말을 쓸지 생각하고 있었다. 내가 열두 살 때 나는 무엇이었는가. 또 누구나 다 통과했던 그런 소년 소녀의 인생을 생각하며 나는 탄식했고 그 느낌 그대로 그렇게 자막을 쓰고 방송했다.

> "내 삶의 은밀한 순간이 터졌다. 지나고 보니
> 다 보석처럼 빛나는구나!"

사람의 인연은
아주 사소한 일에서
시작된다

애정촌에서 사랑의 열병이 찾아오는 것은 지극히 자연스러운 일이다. 박사님이라고 예외가 아니다. 여자 때문에 공학박사 남자1호는 변했다. 그는 여자 친구와 한 끼 점심 식사를 위해 독일에서 날아왔다가 그날 다시 독일로 돌아갔던 순정파 남자다. 그런 남자에게 다시 사랑의 열병이 시작되었다.

> "그 짧은, 잠자는 시간 빼고 애정촌에 온 지 열네 시간
> 이내에 여자5호, 이 사람이 좋다. 이 사람과 같이하면
> 좋겠다는 생각이 든 거예요. 그런데 솔직히 그런 내가
> 마음에 안 들어요. 그게, 제가 알고 있는 여러 가지

지식에서는 절대로 저런 상황이 나올 수 없다고 생각을
했었거든요 ……. 마음이 시리다. 가슴이 시린 거
있잖아요. 감정 느끼는 게 만약에 진짜 심장에 있다면
그냥 칼로 이렇게 한 번 쓱 긁은 것 같아."

남자1호(34세/연구원)

순정파 박사 남자1호는 사랑에 빠진 남자의 표정과 심리와 행동을 리얼하게 보여 주었다. 서른네 살 남자가 사춘기 소년처럼 행동하는 것이 매우 인상적이고 감동적이었다. 순수가 사라지는 시대 순수는 더욱 가치 있다. 소년 시절 문방구에서 곤충채집 숙제를 하던 아이는 지금도 끔찍하게 곤충을 싫어하고 무서워했지만 그녀와 데이트를 하려고 비명을 지르며 곤충을 잡았다. 공부 많이 한 공학박사, 그리고 대구 남자가 밥 짓는 것은 까막눈처럼 모르면서도 일찍 일어나 그녀를 위해 부엌으로 가 밥을 했다. 그는 피아노 학원 원장 여자5호를 두고 미남 회사원 남자2호와 치열한 경쟁을 했다. 헌신적인 남자와 그렇지 못한 남자였지만 결국 여자는 자신이 끌렸던 남자2호를 선택했다. 그것은 순정파 남자가 여자를 너무 몰랐기 때문일 수 있다.

여자는 절대 여신이 아니다. 여자의 본능과 감정과 감성을 잘 헤아리고 지혜롭고 영리하고 따뜻하게 감싸 주어야 한다. 안타깝게도 애정촌의 순애보는 대부분 이루어지지 않는다. 지나친 헌신과 집착이 실수를 낳고 부담을 주며 불편함을 야기하곤 했다. 사람에게는 자기만의 영역이 있다. 영역을 존중하고 거리를 두고 너무 가깝지도 멀지도 않은 관계를 유지하는 일이 중요하다. 남자1호는 격하게 사랑앓이를 하고 후회 없는 고백을 했다. 그것도 그의 인생 화양연화(花樣年華) 아니겠는가.

제약회사 영업 사원 남자6호는 사람이 진국이다. 스스로 학비와 생활비를 벌어서 대학을 졸업한 생활력 강한 남자다. 그가 처음부터 한결같이 바라본 여자는 결국 그를 선택하지 않았다. 남자는 그 여자가 '첫인상 선택' 때 자신을 골라 준 것이 고마웠는지 그 이후 한 번도 그녀를 외면하지 않았다. '랜덤 데이트' 방법으로 택한 꽃신 선택에서도 그는 그 여자를 만났다. 그는 생활기록부의 내용을 맞히는 애정촌 장학퀴즈에서도 압도적인 실력을 보여 주었고 그때 획득한 데이트권 역시 그녀에게 사용했다. 처음부터 통했던 두 사람의 인연은 운명처럼 이어지지만 늘 죽이 맞을 수만은 없는 게 남녀 사이다. 그가 한 번쯤 다른 여자를 돌아보았다면 어땠을까 생각해 본다. 그럼 다른 여자가 눈에 들어오거나 그 여자가 다시 긴장하지 않았을까. 그러면 아마 촬영팀도 더 바빠졌으리라.

깔끔하고 부지런하고 아름다웠던 여자1호 역시 그녀만의 남자 스타일이 확고하다. 그녀가 그런 소신을 접고 다른 남자도 돌아보았다면 좋지 않았을까. 젖고 보면 소낙비도 자유롭다. 가 보지 않은 길, 살아 보지 않은 인생 속에 보석이 숨어 있을지 누가 알겠는가. 인생은 직선이 아닌 곡선으로 이루어졌다. 그래서 우리는 직진이 아닌 에둘러가는 것이 좋을 때가 있다. 세상에는 좋은 남자, 좋은 여자가 참 많은데 사람들은 줄곧 자기 스타일만 고집한다.

인간의 선입관이 얼마나 진실을 가리는지 안타까운 마음에 애정촌은 자기소개를 하루 지니고 한다. 개인 정보를 모르는 채 사람을 판단해 보라는 의도다. 그런데 자기소개가 끝나면 또 다른 선입관과 편견이 진실을 가린다. 그렇게 인간은 어떤 상황에서도 장막을 치고 스스로를 보호하고 가두며 살아 간다. 스스로 벽을 허물고 솔직하게 먼저 다가가는 희생이 사랑에는 필요하다. 당신이라면 어떻게 하겠는가. 쉽지 않은 인생의 선택에서 마음을 보고 사람을 보는 일은 매우 중요하다. 몸은 마음이 시키는 대로 움직일 때 건강한 법이다. 의사 남자3호는 여자를 위해 우스꽝스런 분장으로 노래를 했고, 그것도 부족하여 길에서 달밤에 무용을 했다. 그 정성으로 마침내 남자는 여자2호의 선택을 받았다.

애정촌에서 사랑과 공부는 아무 상관이 없다. 자세히 살펴보면 남자의 외모, 스펙, 학력 등이 여자를 강력하게 사로잡지도 못한다. 그렇게 뛰어난 경쟁력을 지닌 사람들이 애정촌에서 고전하는 것을 종종 봐 왔다. 완전한 사랑처럼 일편단심으로 몰아쳤던 사람에게 상대방은 상대적으로 오만했고 불편해했고 때로는 저만치 달아나는 일이 빈번했다. 사랑은 덫으로 가득하고 사람은 너무나 쉽게 실수를 하고 오판을 한다. 완벽한 남자, 완벽한 연애가 과연 있을 수 있을까? 이해와 배려심이 있는 자상한 남자가 갑이고 마지막에 웃는다. 삭막하고 절박한 세상에 자신의 눈을 사로잡은 그대가 나타난다면 그것도 행운이다. 구애의 상대가 없으면 삶은 얼마나 무미건조할 것인가!

사랑이 피어나는 애정촌의 출발은 만남이다. 아주 사소하고 작은 일에서 사람의 인연은 시작된다. 인생 한 방을 노리고 훅을 크게 휘두르면 한 방에 훅 갈 수 있다. 맷집 강한 권투 선수를 무너뜨리는 것은 강력한 한 방이 아니라 잦은 잽이다. 오늘도 내일도 세상 사람들은 만나고 싸우고 헤어지고 또 미워하고 그리워한다. 새로운 사랑을 기대하고 옛사랑을 생각한다. 그렇게 또 억만 겁의 삶이 지나간다. 사랑도 인생도 누군가 떠나면 또 누군가 온다. 기회는 반드시 오고 …… 또 온다. 삶을 긍정적으로 살아야 하는 이유다.

나
자신과

사랑
사이에서

**애정촌 46기
여자 연예인 편**   내 남자가 완벽했으면 좋은가?
그런 사람은 세상에 없다
단점과 장점이 어우러져 인간을 만든다

환상이 아닌 현실에서
그녀를 만나다

화려해 보이는 연예계 생활에서 성공을 위해 질주하는 청춘들의 자화상을 보았는가? 그들의 모습은 사랑보다는 늘 일에 방점이 찍혀 있다. 실패는 가장 쓰고 성공은 가장 달콤하고 경쟁은 가장 치열한 세계가 연예계다. 그들은 살아남고자 오로지 일과 성공에만 몰두하며 보냈고 결혼과 사랑은 항상 뒷전이었다. 그래서 연예인들의 결혼 적령기는 늘 때가 지나 있다.

애정촌으로 온 네 여자도 결혼 문제는 해결해야 할 인생 숙제다. 물론 애정촌이 직접적으로 그 문제를 해결해 주리라고는 어느 누구도 기대하지 않았을 것이다. 그러나 자기도 짝을 찾고 싶다는 고백만으로 그녀들의 마음은 위로받고 한결 편안해질 수는 있을 것 같다. 그들 모두는 안문숙, 최화정, 강수연처럼 독신의 길을 가고 싶지는 않을 것이다. 인생살이 어쩌다 보니 그렇게 됐을 뿐 처음부터 그들이 독신주의자였을 리는 없다. 그들에게 맞는 짝도 그들이 원하는 짝도 세상에서 찾기가 점점 어려워지니 독신 연예인들은 점점 늘어나고 있다.

애정촌은 짝을 찾는 곳이면서 자기를 발견하는 곳이기도 하다. 여자 연예인 편을 준비하면서 그녀들에게 꼭 맞는 짝을 찾아 주기 참 어려울 거라고 생각했다. 그러나 애정촌은 신비롭게도 남자 여자를 다시 태어나게도 하고 재발견하게도 하기 때문에 사랑이 어디로 갈지 모른다. 대중의 사랑을 받으며 사는 여자 연예인도 짝을 찾고 싶은 외로운 여자다. 누구나 그들을 안다고 하지만 그것은 겉

모양일 뿐 그녀들만의 고민과 생각은 가장 깊고 내밀한 곳에 숨겨져 있다. 그것을 애정촌은 자연스럽게 드러나도록 할 것이다.

짝의 문제는 인간의 원초적인 고민이고 여자 연예인들도 그 문제로부터 결코 자유롭지 않다. 결혼 적령기를 지난 삼십 대 중후반의 여자들이 짝을 구하는 일이 연예인이라고 해서 무엇이 다르겠는가. 본질은 숨길 수 없다. 가장 감각이 예민하고 감성이 풍부한 여자 연예인에게 본질을 묻는다면 그녀들은 본질로 답을 할 것이다.

기타를 메고 여자1호가 애정촌에 도착했다. 가수 소이다. 누구라도 그러하듯이 여자1호는 사랑에 대한 상처와 기대로 가득 차 있다. 그녀는 운명적인 만남을 기다리고 그런 사랑을 믿는다. 1세대 아이돌 그룹 '티티마' 멤버로 열아홉 살에 데뷔하여 꽃 같은 십오 년을 보내고 이제는 서른넷 성숙한 여인이 되었다.

여자2호는 경북 영천 과수원 집 딸로 오랜 무명 모델 생활을 하다 2004년도 플레이보이 모델을 계기로 유명해졌다. 연예계에서 여자 연예인을 가볍게 대했던 수많은 남자들을 보았기에 그녀는 남자를 쉽게 믿지 못했다. 여자2호의 나이는 서른일곱 살이고 그녀의 마지막 연애는 육 년 전 일이다. 결혼 적령기 삼십 대에 사랑을 모르고 그저 일만 해 왔다.

'서유정'이라는 이름으로 알려진 18년 차 배우 여자3호. 드라마와 함께 울고 웃던 시청자에게는 친숙한 여자다. 현재 나이 서른여섯 살의 그녀는 결혼은 더 이상 미룰 일이 아니라고 생각한다. 그러다 보면 김혜수, 김완선, 이소라처럼 왕언니가 되는 것도 순식간이다.

여자4호는 연예계 생활 15년 차 연기자지만 대중들에겐 덜 알려져 있다. 그녀는 미스코리아 출신으로 스무 살에 데뷔했다. 지금은 서른다섯 살, 배우 인생에서 일도 사랑도 가장 고민이 많을 때다. 그렇게 결혼 문제로 두통이 몰려올 수도 있는 네 여자가 모여 남자를 기다리고 있다.

그녀들은 스태프의 도움을 받고 대본대로 하는 촬영 현장에 익숙하다. 그러나 애정촌은 상황이 많이 다르다. 그녀들을 돌봐 줄 코디도 매니저도 없다. 『짝』 제작진은 한마디 말도 없이 묵묵히 촬영만 할 뿐이다. 그 모든 낯설고 어색한 상황에서 여자들은 빠르게 서로를 의지하고 동지가 되었다. 그녀들 앞에 남자들이 하나 둘 도착했다. 순수한 예술가, 돈 많은 강남 남자, 조건 좋은 한의사, 서울대 출신 모범생, 자유분방한 만화가, 박사 연구원 등 다양한 직업을 가진 여섯 남자들이 차례차례 도착했다. 각기 다른 개성과 조건 그리고 인간적 매력은 여자 연예인들에게 어떻게 통할 것인가? 막연하게 추측하는 여자 연예인들의 결혼에 대한 생각과 현실은 이 남자들과 부딪쳐 봐야 안다.

남자들은 환상과 상상 속에서 그녀를 보았다. 이제 상상 속의 그녀가 현실 속에서 울고 웃으며 6박 7일 동안 함께 살아갈 것이다. 네 여자와 첫 만남에서 남자들은 제대로 눈도 못 마주치고 지나갔다. 그런 남자들을 여자들은 비교적 차분하고 꼼꼼하게 지켜보았다. 이제 그녀들도 대중의 사랑보다는 한 남자의 사랑이 더 절실하게 필요한 순간이다. 지금 그들은 애정촌의 평등한 구성원으로 만났고 앞일은 예측할 수 없다. 그들 앞에 애정촌 12강령이 그 위용을 드러냈다.

"지금은 이렇게 조용하게 시작하지만 곧 여러분도 울고 웃고
난리가 날 겁니다. 가슴이 시키는 대로 하기 바랍니다.
그것이 가장 아름답습니다. 애정촌에서 누구는 가장 소중한 사람을

만나고 누구는 평생 친구를 만납니다. 그중에서도 가장 소중한 것은
자기 자신을 찾아가는 것입니다 ……."

애정촌 12강령을 설명하고 나면 모든 것은 그들에게 달려 있다.
도착한 순서대로 지정된 옷을 입을 때 그들은 가장 먼저 등 뒤에
있는 '나도 짝을 찾고 싶다'라는 글귀를 목격한다. 같은 종족 표시
인증 마크를 확인하면서 자신의 현실을 분명하게 인식한다. '너는
지금 외롭고 짝을 찾고 있구나! 나도 그렇다' 그 표시는 등 뒤에 있
기 때문에 자기 것을 보지 못하고 항상 타인의 것을 보게 된다. 타
인의 욕망을 읽으니 용기가 생기고 동시에 자신의 욕망도 기지개
를 켠다. 그렇게 그들은 순식간에 모두 동지가 되고 마음을 나누고
뜻을 모은다.

　　애정촌 원칙을 지키고 진정성으로 승부한다면 여자 연예
인들은 홍보와 거짓 논란에 두려워할 필요가 없다. 짝을 찾고 사랑
을 구하는 데 진심으로 임하면 자아도 찾고 좋은 사람도 만날 수
있다. 남자들도 마찬가지다. 화려한 여자 연예인 이미지가 아닌 여
자 자체로 인간을 마주할 기회다. 환상이 아닌 현실에서 만나 그녀
의 고민도 아픔도 이해하다 보면 남녀는 사랑을 할 수도 있지 않
을까.

"편견을 갖고 우리를 바라보지 않았으면 좋겠어요.
　연예인이라서 편견을 많이 갖는 것 같아요."

　　　　여자3호(36세/18년 차 배우)

첫 인상은
아침이슬 같은 것

처음에는 남자들이 좀 주눅 들어 있다. 화려한 여자 연예인 이미지에 자기가 어울릴 것인가? 하지만 그들도 여자이고 남자를 원하고 일등 신랑감을 찾고 있지 않는가? 그들도 결혼하고 싶고 모성애를 가진 여자다. 결혼 후 은퇴하여 아내와 어머니로서만 살아가는 여자 연예인들을 보면, 여자는 여자다. 정윤희, 심은하, 이영애…… 그런 국민 여배우들에게 국민이 아무리 요청해도 한 남자가 '노No'하니 그녀들은 구중궁궐에서 빠져나오지 못한다. 그러니 애정촌의 '네 여자'를 연예인으로 보지 말고 '내 여자'로 고민해 보는 것도 남자로서 꿈꾸어 볼 일이다.

　　애정촌에서 그녀들의 일상을 보면 연예인의 환상은 온데간데없고 오로지 사랑하고 사랑받고 싶은 여자의 모습만 오롯이 보일 뿐이다. 배고프면 먹을 것을 찾고, 웃고 떠들고 잠자는 그 모든 일상이 그 어느 때와 다를 바 없다. 그녀들의 공통 화두도 남자라는 것은 변함이 없다. 시집가고 싶어 하는 네 자매의 일상을 보는 느낌이 이럴 것이다.

예능 프로그램에서 보이는 스타들의 합숙 생활과 애정촌의 일상은 다르다. 나는 인간의 이면이 그대로 노출되는 그녀들의 일상이 몹시 궁금했다. 여자3호는 출연 전 인터뷰에서 스스로 화장도 못 하고 다른 사람과 함께 잠도 못 자고 밥은 원래 안 먹는다고 했었다. 그랬던 그녀가 애정촌에 오자마자 무섭게 적응하고 변했다. 밥도 잘 먹었고 잠도 잘 잤다. 코디가 없으니 화장도 스스로 했다. 네 여자가 각자 서투르게 화장에 몰두하는 모습이 아침 풍경이다. 늘 누군가 돌봐 주었던 일상을 그들이 직접 하려니 낯설고 어설프다. 이 여자가 아이라인도 못 그린다며 하소연하니 저 여자가 나도 못 한다며 깔깔댄다. 화장 못 하는 여자끼리 서로 봐 주며 인생 동반자가 되어 가고 있다.

　　애정촌에서 펼쳐지는 그녀들의 일상을 보니 그녀들이 달리 보인다. 남자들도 그녀들의 모습이 처음에는 신기했을 것이다. TV에서 보던 여자들을 상대로 짝을 찾고 있다는 것이 꿈인가? 그 꿈을 깨 보라고 '첫인상 선택'을 했다. 대중의 사랑과 이미지로 무장한 여자들을 남자들은 어떻게 볼까? 객관적인 평가는 주관적인 관점에서 산산조각 날 수도 있는 게 남녀 관계다. 우스갯소리로 남자는 단 한마디 예쁘냐, 안 예쁘냐로 여자들을 판단한다고 한다. 그런데 일단 여자 넷은 다 연예인이고 다 예쁘다.

당신의 첫인상은 누구고 왜 그런가? 멀리서 남자가 무선마이크로 속삭이면 촬영감독은 지목한 여자를 촬영하기로 했다. 여섯 명의 남자 중 다섯이 여자1호(소이)를 '첫인상 선택' 했다. 누구는 여자1호의 눈이 좋다 하고 패션 스타일이 좋다 한다. 여자1호는 눈만 동그랗게 뜨고 있다. 여자들은 누가 누구를 선택했는지 알지 못한다. 모르면 부끄럽지 않다.

"여자1호. 선한 눈매가 마음에 듭니다."

"여자1호. 이유는 잘 웃는 모습이 …….."

"여자1호. 눈이 예뻤고요. 그리고 패션 감각도 마음에
들었어요. 저 흰색 치마가 마음에 들었고 그 안에 입은
자줏빛 스타킹도 굉장히 특이해 보였습니다."

여자들도 '첫인상 선택'을 했지만 누가 누구에게 갔는지 기억나지 않는다. 제작진도 관심이 가지 않으니 시청자에게도 패스다. 그 모든 것이 연예인의 힘인가? 아련한 첫인상의 추억이 그들에게는 얼마나 느낌이 남아 있을까? 첫인상은 아침 이슬처럼 잠시 머물다 사라지고 만다. 그래도 누구는 촉촉이 젖어 그 사람을 생각하고 있을지 모른다.

아 …… 도시락 선택! 때가 왔다. 그녀들에게 피할 수 없는 순간이 왔다. '도시락 선택'에 관한 얘기는 내내 하고 있었다. 혼자 밥 먹으면 어떡하지? 어떡하지? 어떡하지? 오늘 '도시락 선택'은 남자들이 한다. 여자들은 예상했을 것이다. 그러나 자신에게 다가올 운명은 알지 못한다. 여자들은 거제도의 명소로 흩어져 남자를 기다렸고 남자들은 호감이 가는 여자를 찾아갔다. 가수 소이, 여자1호에게는 세 남자가 왔다. 미스코리아 출신 여자4호에게도 세 남자가 왔다. 예쁜 해변과 절경 신선대에서 기다리던 두 여자에게는 남자가 오지 않았다. 여자2호는 고독했고 여자3호도 고독했다. 18년 차 배우 인생에서 가장 쓸쓸했던 해변의 식사. 그림같이 아름다운 풍경에서 만들어진 여배우의 비극. 이것은 쇼가 아니고 현실이다.

"믿기지가 않아서 …… 그냥 웃음밖에 안 나와. 지금 진짜
이게 너무 (충격이) 세다. 너무 (충격이) 크다."

여자3호(36세/18년 차 배우), 인터뷰 중

"어쩜 한 명도 안 올 수가 있지? 내가 첫인상이 아니었나?
사람들이 내 첫인상을 안 좋게 보는 게 맞구나, 그런
생각이 들긴 했어요."

"억울하지 않았어요?"

"억울했다기보다 내가 잘난 척하고 살았구나 ……."

여자2호(37세/모델, 연기자), 인터뷰 중

여자2호가 울고 있다. 드라마 『아테나』에서 여전사 역으로 강한
이미지를 심어준 여자2호가 울고 있다.

"어떡하지? 미쳤나 봐. (눈물이 계속 흐른다) 밖에 나가서
약하게 보이는 게 너무 싫은 거예요 '난 아무렇지 않아',
'난 괜찮아' 그렇게 보여 주려고 노력했던 것 같아요.
내 인격이랑 내 모든 게 형성된 건 시골이었는데
서울 와서 이 모든 게 너무 다른 거예요. 믿을 건
내 자신밖에 없다. 절대 무너지지 말자. 난 날 믿는다.
그렇게 버텼던 것 같아요."

여자2호(37세/모델, 연기자)

경북 영천 과수원 집 딸 여자2호는 단돈 3만 5천 원을 들고 상경해 서울 생활을 시작했다. 오랜 무명 생활이 이어졌고 삶은 고단하고 팍팍했다. 늦게라도 꽃을 피운다면 얼마든지 견딜 수 있는 인동초 같은 무명 연예인의 삶이 그녀에겐 있다. 유명 모델로, 연기자로 이름을 알리며 존재감을 드러내고 있는 지금이 중요했기에 그녀는 결혼도 미루고 오로지 일만 했다. 이제는 대중에게 조금 알려진 연예계 생활 18년 차, 서른일곱 살 여배우가 되어 애정촌을 찾았고 혼자 도시락 식사를 하고 말았다. 그 순간 잘난 척하며 살았다는 것을 깨달았다며 눈물을 보였다. 화려해 보이지만 마음고생이 있을 수밖에 없는 18년 차 여자 연예인의 삶이 느껴지는 순간이다.

이것은 드라마가 아닌 현실이고 애정촌은 그렇게 늘 인생을 정직하게 비춘다. 나는 누구인가? 어떻게 살아왔는가? 지금 무엇을 하고 있는가? 오늘 혼자 도시락을 먹으면서 그녀는 18년 차 연예계 생활을 돌아봤을 것이다. 오늘 사랑을 찾다 인생이 울었고 또 그 인생 때문에 사랑이 다시 찾아왔다.

**여자가 웃는다고
남자를 좋아하는 것은
아니다**

누가 누구에게 갔는지 그들은 모른다. 혼자 식사를 마친 두 여자가 먼저 숙소로 돌아왔다. 두 여자는 서로 혼자 먹은 것을 확인하고는 안도했다. 동병상련, 혼자는 아니었다는 안도감. 그리고 서로가 힘이 되어 주는 순간 위로의 포옹을 했다. 이렇게 가진 자와 안 가진 자는 마음으로 먼저 분리된다. 사랑받는 두 여자와 그렇지 않은 두 여자의 공존이 곧 펼쳐진다. 여자2호는 당당하게 나가기로 하고 자신이 가져온 석굴을 삶았다. 그녀는 도시락 식사를 제대로 마치지 못했다. 애정촌에 돌아와 식사를 하려고 했다. 하지만 여자3호 서유정은 걱정이다. 혼자 도시락 먹은 사실이 여간 곤란한 게 아니다. 때가 되어 남자들이 돌아오고 있다.

여자3호 :

왜요?

여자2호 :

남자들 들어오기 시작해서 …….

여자3호 :

나 안 나갈 거야! 문 잠가! 나 안 나갈 거야!

여자1호 :

다녀왔습니다.

여자3호 :

왔다! 나 못 볼 것 같아. 나 진짜 못 볼 것 같아.
진짜 눈물 날 것 같아.

…… …… …….

여자3호 :

이런 기분이구나 ……. 왜 있을 데를 없게 만들어?

되게 기분 이상하다. 이런 거였구나!

결국 그녀는 화장실에 숨어 버렸다. 여배우의 감성이 이토록 예민할 줄 몰랐다. 그녀의 신경세포가 이렇게 날 서게 반응하리라고는 예상하지 못했다. 화장실에 숨어 어쩔 줄 모르는 그녀의 행동은 어느 다큐멘터리, 어느 예능 프로에서도 볼 수 없었던 희귀한 장면이다. 대중의 사랑을 받으며 스타로 살아가는 사람이 단 한 남자의 선택도 못 받고 홀로 고독했다는 사실이 믿기지 않는 것일까. 18년 차 여배우의 명예, 자존심, 감성이란 이런 것이라고 그녀의 표정이 말하고 있었다. 18년 차 여자 연예인으로 살아온 인생의 히스토리는 오늘 통하지 않았다. 애정촌의 내일은 또 알 수 없다. 온통 미스터리고 그녀들에게 무슨 일이 닥칠지 알 수 없다.

오늘 고약한 하루를 보내고 삶을 돌아보게 된 여자는 지금 엄마가 보고 싶다. 남자를 만나고 결혼을 하고 엄마가 되는 여자의 인생이 그녀에게도 찾아올까. 연예인의 인생이 아닌 여자의 인생을 애정촌은 지금 묻고 있다. 그날 밤, 혼자 밥을 먹었다는 이유로 도시락 우정을 나누었던 여자2호와 여자3호는 한 이불을 덮고 사이좋게 잠을 잤다. 실수하고 깨지면서 사는 게 인생이고, 오늘 일은 내일 일에 묻히는 것이 세상 이치다. 아무리 밤이 길어도 아침은 밝아 온다. 다음 날 아침 여자2호는 혼자만의 시간을 보내려고 길을 나섰다. 혼자 도시락 식사를 한 여자2호는 등대 앞에서 크게 외쳤다. "나 도시락 혼자 먹었다." 그리고 그녀는 지난 기억을 훌훌 털어 냈다. 사랑이 가면 또 사랑이 찾아오고, 울고 있다가도 어느새 또 웃고 있는 것이 삶이다.

'도시락 선택'이 있던 그날, 여자2호는 도시락을 먹지 않고 돌아왔다. 그리고 마음을 다잡고 꿋꿋하게 남자들이 보는 앞에서 뒤늦은 점심 식사를 했다. 남자들은 괜히 미안했다. 그때 남자3호가 여자2호를 챙겨 주었다. 그것이 두 남녀의 시작이었다. 남자는 마흔한 살, 여자는 서른일곱 살이다. 둘 다 건강에 관심이 많은 나이다. 남자3호 직업은 한의사다. 서울 강남 소재 고등학교를 나와 경희대 한의학과의 학사, 석사, 박사 과정을 밟았다. 한의사 외길만 걸어왔고 교수로서도 순탄한 삶을 살아왔다. 그는 스스로 뻔한 삶을 살아왔다고 했다. 반면, 경북 영천의 시골 마을에서 상경해 홀로 인생을 개척해 온 여자2호, 그녀는 뻔하지 않은 삶을 살아왔다.

> "제가 좀 수동적인 삶을 살았거든요. 대학교 나오고
> 그 뻔한 사회 커뮤니티에서 지내다가 뻔하게 병원
> 들어가고 뻔하게 군의관 갔다가 다시 또 병원 들어가서
> 단조롭게 살아왔었고. 그러다 보니까 소극적인 면이
> 좀 많이 있었는데요. 그런 면들을 안 가지고 있는 분들이라
> 여자 연예인들은 …… 자기 삶에서 자기가 모든 것을
> 혼자서 다 알아서 맞서서 극복해 왔던 분들인 것 같고
> 그런 면들에 되게 매력을 많이 느끼고 있습니다."
>
> 남자3호(41세/한의사. 교수)

연예계 데뷔 18년 차 무명의 설움과 어려움을 오랜 세월 견뎌 온 여자와 정석대로 엘리트 코스를 밟아 온 남자가 '랜덤 데이트'에서 또 만났다. 그들은 아름다운 노을이 지는 다도해를 바라보며 데이트를 했다. 대조적인 인생 앞에 자연은 차별 없이 아름답다. 남녀가 어우러지는데 인간의 조건과 직업과 배경이 무엇이냐고 자연

은 묻는 듯하다. 여자가 좋으면 남자는 달려들 것이고 남자가 좋으면 여자는 불이 날 것이다. 그것이 만고불변 사랑의 법칙이다. '내 여자'가, '내 남자'가 완벽하다면 사랑도 위태로울 수 있다. 단점보다는 장점이 눈에 들어와 남녀는 사랑에 빠지고 인생을 건다. 부족하고 모자라니까 사랑하고 의지하고 살아간다.

그러나 그들이 열정에 감염되어 사랑이 타오르기에는 현실이 호락호락하지 않다. 연예인으로서 여자2호나 한의사이며 교수인 남자3호나 인생을 떠난 사랑은 힘들 수 있다. 구경하는 내게는 그 보이지 않는 벽이 조금은 보이는 듯했다. 연예인이니까 여자2호는 솔직할 수도 그렇지 않을 수도 있다. 교수니까 남자3호도 조금 더 자제했을 수도 있다. 좋은 사람에서 멈추는 것보다는 좋아하거나 싫어하거나 그런 상태까지 가는 것이 더 필요했다. 여자2호가 그날 밤 그 남자 꿈을 꾸게끔 하는 강렬한 한 방이 아쉬웠다. 남자3호는 가장 예의 바른 정공법으로 그녀를 공략했다. 그것이 정답이고 최선일 수는 있다. 그런데 그녀를 지켜보는 남자가 또 있다면 상황은 달라진다. 한의사가 된 남자와 서울대를 나온 남자가 연예인이 된 여자를 두고 경쟁을 하게 되었다.

사람의 일은 그렇게 단순하지가 않다. 인생은 종종 안개 속을 헤매고 남녀 문제는 너무나 쉽게 헛발질을 하곤 한다. 그러니 골든 벨을 울린 세상의 모든 엄마 아빠의 사랑은 얼마나 위대한가. 살아 있는 세상의 모든 생명체는 필사적으로 사랑을 한다. 당신은 그렇게 필사적으로 구애를 했는가? 길은 멀고 남녀 관계는 끝까지 가 봐야 결과를 안다. 공평하게 편에 없이 나는 그들에게 파이팅을 주문할 뿐이다. 학교에서 인생을 주름잡던 두 남자와 연예계에서 인생을 터득한 한 여자의 승부는 어떻게 될 것인가?

한편 '랜덤 데이트'에서 서유정 여자3호는 박사 남자6호를 만났다. 남자는 한참 동안 차를 몰았고 여자는 군말 없이 따라갔다. 남자는 편의점으로 가서 도시락 두 개를 샀고 여자는 기다렸다. 남자는 다시 차를 돌려 해변으로 달려갔고 여자는 영문 모르고 따라갔다. 그곳은 여자3호가 혼자 도시락을 먹었던 해변이다. 남자6호의 계획은 여자3호가 '혼자' 도시락을 먹은 곳에서 '함께' 식사하는 것이었다.

"어제 추억 잊게 해 주려고 일부러 여기 온 거잖아요.
대박이다. 진짜, 진짜 최고의 감동이에요. 이제야 진짜,
여기를 이렇게 쭉 둘러보게 되는 것 같아요."

여자3호(36세/18년 차 배우)

'도시락 선택'에서 혼자 식사를 하게 된 순간 여자3호 역시 자신을 돌아보게 되었다. 그림 같은 풍경은 들어오지 않았다. 악몽이었고 생각하고 싶지 않았던 곳인데 스물네 시간 후 남자6호 덕분에 다시 그곳에 앉았다. 여자3호에게 그것은 힐링이 되었을까?

"가슴이 너무 뭉클하더라고요. 어떻게 사람이 이런 생각을
했을까. 그때는 이성으로서 생각은 아직 안 들었고요. 정말
감사하는 마음이 컸던 것 같아요."

여자3호(36세/18년 차 배우)

"확실해졌어요. 여자3호 님도 저에게 호감을 가지고
있다고 확신하고 또 서로 간에 호감을 가지고 있다는 것도
다 확인한 것 같아요."

남자6호(37세/연구원)

나는 남자가 그곳으로 여자를 데려갔을 때 조마조마한 심정으로 그 광경을 바라보았다. 여자의 상처를 들추어 낼 수도 있는 그 잔인한 곳으로 초대한 남자를 여자는 어떻게 생각할지 궁금했다. 여자는 감동하고 힐링이 되었다고 했다. 목적이 좋다면 결과는 어찌되었든 다 좋을 수 있다. 남녀 관계는 함부로 예측할 수 없다. 진수성찬이 아닌 해변의 도시락 식사를 또 하면서 어쨌든 여자는 웃고 있지 않는가. 남자는 그런 그녀를 흡족하게 바라보고 있다.

　　여자가 웃는다고 남자를 좋아하는 것은 아니다. 그러나 종종 남자는 여자의 눈빛과 표정과 말에 쉽게 혼란에 빠진다. 사랑스러운 표정으로 자기를 바라보는 여자를 남자는 자기도 모르게 똑같이 사랑스러운 표정을 하고 그녀를 바라보게 된다. 두 남녀는 그날 밤 이리저리 다니며 오랫동안 데이트를 했다. 무엇이 진심이고 무엇이 호감이고 무엇이 감정인가? 평범하게 살아온 그런 여자도 잘 모르는데 그것도 연예인 18년 차 여자를 내가 어찌 알겠는가. 알 수 없는 그녀의 마음과 행동을 좀 더 조용히 지켜볼 수밖에…….

애정촌에서 멀지 않은 곳에 산성이 있고 서낭당이 있다. 한 번 보고 단박에 그곳을 사랑하게 되었다. 삼면이 바다인 거제도의 명소지만 일반인의 발길은 뜸하다. 기막히게 토속적으로 어우러진 비경이 무척 아름다워서 그곳을 또 가고 싶었다. '도시락 선택' 때 여자4호는 서낭당 앞에서 남자를 기다렸고 세 남자가 왔었다. 바다가 보이는 서낭당 언덕에서 그들은 풍경 이야기를 하지 않고 소소한 감정 경쟁만 하다 내려갔다. 그것이 그들 인생에 새겨진 산성의 추억일 것이다. 여기 또 하나의 추억을 위해 출연자 모두를 다시 서낭당이 있는 산성으로 불렀다.

> "이 산성 안에 빨간 장미꽃이 한 송이 피어 있습니다.
> 빨간 장미를 먼저 찾는 남자에게 데이트권을 드리겠습니다."

산성 일대를 남자들은 달리고 또 달렸다. 풀숲을 헤치는 남자. 길가를 헤매는 남자. 무덤가를 배회하는 남자. 산성을 타는 남자. 어쨌든 이 산성 어딘가에 빨간 장미꽃이 있다. 사십 분이 지나도록 남자들은 찾지 못하고 애를 태운다. 여자들은 서낭당 근처에서 그런 남자들을 지켜보고 있다. 남자6호가 꽃이 있는 곳을 아슬아슬하게 지나쳐 갔다. 그 남자와 엇갈리면서 남자1호가 꽃이 있는 곳으로 다가오고 있다. 생生은 길섶마다 행운을 숨겨 두었다는 니체의 말이 생생하게 와 닿는 순간이다. 장미꽃의 주인은 호른 연주자 남자1호가 되었다. 그의 마음은 일편단심. 그는 여자4호에게 장미꽃을 바쳤다. 애정촌에 다시 어둠이 찾아왔고 그들은 하루의 추억을 얘기하며 밤을 보내고 있었다. 자정이 되어 나는 다시 여자들에게 고했다.

> "오늘 남자들이 장미꽃을 찾아 뛰었던 산성 그곳에는 서낭당이
> 있습니다. 서낭당 문에 빨간 장미꽃이 있습니다. 그것을 지금 가져오는
> 분에게 데이트권을 드리겠습니다. 제작진은 동행하지 않겠습니다."

서낭당과 산성을 좋아해도 너무 좋아한다며 촬영팀이 내게 한마디 한다. 그렇다. 나는 그곳이 좋다. 서낭당이 있는 산성은 풍경이 절경이라서가 아니라 정서가 절정이기 때문에 좋아한다. '도시락 선택'이 끝나고 그들이 사라진 후 산성에 남아서 밤이 오는 풍경을 감상했다. 조그만 항구에 불빛들이 켜지는 사이 보름달이 노

랗게 내 눈앞에 떠올랐다. 어둑해진 산성 서낭당 옆 고목은 바람의 소리를 들었고 달빛 품은 서낭당 안에서는 자꾸만 옛날이야기가 쏟아져 나왔다. 그곳에서 도시락을 들고 남자를 기다렸던 여자 그리고 그곳에서 옷고름을 매만지며 머슴을 기다렸던 주인아씨…….. 서낭당의 추억은 시대를 초월하여 이야기를 낳았다. 마을 아래에서 밥 익는 내음이 바람결에 실려 오고, 배고픈 개가 컹컹 짖고 있는 것만 같았다.

　　　　　나는 그곳의 깊고 적막한 밤 풍경이 또 궁금했다. 그리고 여자들의 도전이 보고 싶었다. 반드시 그녀들은 할 것이다. 그것이 여자의 자존심이다. 예상대로 여자들이 전부 나섰다. 여자들의 공포는 상상 이상이다. 특히 여자2호와 여자3호가 심했다. 여자2호 이언정은 경북 영천 시골에서 자랐다. 시골의 밤은 상당히 무섭다. 밤 풍경은 공포 괴담과 어우러져 어린아이의 무서움을 날마다 증폭시킨다. 귀신을 상상하며 시골 밤길을 걸어 본 아이는 간이 늘 콩알만큼 쪼그라든다. 여자2호가 그렇다. 드라마『아테나』의 여전사역으로 강인한 여성상을 구현했지만 알고 보면 겁쟁이 여자아이다. 공포 괴담을 먹고 자란 시골 아이는 특히 밤을 무서워한다. 하물며 산꼭대기 산성 안 서낭당은 상상만으로도 끔찍하다. 공포는 늘 상상 속에서 더 무서운 법이다. 그래서 데이트권을 발표하는 순간 '시골 아이' 여자2호는 사색이 되었다. 여자3호 서유정은 무서움을 제일 많이 탄다. 그런 두 여자도 가겠다며 손을 들었다. 모든 여자가 장미꽃을 찾으러 서낭당으로 갔다.

그녀들이 모두 '내 남자'를 위해 서낭당을 간 것은 아닐 것이다. 여자 연예인으로서 자존심이 묘한 경쟁을 부추겼을 것이다. 달밤의 모험이 다시 또 그녀들의 사랑을 시험하고 있다. 서낭당 가는 산길은 마을 입구를 지나면 곧바로 시작된다. 안전을 생각하여 서낭당이 보이는 산속에 제작진이 몰래 숨어 있었다. 여자들은 그 사실을 모르고 있다. 여자1호는 노래를 부르며 갔고 여자2호는 노래를 들으며 갔다. 그렇게 한 여자씩 서낭당을 올라갔다. 세 여자는 성공했지만 여자3호는 실패했다. 장미꽃이 아닌 천 쪼가리만 한 움큼 가져왔다. 바닥에 널브러져 있는 것이 장미꽃이려니 생각하고 가져왔단다.

　　서낭당의 신화는 또 그렇게 이야기를 낳고 있다. 공포의 밤, 시련의 밤은 미스터리한 추억을 남기고 지나갔다. 아침이 밝아오고 세상은 또 아무 일도 없었던 것처럼 그렇게 시작된다. 아름다운 자연에서 광합성을 하고 나면 지난밤 인생사쯤이야 바람처럼 또 지나가 버릴 것이다.

내 남자가 완벽했으면 하는가?

호른 연주자 남자1호는 일편단심으로 미스코리아 출신 여자4호만 바라보고 있다. 가난한 예술가의 순정이 여자는 곤혹스러울 수 있다. 그녀는 스무 살 때부터 집안의 가장으로서 생활해 왔다. 15년 차 연예인이지만 오랜 무명 생활로 돈 걱정에서 자유로울 수가 없다. 그녀는 '나는 누구인가' 시간을 통해 진솔하게 자신이 살아온 인생을 털어놓았다.

"삼십 대쯤에는 자기가 뭐든지 일로서든 재정적이든
안정적이지 않을까 ……. 그런데 오히려 이십 대 때보다
더 배고프니 좀 불안하기도 하고 ……. 학교 다니면서
고등학교도 인문계로 진학 못할 정도로 집안이
어려웠고요. 저도 그냥 평범한 아이들처럼 여고 가고
대학교 가고 싶었거든요. 그 당시 어머니도 상황이 좋지
않아서 제가 돈을 벌어야 했어요. 매일매일 그랬던 것
같아요. 일이 즐거웠던 게 아니라 돈을 벌기 위해서였던 것
같고요. 사회가 그렇게 녹록하지 않다는 거 뼈저리게
느꼈고요."

여자4호(35세/15년 차 배우), '나는 누구인가' 중

"저는 가난해 본 적이 없는 것 같습니다. 말 그대로
부유하게 컸고요. 부모님이 번 돈 쉽게 쓰면서 살았습니다.
상대적으로는 아버지 어머니가 사이가 좋은 편이
아니어서 행복에 대한 생각에 어렸을 때부터 집착을
많이 했던 것 같아요. 행복한 집에 가면 우리 집으로
돌아가고 싶지 않았어요. 남의 집에 있는 걸 많이
좋아했던 것 같아요. 비교해 보면 제가 행복하다는
사실을 나중에 알았고요."

남자2호(34세/광고인), '나는 누구인가' 중

자기소개는 신상 정보 공개 수준이지만 '나는 누구인가'는 인생의

내면을 들여다볼 수 있는 시간이다. 살아온 인생을 솔직하게 터놓다 보면 스스로는 힐링이 되고 남들은 공감하고 감동하기도 한다. 그것이 애정 관계에서 종종 중요한 역할을 한다. 연예인이기에 더하기 어려운 고백이지만 여자4호는 했다. 여자4호를 생각하고 있는 두 남자의 인생이 전혀 다르다는 것도 '나는 누구인가'에서 제대로 드러났다. 부유한 가정에서 부족한 것 없이 자랐지만 행복을 부러워했다는 남자2호. 그는 강남 스타일 남자다. 반면, 예술가의 길을 걷고 있는 남자1호. 그의 인생과 사랑은 순탄하지 않았다. 나이 마흔에 장래는 불투명했다. 그는 한국예술종합학교 졸업하고 독일로 유학 가서 엘리트 과정을 밟은 호른 연주자다. 그런데 입술 안에 굳은살이 박여 도중에 수술을 했다. 혹독하게 연습을 한 후유증이다. 슬럼프도 왔고 경제적으로도 안정을 찾지 못했다. 오로지 음악 공부만 했던 남자1호의 청춘은 그렇게 갔다. 마음만은 부자라는 호른 연주자가 여자4호에게는 부담이다. 그녀의 마음에는 부족함 없이 살아온 강남 스타일 남자2호가 있다. 남자1호는 일편단심 여자4호만 바라보지만 남자2호는 여자1호와 여자4호 두 여자 사이에서 고민하고 있다.

"남자2호는 마력이 있다고 해야 되나? 왠지 모르겠어요. 자기가 좋아하는 게 있으면 무작정 해 봐야 하는 성격이고 마음이 내키는 대로 행동하는 사람이고, 나도 그래 보고 싶다는 생각도 들면서 ……. 남자2호한테 자꾸 눈이 가는데 제가 아직 철이 덜 들었나 봐요. 나쁜 남자가 좋네요. 남자1호는 같이 있으면 분위기가 너무 무거워요. 진짜 좋은 사람인데요. 남자로서는 마음이 안 가요."

여자4호(35세/15년 차 배우)

여자의 마음은 좀처럼 바뀌지 않는다. 살아가면서 형성된 인생의 가치관은 그만큼 중요하다. 호되게 경험하기 전에는 '나쁜 남자'에게도 낭만과 순수를 느낀다. 그것이 사랑을 미스터리하게 만들곤 한다. 여자4호는 연예계 생활 십오 년 동안 비교적 단조롭게 살았다. 크고 작은 어떤 역이든 마다하지 않고 성실하게 일했지만 누구나 알아주는 스타는 되지 못했다. 그런 경륜 탓이었을까. 그녀는 애정촌에서 누구보다 침착했고 조용했고 감정도 드러내지 않았다. 그런 그녀가 예쁜 얼굴을 발갛게 물들이며 웃고 있다면 그것은 남자2호 때문이었을 것이다. 모범적인 삶을 살아온 사람은 그렇지 않은 사람에게 종종 호감을 느낀다. 자유롭게 부족한 것 없이 하고 싶은 대로 살아 온 남자2호가 여자4호는 부러울 수 있다. 반면, 그녀 주위를 맴도는 순수한 예술가를 여자의 마음은 쉽게 허락하지 않을 것이다. 이제 서른다섯 인생에서 그녀는 불꽃같은 사랑보다 진중하고 안정적인 사랑을 원할 것이다. 이런저런 이유로 여자의 마음이 단호하다면 그것은 이미 돌이킬 수 없는 것이다.

여자의 마음은 멀어져 가는데 계속해서 애정 공세, 이벤트, 프러포즈를 하는 것을 보면 마음이 아프다. 남자1호가 그랬다. 남자의 인생 마흔에 사랑이 침입해 들어왔지만 생각처럼 되지 않았다. 때가 되면 알게 되는 게 남녀 사이. 남자1호는 여자4호의 마음을 알았다. 막다른 길 끝에 서서 남자는 마지막으로 마음을 표현하고자 했다. 애정촌에 오기 전 호른 연주는 절대로 하지 않으리라 다짐했는데 결국 그가 호른을 꺼냈디. 결정적 순간 여지4호를 위해 호른을 연주했고 꽃을 바쳤다. 그 여자가 좋으면 그 남자는 좋은 것이다. 그의 순애보는 그렇게 끝났다.

내 남자가 완벽했으면 좋은가? 그런 사람은 세상에 없다. 단점과 장점이 어우러져 인간을 만든다. 여자4호는 남자1호의 단점이 좀 더 눈에 띄었고 남자2호의 장점을 좋게 생각했다. 또 누군가는 남자1호의 장점을 특별히 좋아하고 남자2호의 단점을 더 부각시켜 볼 것이다. 인간적인 매력은 그렇게 상대적이다. 네가 좋아하면 나도 좋아한다는 기본 정서가 애정촌을 지배하고 있다. 여자의 마음을 안다면 남자들은 어찌할 것인가? 뽑힌 풀처럼 시들거나 물 준 화초처럼 살아나거나 ……

한편, 서울대 출신 남자4호도 여자4호가 궁금했다. 그러나 여자4호의 마음을 알 수 없어 남자는 걱정만 하다 끝났다. 남자나 여자나 우물쭈물하다 시간만 가 버렸다. 결국 남자4호는 여자4호가 아닌 여자2호에게 돌아갔다. 여자2호가 마음과 매력을 다 보여 주었기 때문이다.

> "애정촌이 참 특이한 곳 같아요. 또 다른, 내가 몰랐던 그 사람(남자4호)에 대한 매력, 이런 게 자꾸만 보이는 거예요. 그래서 애정촌 사람들의 마음이 갈대일 수밖에 없겠다는 걸 오늘 느꼈어요."
>
> 여자2호(37세/모델, 연기자), 인터뷰 중

누군가 나를 사랑한다면 그 이유를 물을 필요가 있을까?

알랭 드 보통

여자3호 서유정은 만화 그리는 남자5호에게 마음이 간다. 남자5호는 그것도 모르고 다른 여자에게 마음을 표시했다. '도시락 선택'을 통해 여사는 비로소 자신의 마음을 보여 주었다. 님자는 물

준 화초처럼 다시 일어섰고, 그들은 서로가 잘 통한다는 것을 확인했다. 둘은 버스 타고 통영과 부산을 오가며 장거리 버스 데이트를 했다. 대중교통을 이용하여 데이트하는 것은 여자3호의 오랜 소망이었다. 연예인에게 행복한 일상은 소중한 꿈이다. 결국 중요한 것은 일상의 행복이다. 남자5호는 그것을 여자3호에게 선물했다.

여자3호가 좋아하는 것이 남자가 좋다는 뜻일까? 분명 여자3호는 남자5호의 단점보다는 장점을 집중적으로 봤다. 그리고 '최종 선택'에서는 마음으로 쓴 긴 편지를 낭독했다. 결국 두 남녀는 애정촌의 유일한 짝이 되었다. 그들이 어느 수준으로 마음을 교감했는지 단정할 수 없다. 다만, 나는 보통 여자와 십오 년 이상 연예계 생활을 하며 그쪽 생리를 터득한 여자의 처세술은 매우 다르다는 것을 느꼈을 뿐이다. 그녀들의 입장은 이해해도 연애 감정은 도무지 알 수 없다. 그녀는 정말로 그 남자를 좋아했을까? 남자 때문에 공포를 이기며 서낭당을 찾아갔을까? 베테랑 연기자답게 그녀들은 완벽한 연기를 했던 것일까? 진실은 어쩌면 애정촌을 떠나고 한참 후 그들을 다시 만나야 알 수 있을 것 같다. 그때쯤이면 애정촌의 마법이 풀리고 진짜 감정만 남아 있을 테니 말이다.

애정촌이 던져 준 애정 문제를 풀며 그때는 왜 울고불고했을까, 라며 웃을 수도 있다. 염통 옆에 걱정 보를 달고 살 필요는 없다. 울고 웃다 보면 죄다 해결될 문제다. 결국 시간이 지나고 나면 본질만 남아 자신이 누구인지 내 애정관은 무엇이었는지 알게 될 것이다. 연예인이라고 조금 유명할 뿐 특별하게 다를 것은 없다. 그들도 불완전한 여자고 꿈꾸는 여인이고 사랑받고 싶은 소녀들이다. 본질은 변함없는데 그들의 마음은 여전히 포장지 속에 살짝 감추어져 있다.

그녀들은 모두 삼십 대 중반, 15년 차 이상 연예계 생활을 해 온 연예인들이다. 그들의 인생을 보고, 지난 연예계 생활과 과정을 알면 그녀들의 마음이 조금 더 잘 보인다. 심지어 애정촌 이후의 여정도 눈에 보이는 듯했다. 그들의 인생에 애정촌은 조용한 후폭풍을 가져다 줄 것이다.

방송 연예계에 애정촌처럼 인생을 정면으로 마주하고 승부하며 마음을 흔들어 놓은 프로그램은 없었다. 여자 연예인들에게 그것은 신선한 충격이었을 것이다. 대본 없이 각본 없이 오로지 마음 가는 대로 보낸 일주일의 추억과 경험은 조용하지만 강력하게 그들 인생에 각인될 것이다.

방송 이후 여자4호는 연예인 데뷔 때부터 함께 일해 왔던 매니저와 헤어졌다고 했다. 그녀의 신상 변화는 어느 정도 예상했었다. 그녀는 연예인으로만 살아온 자신의 모습을 애정촌에서 돌아보았다. 그리고 일상의 행복을 찾아서, 진짜 삶을 찾아서 스스로 선택한 길로 갔다. 인생도 사랑도 그녀에게 새로운 물결이 밀려왔다. 가슴이 시키는 대로 하면 인생 후회 없다는 말은 애정촌에서 끝나지 않았다. 그녀의 삶은 그렇게 변해 가고 그녀의 사랑도 그렇게 시작되고 있다.

그녀에게
돌을
던지는 자,

누구인가?

애정촌 33기
ROTC 편

젊은 청춘이 가진 꿈의 크기를
잴 수 있는 저울은 없다

인간의 심장은
보이지 않는 깊은 곳에
있다

그녀는 누구인가? 내가 잘 모르는 여자의 결정체, 도저히 알 수 없는 미스터리의 집합체는 아니었을까? 애정촌에서 수많은 사람들을 만나 봤지만 나는 감히 사람을 안다고 말하지 못하겠다. 그리고 여자를 좀 안다고는 더욱 말하지 못하겠다. 여자의 마음은 미스터리. 그냥 애정촌 법칙에 맡기고 기도를 할 뿐이다. 제발, 이번에도 무사히!

파란 옷을 입고 나타난 그녀를 나는 애정촌에서 처음 봤다. 그 옷이 쇼핑몰에서 빌려 입고 왔다는 사실은 방송 후에 알았다. 애정촌에서 6박 7일 촬영하는 동안 그녀는 남자들의 인기를 독차지한 애정촌의 주인공이었다. 요리 인생 외길을 걷고 있다는 말만 안 했어도 언론의 포화는 비껴갔을까. 누구나 복잡하고 다양한 의도를 숨긴 채 방송을 두드리는 현실에서 누가 그녀에게 돌을 던질 수 있을까. 세상 사람들은 한 치 거짓 없이 인생을 살아가는 것일까.

결국 그녀 때문에 방송은 끝이 없는 반쪽짜리가 되고 말았다. 불발탄이 그렇게 아프고 오발탄이 그렇게 피해기 클 줄은 몰랐다. 건강한 발전을 위해서 성장통은 필요하다. 그러나 그 결정이 옳았다는 확신은 지금도 들지 않는다. 환부를 도려내야 했는데 다리를 잘라 버린 것일 수도 있다. 빈대 한 마리 죽이려다 초가삼간 태운 꼴은 아닌지 돌아보게 된다. 2부 방송이 불방으로 결정된 후 안타까움에 사무실로 찾아왔던 선량한 출연자의 얼굴이 지금도 눈에 선하다. 그들에게 미안하고 감사하다는 말밖에 할 말이 없다. 그들의 명예 회복을 위해 방송되지 못한 그 후의 이야기를 언젠가 할 수 있기를 바랐다.

시간이 지나고 나면 상처는 아물고 사람은 용서하게 된다. 사건이 생기면 인생 끝장난 듯 심각하게 울어 대지만 시간이 지나면 사람들은 기억 못 하고 당사자도 잊고 웃으며 살아간다. 세월 지나니 원인을 제공한 출연자에 대한 일체의 감정이 다 사라지고 말았다. 지금 그녀에 대한 서운함은 잊고 다른 사람들에 대한 미안함과 안타까움 그리고 고마움만 기억할 뿐이다.

『짝』을 제작하면서 사랑보다는 사람을 입체적으로 많이 알아 간다. 애정촌은 그것이 가능한 공간이다. 면접을 볼 때와 애정촌에서 생활하는 것이 전혀 다른 출연자를 보면 당혹스럽다. 말만 앞서는 경우 그럴 위험성이 높다. 악어의 눈물을 흘리며 면접 당시 천연덕스럽게 우리를 감동시켰던 누군가 있다. 누구는 촬영 현장에서 매우 까다롭게 제작진을 괴롭히거나 애정촌 분위기를 망쳐 놓는다. 누구는 방송 내내 제작진을 달달 볶는다. 대부분 그런 사람들은 방송 후 애정촌의 크고 작은 잡음에 연루되어 있다. 프로그램의 이미지를 훼손하는 주범이다. 사전에 걸러지면 좋으련만 일대일 대면으로 악인과 천사를 구별하는 일은 의외로 쉽지가 않다. 신은 인간의 심장을 보이지 않는 깊은 곳에 숨겨 두었다.

청춘의 꿈은
결코 저울로 잴 수 없다

5월 어느 날이다. 6월 말에 전역 예정인 남자가 면접을 보러 왔다. ROTC 출신 육군 중위로 곧 취직을 앞두고 있는 남자다. 자기와 같은 사람들이 6월 한날한시에 3천 명 정도가 전역한다고 했다. 최정예 일곱 명의 사내를 뽑는 일은 어렵지 않을 것 같다. 그러나 정작 불씨를 당긴 그 남자는 개인 사정이 생겨 출연이 무산되었다. 그리고 그 후 일 년이 더 지나 그 남자는 연상/연하 특집 편에 출연했다. 사람은 다 때가 있고 각자 제자리를 찾아가는 모양이다. 그러니 사람의 인연도 모를 일이고 이런저런 일들이 어떻게 꼬이고 풀릴지 인생사는 더욱더 알 수 없는 일이다.

　　요즘 『진짜 사나이』 인기가 대단해 군대 생활이 안방으로 낱낱이 중계되고 있다. 보기에 재미있을지 몰라도 해 보면 단조롭고 사납고 괴로운 추억만 가득한 것이 군대 생활이다. 군대 친구를 만들지 못하는 이유가 그때의 악몽이 싫기 때문이다. 군대로 인해 공부나 연애에 있어 대한민국 남자의 청춘은 어느 순간 늘 토막 나게 되어 있다. 고무신을 거꾸로 신은 여자의 사연은 이등병의 편지와 함께 늘 애처롭게 젊은이의 마음을 흔든다. 그만큼 군대 간 남자와 남은 여자의 로맨스는 매번 위태롭고 안타깝다. 그 정서를 애정촌에 녹인다면 달달하고 공감 가는 내용이 나올 것도 같다. '당신은 군대 간 연인을 위해 울어 본 적이 있습니까?' 그래서 내레이션 첫 문장도 이렇게 감성에 호소하며 시작했다.

2012년 6월 30일 3천여 명의 ROTC 48기 동기들이 동시에 전역했다. 그들 중 짝 없는 일곱 명의 남자는 전역하는 날 군화를 신고 군복을 입은 채 그대로 애정촌으로 왔다. 제대할 때 남자의 고민은 취업과 사랑이다. 일보다 사랑 문제를 먼저 해결하고 싶은 일곱 남자들이 애정촌을 찾은 것이다. 그들은 동기라서 바로 인사를 나누고 말을 놓았다. 금방 친해지고 결속력과 동기애가 생겼다. 사랑이냐, 전우애냐? 그 시험대가 펼쳐졌다.

남자5호:

모든 남자들이 다 자기는 말이 잘 통하고, 뭐 이런 걸 말하지만 결국 정답은 아름다운 여성에게 눈이 가지 않을까?

여자들이 오는데 남자들은 여자에 대한 갑론을박 중이다. 여자1호는 늘씬한 미녀고 여자2호는 귀여운 미녀다. 그리고 여자3호가 나타났다. 파란 옷을 입고 등장하는 그 장면이 눈에 선하다. 방송과 동시에 쇼핑몰에 도배되기 시작한 바로 그 옷들이다. 그때는 아무것도 모르고 그 패션을 좋고 예쁘게만 평가했다. 과거의 부정이나 거짓은 미래 어느 시점에 가면 드러난다. 지금 누군가 잘못하고 있는 것도 끝까지 가 보지 않으면 누가 알겠는가. 정작 무서운 것은, 인간은 잘못된 길을 가고 있어도 그것이 정당하다고 자기 인생을 합리화하며 산다는 것이다. 그만큼 옳고 바르게 사는 일은 매우 힘들다. 참혹한 일들도 현실로 맞닥뜨리기 전까지는 달콤하고 행복할 수 있다. 우리는 그 순간 남녀의 첫 만남 분위기가 순수하고 달달해서 신 나게 촬영했고 그들을 흐뭇하게 바라보았을 뿐이다. 돌이켜보면 …… 덫 안에 갇힌 인생이 춤을 추고 있었다.

폭우가 내려
흙탕물이 흐를 때는
맑아질 때까지
기다려야 한다

애정촌에 거세게 비가 내린다. 학교 강당을 빌려 자기소개를 했다. 처음부터 남자1호의 박력 넘치는 목소리가 강당에 울려 퍼졌다. 특전사 출신 남자1호, 그는 애정촌 33기의 에이스다. 그는 여자3 호와 본격적으로 애정 전선이 형성되는 2부 방송에서 중심 역할을 한 인물이다. 진심을 다해 열심히 해 주었기에 더욱더 미안하고 많이 아쉽다. 남자1호의 자기소개는 멋졌다. 세 여자가 '도시락 선택'으로 몰릴 만했다. 베레모에 검은 선글라스를 쓰고 당당한 젊은 이의 패기와 희망을 보여 주었다. 우렁찬 기합 소리만으로 여자들은 술렁였고 몸을 일으켰다. TV에서 가끔 보던 그 특전사 무술 시범이 박력 있게 펼쳐졌다.

"전 중·고등학교 때 공부를 참 못했어요. 많이 놀아서 부모님 속을 썩이다가 철이 들었던 것 같아요. 대학교 때 그래서 목숨을 한번 걸고 공부를 해 보자. 하니까 1학년 1학기 때 태어나서 처음 수석을 했어요. 그렇게 해서 또 목숨 걸었어요. 학군단 한번 해 보자, 장교로 군대 멋있게 갔다 오자. 됐어요. 그래서 또 한번 목숨을 걸어 보자. 특전사에 지원했습니다. 제가 하고 싶은 말은, 맞습니다, 현재 무직입니다. 근데 목숨을 세 번 걸어 보니까 마음먹고

하면 안 되는 일이 없다는 것을 알았습니다. 그래서
저는 분명히 그런 걱정 하실 필요 없다고 말씀 드리고
싶습니다. 현재는 무직이지만 미래는 자신 있다. 이렇게
끝내겠습니다. 이상! 끝!"

남자1호의 자기소개 중

"여태까지 계속 외길 인생. 요리했고요. 그리고 식구가
많아요. 동생이 세 명 있거든요. 막내가 저하고 띠
동갑이고 어린 동생들 어렸을 때부터 제가 봐 주고 거의 뭐
제가 키웠다고 그래서 가정적인 그런 면이나 경제적인 면
다 갖춰진 게 저의 장점인 것 같아요."

여자3호의 자기소개 중

'도시락 선택'은 전투식량을 준비하여 갓 전역한 그들을 깜짝 놀라
게 해 주었다. 여자3호에게는 서울대, 연세대, 고려대 세칭 SKY 출
신 세 남자가 왔다. 그녀에게 잘 보이고 싶은 푸르른 청춘들이 나
이에 비해 인생 경험이 풍부한 한 여자에게 쩔쩔매고 있다.

"남자들은 SKY? 어떻게 해. 나는 여기 촌 동네 학교
나왔는데 ……. 주눅 들거나 부담되는 거 전혀 없어요.
공부를 하고자 해서 열심히 한 거는 되게 높이 사는
부분인데 그건 잘하는 부분이 그거였던 거고 제 분야에서
저도 나름대로 공부 열심히 하고 있고 ……."

여자3호의 인터뷰 중

'범생이' 인생과 대찬 인생이 전투식량을 놓고 감정을 나누고 있다. 인생은 공부로 재단할 수 없다. 학교와 군대가 전부인 청춘과 세상이 학교였던 사람의 차이는 생각보다 크다. 그들은 스스로 그녀 앞에서 작아져 갔다. 시간이 흘러 '도시락 선택'이 또 있었을 때 여자3호 앞으로 일곱 남자 중 다섯 명이 몰려들었다. 세상 사람들을 속인 대가로 불행하게도 대단했던 그 장면은 방송되지 못했다.

6박 7일 그 기나긴 시간 동안 여자3호 바로 앞에서 밥을 먹고 얘기를 하고 감정을 나눈 남자들이 어리석게도 그녀에게 속아 넘어간 것인가? 기자들의 논리대로, 세상 사람들의 잣대대로 당신도 그렇게 생각하는가? 나를 중심에 놓고 보면 언론은 부정확한 것투성이다. 아무것도 모르면서 멍멍 짖는 동네 개도 부지기수다. 배고프다고 풀을 뜯어먹지 않는 호랑이의 기개로 권력과 힘 있는 자를 비판한다면 나도 그들 앞에 머리를 조아릴 것이다.

그러나 모질게 살아온 한 여자의 인생을 아무렇게나 뜯어발기고 본때를 보여 주는 것은 가장 수준 낮고 비겁한 처세술이었다. 여자를 잘 몰랐다는 이유로 나는 벼락을 맞았고, 온전히 책임을 지고 2부 방송을 접었다. 돌아보면 세상의 분노는 그녀를 향한 것이 아니고 나를 겨냥했던 것이다. 그녀가 아니라 내가 사죄할 것을 세상은 요구하고, 그러면 또 아무런 일도 없었던 것처럼 사람들은 잊고 살 것이다. 그래서 불방을 결정했고 용서를 구했다. 그녀의 죄는 무거울 수도 가벼울 수도 아예 없을 수도 있는 이상한 잣대가 세상에는 통용되고 있다.

모든 진실은 시간이 지나면 드러날 것이다. 폭우가 내려 흙탕물이 흐를 때는 맑아질 때까지 기다려야 한다. 세상의 물벼락을 맞다 보니 정신을 못 차렸던 것일까. 나 역시 그 순간 감정의 남용에 이성이 제대로 작동되지 않았을 수도 있다. 그것은 세상을 시끄럽게 할 만큼 대단한 사건이었는가? 생계를 위해 그녀가 한 수많은 일들

중에 정작 죄를 물을 만한 일들이 있었는가. 우리는 시시콜콜 그 모든 일을 그녀에게 묻고 검증해야 했는가.

그녀의 말이 모두 사실이라 여기고 그렇게 방송을 만들었다. 요리 외길 인생이라는 말만 거두었어도 파장은 크지 않았을지도 모른다. 목구멍이 포도청인지라 사람은 때로는 험한 일도 하고 그러다 보면 때도 묻는다. 그것은 법이 묵인하는 회장님의 죄와 비교한다면 세상에 떠다니는 티끌 하나에 불과할지도 모른다. 그러니 예수님은 너희 중에 죄 없는 자가 먼저 돌로 치라고 하지 않았겠는가.

사람을 제대로 알아야
사랑도 제대로 한다

낯선 곳에서 함께 고생하다 보면 새로운 사랑도 찾아오고 사람도 달리 보인다. 그래서 그들은 외딴 섬으로 갔다. 그들은 젊기에 무엇이든 할 수 있지만 조건은 열악했다.

"이제부터 여기가 애정촌입니다. 이곳을 무인도라 생각하고 생활의 불편함은 사랑으로 승화시켜 주기 바랍니다."

생활을 보면 사람이 보인다는 의도로 기획한 1박 2일 무인도 섬 생활이 시작되었다. 이곳에서 일곱 남자, 다섯 여자의 진면목은 좀 더 구체적으로 보일 것이다. 위기의 순간 그 사람이 어떻게 하는지를 보면 사람의 크기를 알 수 있다. 사람을 제대로 알아야 사랑도 제대로 할 수 있다. 1박 2일 무인도 생활을 통하여 여자3호는 새롭게 남자들의 마음을 사로잡았다. 공부만 하고 지시만 하다 보니 남자들은 생활의 지혜가 부족하다. 불도 제대로 못 피우고 쩔쩔맨다. 그런 남자들에게 독립심과 생활력이 강한 여자3호가 뭔가 보여 주었다. 불은 이렇게 피우는 거란 말이다. 돌을 받치고 공기가 숨 쉬게 하고 …… 그리고 끝. 일곱 남자가 한 여자를 못 당한다. 그렇게 모닥불이 해변에 피어올랐다.

　　젊음과 낭만으로 버무려진 외딴섬의 추억 속에 여자3호의 존재는 더욱 빛났다. SKY에 주눅 들지 않고 당당하게 맞설 수 있는 젊은 여자는 멋지다. 그녀의 캔디 같은 인생 그리고 꿈을 꾸는 청춘에서 희망을 보았다. 젊은 그들이 가진 꿈의 위대함을 시청자에게 전해 주고 싶었다. 그래서 '젊은 청춘이 가진 꿈의 크기를 잴 수 있는 저울은 없다'고 자막을 썼다. 그 말은 그녀뿐만 아니라 애정촌 33기 다른 출연자 모두에게 주는 나의 애정 어린 선물이다.

학사장교 일곱 명은 모두 무직이다. 입사가 예정된 경우도 있지만 대부분은 전역하여 일자리를 찾는 입장이다. '최선을 다해 살아온 인생이라면 그 사람의 미래는 밝을 수밖에 없다'라고 그들의 인생에 헌사를 하는 마음으로 또 그렇게 메시지를 전했다. 나는 그렇게 진심으로 그들의 앞날을 축복해 주고 용기를 북돋워 주고 싶었다. 그러나 방송도, 그들과의 교감도 딱 거기까지였다. 1박 2일 섬 생활이 끝나고 다음 날, 그들은 굉장히 호사스러운 펜션으로 보금자리를 옮겼다. 극과 극 생활을 체험하며 본격적으로 애정촌 후반전이 펼쳐졌지만 아쉽게도 그 내용은 방송되지 못했다.

방송 후 여자3호의 쇼핑몰 홍보와 거짓말 논란으로 기자와 시청자의 집중 포화를 맞았다. 결국 제작진은 읍참마속의 심정으로 편집까지 다 마친 2부 방송을 취소했다. 2부 방송은 여자3호에게 일곱 남자 중 다섯 남자가 몰리면서 시작한다. 사실 한 남자는 너무 많은 남자가 몰리자 사전 인터뷰와는 달리 마음을 바꾸어 다른 여자에게 갔다. 그런 '의자녀'의 탄생으로 시작된 ROTC 동기들의 사랑과 전쟁은 박진감 넘치게 전개되었다. 그러나 인생도 부침이 있듯이 그녀에게도 위기가 오고 남자들이 하나 둘 떠나갔고 남을 사람만 남았다. 그 남자가 특전사 출신 남자1호였다. 여자3호가 유명세를 타면서 그 남자의 마음고생도 상상이 갔다. 미안하고 또 미안했다. 어쨌든 애정촌 열두 명의 남녀는 앞으로 닥쳐올 평지풍파를 모르고 행복한 사랑 전쟁을 펼쳐 갔다.

그들을 시험하기 위한 운명의 '랜덤 데이트'는 회심의 카드였다. 해변에 텐트 일곱 개를 준비했고 그 안에는 다섯 여자와 제작진에서 보낸 두 남자가 있었다. 자기 여자의 향기를 찾아 텐트 앞에 남자가 섰고, 그 남자는 지상에서 가장 큰 목소리로 '내 여자가 확실합니다'라며 우렁찬 기합을 외쳤다. 특전사 출신 남자1호가 온몸을 던지며 외치던 고함을 잊을 수 없다. 텐트 안에서 그 목소리를 듣고 있는 여자의 표정이 지금도 눈에 선하다. 남자1호는 자신이 원하던 여자3호와 극적으로 만났다. 생애 가장 큰 목소리로 씩씩하게 '내 여자가 확실합니다'를 외쳤지만 여자가 아닌 남자를 만난 남자3호와 남자2호의 비극적인 반응들은 '랜덤 데이트'의 백미였다.

가장 유쾌한 남자와 가장 재미있는 남자 둘이 데이트를 못 나갔다. 그런데 둘은 동기들의 데이트 현장을 습격하며 그들만의 재치와 동기애를 보여 주었다. 건강한 무공해 웃음 포인트를 구경하는 재미가 쏠쏠했다. ROTC 동기들의 전우애와 사랑 다툼은 오랜만에 애정촌을 후끈 달아오르게 했다. 풋풋한 데이트 현장, 재치 있는 프러포즈 순간, 동기들 간의 치열했던 데이트권 경쟁 등 방송되지 못한 명장면들은 두고두고 아쉽다.

'첫인상 선택', 첫 번째 '도시락 선택'에서 고배를 마신 전직 항해사 출신 여자4호는 재기에 성공했다. 고대 출신 남자4호의 프러포즈를 받은 것이다. 착한 여자와 착한 남자가 만나 나누는 알콩달콩한 사랑 이야기는 해피엔딩이 되었다. 보컬 트레이너 여자2호는 연대 출신 남자3호와 줄곧 티격태격 사랑 전쟁을 벌이다 짝이 되었다. 소주 같은 여자와 맥주 같은 남자가 만나 시원한 폭탄주를 선사하는 장면을 보여 주지 못해 많이 아쉽다. 그 여자 매우 귀여웠고 그 남자 매우 유쾌했다. 여자3호와 최후의 승부를 겨룬 특전사 출신 남자1호. 그는 남자답게 애정촌에서 최후까지 멋진 모습을 보여 주고 여자 마음을 얻었다. 그러나 방송 후폭풍 때문에 모든 것은 바람과 함께 사라졌다. 특전사 남자답게 그 남자 우렁차게 '괜찮습니다'라고 말하고 또 목숨 걸고 인생을 멋지게 살아가리라 믿는다.

애정촌은 그들의 인생에 태풍처럼 왔다 갔다. 방송되지 못한 아픔은 있지만 애정촌 일주일은 그들에게 소중한 추억과 경험을 준 가장 행복한 시간 아니었을까. 살아가는 모든 것이 내 뜻대로 되지는 않는다. 인생은 희로애락이 있기에 푸르게 살아 있고 또 단단하게 성장한다. 그들 모두 애정촌으로 인해 인생이 한 뼘 더 자라는 계기가 되었기를 바란다. 여자3호도 인생 공부 제대로 했다고 전화 위복 삼아 행복한 삶을 살았으면 한다. 애정촌 33기, 그들이 진심으로 고맙고 많이 미안하다. 그들의 삶이 아름답기를 기원하고 청춘의 꿈과 용기를 잃지 말기를 소망한다. 젊은 청춘이 가진 꿈의 크기를 잴 수 있는 저울은 없기에.

2부

선택의
시간은
다가오고

인생도
사랑도
예측 불가

**애정촌 35기
보성 녹차밭 편**

인생은 새옹지마
사랑도 그럴 수 있다

숨길 수 없는 것이
사람의 마음이다

오늘 남자 여자의 첫 만남은 물레방앗간도 아니고,
우물가도 아니고, 보리밭도 아닌 바로 녹차밭에서
이루어진다.

그 여름 녹차밭은 남도의 햇볕으로 더욱 짙푸르게 반짝였다. 바람이 휘저은 공기 녹차를 마시며 나무들은 근사하게 늙어 갔다. 바로 그 녹차밭 나무 아래에서 일어난 일이다.

공들여 치장하고 한껏 개성을 뽐내며 남자들이 나타났다. 그렇게 모여든 사내들이 서로를 반기고 또 경계했다. 특히 남자5호가 나타났을 때 남자들은 모두 그를 인정했다. 당신이 녹차밭 표지 모델이라는 사실을 ……. 그렇다. 그는 애정촌 35기의 상징이 되었다. 정우성이라 불린 남자. 고려대 출신에 현대자동차 재직 중인 이 남자는 여자보다 남자가 봐야 잘생긴 것을 더 알아준다. 예쁜 인형처럼 생긴 아이돌 스타나 미디어가 만든 '품절남'들과는 다른 미남이다. 원재료가 좋은 인물과 가공 능력이 뛰어난 인물 차이랄까?
　　수많은 남자 연예인들을 본 바로는 장동건을 보았을 때 비로소 남자 조각품을 감상하는 기분을 느낄 수 있다. 장동건과 소지섭과 이병헌은 각기 다른 매력의 남자다. 매력을 떠나 잘생긴 것을 고른다면 단연 장동건이다. 그런 의미로 잘생긴 남자5호의 활약상이 애정촌 35기의 관전 포인트다. 그가 인물도 출중한데 인간적인 매력마저 돋보인다면 여자들이 사랑할 것이고, 신의 장난처럼 인물은 좋은데 약점과 허물을 감추어 두었다면 몹시 고전할 것이다. 아무리 봐도 인물 면에서 첫인상을 판단하면 남자들 중 남자5호가 단연 으뜸이다.

여자들은 어떤 반응을 보일지 첫 만남에 눈과 귀가 쏠렸다. 예상하자면 아주 몰리거나 의외의 결과가 나오거나 그럴 것 같다. 우리는 물레방앗간의 은밀함과 우물가의 간절함과 보리밭의 엉큼함을 모두 버무린 아주 요상한 녹차밭의 첫 만남을 기대하고 있다. 녹차 향을 맡으며 첫 여자가 걸어오고 일곱 남자는 여자를 기다린다. 그들은 첫 만남의 짜릿함만을 기대하고 있다. 처음 만나는 순간 놀라움과 긴장된 결말이 바로 펼쳐지리라고는 생각지도 못했을 것이다.

> "남자 여자의 첫 만남은 첫인상과 함께 시작하겠습니다.
> 여자가 첫인상이 마음에 드는 남자 옆에 설 것입니다."

첫 만남과 동시에 '첫인상 선택'을 한다고 선언하자 남자 여자가 긴장하는 것이 보였다. 그들 누구도 예상하지 못한 상황이다. 멀리서 여자들의 모습이 드러났다. 여자는 천천히 다가가 남자들을 살펴보고 누구의 옆에 섰다. 여자의 감각은 뛰어나다. 남자는 일이 터져 눈에 보여야 비로소 사태를 파악하지만 여자는 느낌만으로 순식간에 모든 상황을 파악한다. 나는 그런 여자의 감각과 본능을 믿었다. 일곱 남자를 살펴보고 마음을 정하는 것쯤이야 그다지 긴 시간이 필요하지 않다. 그러니 부정확하거나 판단 착오라고 생각할 필요는 없다. 결과는 농협 다니는 청주 출신 남자2호에게 세 여자가 섰다. 그렇다면 정우성이라 불린 남자5호는? 아무도 가지 않았다. 여자들은 왜 그런 선택을 했을까?

여자4호 :

남자5호는 되게 또렷하게 생긴 분, 약간 고민했었어요.
그런데 말 없고 좀 ……. 성격은 잘 모르겠으니까
인상 좋은 분한테 가긴 했는데.

여자2호 :

저랑 되게 비슷하다. 남자5호 때문에
저도 고민을 했었는데 …….

여자4호 :

엄청 고민했어요, 그렇죠?

여자2호 :

근데 남자5호 그분이 눈을 …… 다른 분들은
이렇게 부끄럽게 눈 피하는데 …….

여자4호 :

눈 마주치는 거예요. 그래서 눈이 한 번 더 가더라고요.

여자3호 :

남자5호면 혹시 쌍꺼풀 있는 분? 저도 고민했는데 …….
되게 웃으면서 아이 컨택.

여자2호 :

…… 고민을 하다가 스윽 봤는데 너무 인상이 편한 분이

있어서 바로 갔죠.

여자3호 :

나도 갈등하다가 그랬는데 ……. 남자5호가 너무
뚫어져라 쳐다보니까 …… 갈까 하다가 …….

여자들의 관심이 집중되었지만 정작 선택은 아무도 하지 않았다.
남자는 아무 말도 안 했는데 고도의 심리전은 치열했나 보다. 그렇
게 요란한 마음의 소리들이 있었을지 누가 알았으랴. 결과만이 녹
차밭을 지배하고 있다. 세 여자를 모시고 의기양양하게 가는 남자
와 아무도 없이 혼자 가는 남자가 인생의 희비를 가르고 있다. 녹
차밭 들어올 때와 나갈 때 기분이 달라도 한참 다르다. 애정촌 가
는 길, 누구는 고독하고 누구는 애정이 충만하다.

남자7호 :

나는 진짜 그렇다 쳐도 진짜 남자5호 님은 진짜
그럴 줄 몰랐다. 여자들이 눈이 진짜 다양한가 봐.
남자2호 님이 몰표잖아. 그거 보면 다양한 건 아닌데 …….

남자5호 :

여자가 딱 왔을 때 제대로 얼굴을 못 봤을 거야.

남자7호 :

응, 맞아요. 첫인상이 뭐 …… 중요하냐?

물론 남자들의 '첫인상 선택'도 여자 모르게 진행했다. 녹차 한 잔을 들고 가 여자 방에서 마음에 드는 여자에게만 주라는 미션이었다. 녹차 한 잔에 생각이 바뀌고 감정이 바뀌는 것을 그녀들은 경험할 것이다. 남자들에게 혼자 오는 여자는 당당하지만 여자들에게 혼자 가는 남자는 어쩔 줄 모른다. 그 와중에 쑥스럽고 당황하여 어떤 여자에게 주었는지 생각도 잘 안 난다는 남자도 있다. 남자들이란 그렇게 대범한 듯 보여도 소심하고, 외향적이더라도 내성적이고, 뻔뻔하다가도 부끄러워 어쩔 줄 모르곤 한다. 스펙이 뛰어나도 단점 하나만으로 여자에게 차이기도 하고 온통 단점투성이 남자도 장점 하나로 여자를 사로잡기도 한다. 그 모든 것은 까 봐야 안다. 그렇게 안타깝고 다행스러운 상황이 늘 공존하는 것이 남자의 인생이다. 수컷끼리는 언제나 볏을 세우고 으스대지만 여자들 앞에서는 마냥 잘 보이고 싶은 얌전한 사내아이로 돌아간다.

애정촌 첫날 남자들은 대개 엄마 품의 아기처럼 잘 웃고 모두 다착한 남자가 된다. 그들은 만남과 동시에 힘든 선택이 오고간 때문인지 마음이 더 활짝 열려 있다. 첫날 밤 감정 교류가 그렇게 활발한 적은 일찍이 없었다. 대뜸 남녀의 손을 잡게 했더니 애정 진도는 저만치 가고 있는 셈이다. 조금이라도 더 잘 보이려고 미소 짓고 틈만 나면 말하려 하고 보이지 않는 곳에서도 알아서 일하고 있다.

오늘 낮 첫 만남은 한마당 폭풍이었고 밤이 되이시야 정신 차리고 비로소 그 사람을 다시 본다. 직업, 나이, 학교 등 궁금한 것은 많지만 모르기 때문에 더 사람을 직관대로 판단하고 상상한다. 이미지와 말투와 성격 등을 통해 사람을 안다고도 섣불리 생각한다. 그런 것은 모두 자신이 살아온 인생을 바탕으로 생각하고 판단한다. 어찌 생각이 없겠는가? 그 생각은 또 얼마나 가볍고 쉽고 엉뚱할 수 있겠는가? 개인 정보를 모르고 사람을 보면 나중에 인간의 선입관과 편견이 얼마나 부당한지 깨닫는다. 애정촌 입소 다음날 자기소개에서 남자5호는 스스로를 순정파라고 소개했다.

> "저는, 학교는 고려대학교 신문방송학과를 나왔습니다.
> 현대자동차에 다니고 있고요. 보이는 이미지가 약간
> 잘 놀 것 같다. 잘 놀았을 것 같다는 것은 편견일 뿐,
> 좀 약간 순정적인 편이에요. 한 번 여자를 좋아하게 되면
> 끝까지 좋아하는 편이고 …….."
>
> 남자5호(30세/회사원), 자기소개 중

'첫인상 선택'에서 여자들이 모두 외면했던 남자5호. 신상 정보가 공개된 후 여자들은 그를 어떻게 보았을까? 첫날 그녀들은 남자5호를 모델이나 연예인지망생으로 생각하기도 했다.

> 여자2호 :
> 똑같은 사람인데 자기소개 전과 후가 괜히
> 느낌이 뭔가 달라요.

> 여자5호 :
> 남자5호 님이 반전이었어.

> 여자2호 :
> 어, 완전 반전.

여자1호 :

남자5호 님 화려해 보이고 좀 그래 보였는데 ……
오늘 보니 좀 수수한 면이 있는 분 같아요. 본인 자체는
겸손하기도 한 것 같고.

여자3호 :

순정파, 순정파.

여자2호 :

여자한테 그렇게 당당하게 말할 수 있다는 게,
난 정말 순정파라고 …….

여자3호 :

근데 눈이 그렇게 보여. 눈에 그런 게 보이는 것 같아.

여자1호 :

눈을 맞춘다는 게 집중한다는 거잖아. 그게 난 솔직히
좀 부담스러울 뻔했는데.

여자3호 :

근데 오히려 그 눈이 되게 진심어린 눈이었다는 것 때문에
그게 나는 살짝 반전이었던 것 같고 …….

남자1호(34세/자영업자)
남자2호(30세/금융인)
남자3호(30세/회사원)

남자4호(37세/오케스트라 지휘자)

남자5호(30세/회사원)

남자6호(31세/자영업자)

남자7호(36세/교사)

여자1호(29세/회사원)

여자2호(25세/무용 강사)

여자3호(32세/학원 강사)

여자4호(26세/회사원)

여자5호(29세/영어 강사)

여자들의 관심은 또 남자5호에게 집중되었다. '첫인상 선택' 때 마음은 있으면서 전혀 엉뚱한 선택을 했던 여자들이 자기소개 후 남자5호를 칭찬하며도 호감을 표시하고 있다. 금방이라도 '의자왕'이 탄생할 듯한 분위기다. 그런데 곧이어 선택의 시간이 왔을 때 여자들은 남자5호에게 얼마나 몰렸을까? 단 한 명뿐이었다. 여자들은 또 눈치를 보며 골고루 흩어졌다. 그것은 여자들의 진심인가? 결국 '도시락 선택'은 남자들이 했다.

유서 깊은 강골마을의 집집마다 여자들이 기다리고 남자는 이정표 따라 찾아가기로 했다. 여자1호에게는 남자1호를 비롯한 네 남자가 갔다. 하지만 긴장감은 없었고 남녀의 감정도 끓어오르지 않았다. 그들은 공허한 말들만 주고받고 말았다. 여자는 '첫인상 선택'을 한 남자1호를 '도시락 선택'에서도 원했다. 그 여자 그 남자는 끝까지 그렇게 둘만의 밀월로 시작하고 끝났다. 심지어 '랜덤 데이트'에서도 둘은 만났고 결국 짝이 되었다.

　　　고속도로로만 달리는 스토리 없는 연애는 자장가와 같다.

지금 여자의 마음을 모르고, 미래의 운명은 더욱 모르는 세 남자는 지금 여자1호가 좋다고 왔다. 여자1호의 네 남자도, 혼자 밥을 먹는 여자도 관심의 대상이 아니다. 여자들이 궁금해하는 남자5호의 마음은 누구에게로 가는 것인가? 역시 남자5호가 가는 길이 팽팽하고 탱탱하게 날이 서 있다. 그 남자를 발견한 여자의 표정에 기쁨과 놀라움이 교차한다. 그날 여자4호는 남자5호와 남자7호 두 남자와 밥을 먹었다.

남자5호 :

어색한 …….

여자4호 :

아, 못 먹겠어. 떨려서 못 먹겠어요. 진짜 …….

"남자5호 님이 또 오는 순간 너무 좋았죠. 어떤 면을 보고 와 줬는지 모르겠어요. 그게 정말 감사했고 …….”

여자4호(26세/회사원)

도시락 식사가 끝나고 여자들이 모였다. 네 남자가 온 '의자녀' 여자1호 얘기보다는 남자5호가 선택한 여자4호 얘기가 여자들은 더 궁금하다. 여자들의 관심은 또 남자5호다. 그가 누구에게 갔는지 뒷말이 무성했다. 그러면서 선택할 때만 되면 눈치를 보는 것은 짝이 없으면 두렵기 때문일까. 마음과 몸이 따로 움직이는 것을 애정촌은 환영하지 않는다. 가슴이 시키는 대로 정직하게 움직이는 사람이 애정촌의 주인공이다.

여자4호 :

남자5호가 와서 왜 이렇게 밥 먹는 게
떨렸는지 모르겠어요.

여자3호 :

얘기 듣고 싶다.

여자2호 :

남자5호 님, 남자5호 님.

여자4호 :

남자5호 님에 대한 감정이 자꾸 바뀌어요. 볼 때마다
친구가 될 것 같기도 하고, 얘기 들어보면 정말
제가 원하는 그런 성격을 가진 분인 것 같기도 하고,
근데 눈이 참 예뻐요.

여자1호 :

사슴 눈이에요?

여자4호 :

아주 잘생겼어요.

여자3호 :

남자5호 님이 감정 표현을 했어요? 마음에 든다?

여자4호 :

아니요. 그런 얘기는 안 했고.

여자5호 :

자기는 어떻게 생각하나 이런 얘기들.

여자4호 :

그런 얘기는 안 했고 그냥 평범하게 …….

사람의 마음은 숨기려 해도 어느새 드러나고 만다. 하물며 사랑은 더 그러하다. 봄꽃이 피어나 온 세상에 봄이 왔음을 알려 주는 것처럼 때가 되면 마음은 드러난다. 무용 강사 여자2호 역시 남자5호에게 관심이 많다. 그러나 첫인상도 첫 선택도 그녀는 그 남자를 외면한다. 마음과 몸이 따로 가는 이유는 뭘까. 그만큼 여자는 감정을 숨긴 채 본능적으로 때를 기다리고 있다.

　"지금 이 시점으로는 남자5호 님. 생각지도 않았던
　분이었는데 처음에 그 잘생긴 외모와 부담스러운 눈빛이
　정말 궁금하고, 그냥 순수한 마음으로, 흑심이 아니라
　아이 같은 동심이 있을 거란 생각이 들어서 좋게 마음이
　가는 것 같아요."

　여자2호(25세/무용 강사)

감정을 모르니 끊임없이 마음을 확인하려는 것이 남녀 사이다. '도시락 선택'을 무력화시키는 그들의 진실 게임은 밤낮으로 이어졌다. 참으로 징하다. 좋으면 좋은 것인데 그들은 종종 거래를 한다. 네가 좋아하면 나도 좋아하겠다. 네가 먼저 표현하라 …….

　　남자와 여자 사이에 감정이 없으면 서로 좋은 상담자가 되

어 줄 수 있다. 남자1호는 여자1호와 애정촌의 공식 커플이라서 그런지 다른 여자들은 그에게 경계심이 없다.

> 남자1호:
>
> 생각하고 있는 일 순위가 남자 몇 호예요?

> 여자3호:
>
> 남자5호였는데 모든 사람한테 다
> 표시하는 것 같아서 …….

> 여자5호:
>
> 두 분 있는데요. …… 아, 그분 마음을 먼저 알고 싶은데
> …… 한 분 말할게요. 남자7호. 그리고 한 분은 지금
> 잘 모르겠어요.

여자5호는 모두가 있는 곳에서 다른 한 남자를 말하지 않았다. 그 남자는 남자5호였다. 여자는 그렇게 속내를 숨긴 채 남자5호를 이리저리 재고 있다. 사람의 마음을 전부 아는 것은 불가능하다. 때가 되면 저절로 드러날 뿐.

> "남자5호 이미지만 봤을 때는 여자 많이 좋아하고
> 자유분방하고 그럴 줄 알았더니, 굉장히 순정파라고
> 했잖아요. 진실인 것 같아요."
>
> 여자5호(29세/영어 강사)

당신을 좋아하는 이유를
알고 싶다고? 비밀!

올림픽 축구 한일전 때문에 애정촌에서는 애정이 모락모락 피어났다. 남자5호는 여자3호, 여자2호 두 여자와 함께 새벽까지 축구를 봤다. 그들은 그날 밤 축구를 본 것일까? 사랑을 한 것일까?

"딱 외모만으로 보면 제가 제일 좋아하게 보는 외모는
여자3호예요. 꾸준하게 선택을 했던 건 여자4호고 ……."

남자5호(30세/회사원)

"남자5호 님이 옆에 있는 여자3호랑만 계속 얘기를 해서,
제가 또 말 걸고 이럴 수도 없었던 게 여자3호가 바로 옆에
있으니까 자리도 좀 그랬었거든요."

여자2호(25세/무용 강사)

"제가 승부욕이 되게 강하고 적극적이거든요.
근데 남자5호 눈을 보면 맑고 좀 집중하는 편이라
그 부분이 정말 좋다고 생각을 했었는데 표현은 안 하고
……. 적극적으로 해 주면 좋겠어요."

여자3호(32세/학원 강사)

무용 강사 여자2호, 학원 강사 여자3호, 회사원 여자4호 세 여자는 남자5호에게 호감이 있다. 그들은 그날 낮에 배드민턴을 쳤다. 남자5호가 빨간 바지를 입고 나타났다. 여자들의 관심은 배드민턴 승부가 아니다. 남자5호의 마음이 궁금했다.

여자4호 :

남자5호 님 그냥 빨간 바지 입었을 뿐인데
그게 되게 귀여운 거예요.

여자3호 :

남자5호 님은 왜 이렇게 적극적이지 않지?
내가 관심이 있으니까.

여자2호 :

진짜 남자5호 님이 딱 보는 게 느껴져. 근데 그걸
저한테는 절대 안 해요. 그런 모습이 되게 좋아 보였어요.

여자3호 :

특별한 어떤 표현 같은 걸 전혀, 조금이라도
하지 않고 그냥 단순히 매너가 좋은 분이다. 이정도?
일대일이 중요한 것 같아.

사람들은 이성에 대해서는 참 관대하다. 그래서 데이트 기회를 갖는 것이 중요하다. '랜덤 데이트'는 하늘이 주는 기회라서 더 특별하고 의외의 반전도 발생할 수 있다. 해변에 우산 일곱 개가 있다. 우산 속으로 다섯 여자가 들어갔다. 나머지 두 개 안에는 남자 제작진이 있다. 우산 안에 누가 있는지 남자들은 모른다. '랜덤 데이트'에서 만난 오늘의 상대 때문에 그들의 판도에 변화가 생길 것인가?

> "오늘은 '랜덤 데이트'를 하겠습니다. 하늘이 정해 주는 인연과
> 즐거운 식사와 데이트를 하기 바랍니다. 운수 나쁜 두 명의 남자는
> 여기 해변에 남아서 식사를 해 주기 바랍니다."

여자4호 :

아, 제발! 제발! 남자5호 님, 남자5호 님 이렇게 생각을
했는데 남자7호를 만나 약간 아쉬웠죠. 남자5호 님
좀 더 알아보고 싶었는데.

여자3호 :

남자5호 만났으면 ······

여자2호 :

남자5호 님이라고 하기에는 너무 모험인 것 같아서
내심 속으로만 생각을 했었는데 진짜 남자5호 님이어서
놀랐죠.

하늘이 정해 준 운명의 상대는 각본처럼 제작진이 원하는 조합이
되었다. 남자5호의 상대는 그녀를 원하는 여자2호가 되었다. 여자
4호는 '도시락 선택'에서 만난 남자7호를 또 만났고, 여자3호는 남
자2호를 만나 의외의 국면을 맞게 되지만 지금은 여자2호가 부럽
다. 남자6호는 자신이 원하는 여자5호를 만나 감격했고, 남자1호
는 서로 바라는 대로 여자1호를 만나 굳히기에 들어갔다. 여자1호

를 원했던 남자3호와 남자4호는 운수 사납게도 남자 제작진을 골라서 데이트를 하지 못했다. 남자들은 운명론에 **빠졌고** 여자들도 그랬다.

남자6호 :

난 좋은데 ……. 운명이라는 게 있나 봐.

남자7호 :

진짜 신기하더라.

여자1호 :

어떡해.

여자2호 :

정말 신기하지 않아요?

여자4호 :

너무 신기해, 진짜. 어떻게 랜덤인데 이렇게 되지?

여자3호 :

나 빼고 이렇게 됐어. 뭔가 깍두기 된 기분이다 지금 들으니까. 얘기 잘해 봐요. 우리 다 얘기 잘해 보고 서로 말해 주기.

여자4호 :

우리 다 캐낼래요? 나중에 어떻게 됐는지? 캐내기 미션.

여자1호 :

여자2호 님이 제일 중요한 역할을 맡은 것 같아.

여자3호 :

되게 럭키다. 오늘 딱 이분이요 했는데 바로 딱 되고.

여자들은 남자5호의 마음이 몹시 궁금하기에 여자2호의 데이트에
관심이 쏠렸다. 애정촌에서 단 둘이 외출을 한다는 것은 애정 전선
의 새로운 전환점이 될 수가 있다. 여자2호에게는 오늘의 데이트
가 기쁨이고 희망이다. 그들은 오늘 처음으로 둘만의 시간을 갖게
된다. 남녀는 부딪쳐 봐야 안다. 이미지와 현실은 많이 다르다. 남
녀의 데이트에서 누구는 서로 통해서 부쩍 가까워지기도 하고 누
구는 실수와 단점만 보여 주다가 더 멀어지기도 한다. 무용 강사
여자2호는 누구보다 가장 먼저 남자5호와 단 둘이 데이트를 떠날
기회를 맞았다. 오늘 운명이 만들어 가는 세상은 어떤 모습인가?

여자2호 :

어쨌든 첫 데이트라면 데이트잖아요.

남자5호 :

떨려요?

여자2호 :

네. 떨려요.

남자5호 :

여자2호 님은 저를 마음에 두거나 생각한 적은 없었죠.
지금까지 ……. 있어요?

여자2호 :

…….

남자5호 :

있어요?

여자2호 :

네.

남자5호 :

저도 여자2호 님 언급을 한 적이 여러 번 있어요.

여자2호 :

(기뻐하며) 그래요? 여러 번?

남자5호 :

전 외모 보면 늘씬한 다리 먼저 본다고 했잖아요.
되게 괜찮은 거야, 여자2호 님이 ……. 난 여자2호, 여자4호
몇 번 언급했었는데 …… 의식하지 말고.

여자2호 :

의식 돼요. 한없이 작아지고 부끄러워요. 지금.

스스로 말하기를, 솔직하고 유쾌하고 털털하고 화끈한 여자. 사랑에 있어서 좀 거침없이 달려 나간다고 했던, 이른바 금방 사랑에 빠진다는 '금·사·빠' 여자2호가 남자 앞에서 한없이 작아지고 있다.

청춘, 그 화려한 날은 가고

우리들은 모두

어머니 아버지가 되어 있겠지

남자5호 :

결혼하고 싶어요? 지금 빨리 …….

여자2호 :

지금 당장은 아닌데요. 모르겠어요.
다 제 마음대로 할 수 있는 건 없잖아요.

남자5호 :

이제 곧 결혼하게 되면 가장이 되는 거 아냐.
우리 아버지와 똑같이 된다고 생각하니까 …….

여자2호 :

서글퍼요?

남자5호 :

> 서글프다. 여자2호가 어머니가 된다고 생각해 봐.
> 그냥 마냥 좋은 느낌은 아니던데 저는 그 이면에
> 약간 좀 서글퍼.

남자5호는 결혼을 진지하게 고민하고 있다. 그것은 서른 즈음에 겪는, 청춘이 지나가는 소리다. 여자를 단순히 연애 상대가 아닌 인생의 반려자로 생각하는 마음이 있어야 가능하다. 애정촌에서 요구하는 인생의 모범 자세를 남자5호가 보여 주고 있다. 애정촌에 그들은 결혼할 짝을 찾으러 왔다. 그들의 몸은 인생의 절정에서 그지없이 화려하고 건강하고 아름다웠다. 우리들의 어머니 아버지가 그랬듯이 ……

봄날의 끝에서 그들은 마지막 봄꽃을 보았던가. 나는 그들의 데이트 촬영 현장을 따라가 청춘, 그 화려한 순간을 보았다. 여자2호의 감정과 남자5호의 생각은 미처 따라가지 못했다. '청춘, 그 화려한 날은 가고 우리들은 모두 어머니 아버지가 되어 있겠지 ……' 그들이 언젠가 그 말을 실감하려면 또 몇 번의 사랑을 하고 또 몇 해가 가고 그러다 흰머리 하나둘 늘어 갈 때쯤 되어야 하리라. 아! 우리들의 청춘은 정말 화려하고 아름다웠다는 것을 회고하며 그때를 그리워하리라. 그러나 지금 그 순간 남자 여자는 운명을 모른 채 달려갈 뿐이다. 사랑뿐 아니라 우리들 인생이 다 그렇듯이 ……

> "지금 마음은 좋지가 않아요. 그냥 가볍게 갔다가
> 혹 붙이고 온 것 같아요. 그 순간에는 몰랐어요. 세 시간도

너무 짧았고 재밌게 데이트했는데 딱 보니까 어느새 혹이 붙어 있네. 그냥 단순한 호기심으로 남자5호를 생각했던 건데. 이제 그 단순한 호기심이 아니니까 계속 가다 보면 힘들 거란 걸 알아서, 근데 힘든 그 길을 가야 될지 안 가야 될지에 대해서 고민하게 되고 ……."

여자2호(25세, 무용 강사)

타인의 삶과 시간은
오해하기는 쉬워도 이해하기는
어렵다

오늘 '랜덤 데이트'에 의해서 판도는 또 변해 갔다. 남자5호를 저울질하던 학원 강사 여자3호는 남자2호의 새로운 면을 처음으로 발견한다. 그러나 지금 이 순간 그녀 마음은 남자5호다. 나이가 어린 여자2호는 마음은 있지만 여자들과 벌이는 경쟁이 두렵고 미안하다. 보기와 다르게 착하다고 스스로 말하는 여자4호. 실제로는 그렇지 않은데 화려한 이미지 때문에 좀 억울하다고 한다. 그것이 남자5호와 공감하는 중요한 이유다. 여자4호는 '랜덤 데이트'를 계기로 남자7호에 대한 미련을 버리고 남자5호에게 집중하기 시작했다.

여자4호 :

우리 방에 의자왕? 남자5호 님이 거의 몰표. 되게 알고 싶다 이거였고, 두 번째가 남자7호 님이었어요. 남자7호 님과는 얘기해 봤는데 남자5호 님이랑은 얘기를 해 본 적이 없거든요. 단지 그냥 의외일 것 같고 나랑 닮았을 것 같고 조금 알고 싶고 그랬는데 눈이 자꾸 가는 거예요.

여자2호 :

남자5호 님이 제 번호를 인터뷰 때 계속 언급을 했었데요. 나는 이제 행동을 어떻게 해야 되지?

여자5호 :

마음 가는 대로 적극적으로.

여자2호 :

원래 신경 안 쓰였는데 괜히 또 신경 쓰이게 되고 ……

여자5호 :

신경 쓰이게 되면 설레게 된 거고 그 사람이 좋아지기 시작한 거야.

사랑에는 용기와 지혜가 필요하다. 여자3호와 여자4호가 직접 남자 방으로 남자5호를 찾아왔다. 그들은 지금 여장부처럼 남자5호와 담판을 짓고 있다. 당신은 누구 남자인가?

여자3호 :

감정 표현 너무 안 해, 남자5호 님.

여자4호 :

감정 표현을 하나도 안 해.

여자3호 :

나는 남자5호 님한테 관심이 있는데 남자5호 님은
나한테 관심 있는지도 모르겠고 …….

남자5호 :

원래 오늘 여자4호 님이랑 얘기하려고 했었는데 …….

여자4호 :

진짜요? 저도 남자5호 님이랑 밥 먹고 싶었는데 …….

남자5호 :

어느 분이든 한 분이랑 얘기할 수 있었으면
편하게 얘기할 수 있을 것 같은데 …….

"제가 만약에 남자5호 님 상황이었으면 '왜 나한테
추궁하지?' 했을 거 같아요. 전 원래 그랬거든요. 호감이
있는데 표현을 안 했어요. 남자5호 님이 혹시 나한테

표현했을 수도 있고 조금 더 지켜보는 걸 수도 있는데 신중하게 …… 왜 호감을 가졌다고 해서 남자가 먼저 무조건 다가가야 하지, 그런 생각이 갑자기 드는 거예요. 그래서 그냥 그럴 수 있겠다."

여자4호(26세/회사원)

"애정촌은 연애를 하려고 나온 거라고 생각하진 않아요. 연애를 통해서 결혼하는 건 맞지만 전 남자의 기본적인 부분들을 많이 보거든요. 애정촌 같은 경우에 두루두루 볼 수 있는 너무 좋은 기회이기 때문에 이런 상황에서 이런 면도 보고 그 사람 자체 기질도 보고 나랑 맞는지도 보고 그런 걸 해 봐야 된다고 생각을 해서 전 많이 보는 편이거든요."

여자3호(32세/학원 강사)

우리는 타인의 삶과 사랑을 오해하기는 쉬워도 이해하기는 어렵다. 사랑 문제는 삶과 분리하여 바라보면 실수하기 쉽다. 단순한 연애가 아닌 결혼하고 싶은 짝을 찾는 애정촌에서 여자3호의 태도는 옳다. 그리고 여자2호가 지내 온 스물다섯 해의 삶이 사랑에 대한 그녀의 가치관을 형성한 것도 사실이다. 그래서 애정촌에서 그들의 감정 변화와 태도에 시비를 걸고 판단을 하면 안 된다고 생각한다. 대개 누구나 그 사람의 입장에서 보면 모든 것이 이해된다. 이럴 수도 저럴 수도 있는 것이다.

'첫인상 선택'에서 여자들의 외면을 받았던 남자5호는 중반이 되면서 예상대로 여자들의 마음을 훔치는 데 성공했다. 여자의 마음은 물고기의 마음 같은 것일까. 물속에서 물고기가 어디로 갈지는 물의 마음으로 들여다보지 않으면 알 수가 없다.

또 그들의 마음을 들여다볼 시간이 되었다. 비가 오락가락하는 날 그들은 다시 녹차밭에 섰다. 이랑과 이랑 사이에 남자들이 있고 여자들은 밭이랑 사이로 자기 남자를 찾아가기로 했다. 마치 수채화 같은 풍경 속에 감정이 살고 사랑이 녹아들어 갈까? 선택과 집중을 거듭하는 사이 감정은 정리되고 애정 전선은 또렷해져 갔다. 선택하고 사랑하고 살아가고 생각하고 그렇게 애정촌에서 그들은 애정 문제를 풀고 있다.

인생은 새옹지마. 사랑도 그럴 수 있다. 애정촌 첫날 '첫인상 선택'에서 쓴맛을 봤던 남자5호는 '의자왕'이 되어 가고, '첫인상 선택'에서 세 여자가 몰렸던 남자2호는 혼자 도시락 식사를 했다. 그런데 정작 남자5호가 바랐던 여자3호는 남자5호도 남자2호도 아닌 다른 남자에게 갔다. 그날 밤 남자5호는 여자3호를 찾아 그녀의 마음을 물었다. 그리고 그날 밤 여자4호는 남자 때문에 울었다.

> "막상 자유 시간에는 한 번도 제 옆에 온 적이 없어요.
> 다른 분이랑 대화를 하는 건 봤는데, 저한테 오신 적은
> 없고, 여자3호 님이랑 대화를 하고 나서는 그 다음에도
> 여자3호 님을 챙겨요. 그걸 항상 보는 입장에서는 안 좋게
> 생각을 하게 되죠. 저게 정말 제 남자 친구인데 저렇게
> 행동을 한다면 (눈물 흘린다) 그냥 안 하고 싶어요."
>
> 여자4호(26세/회사원)

여자4호 :

그냥 막 화가 나요. 왜 남자5호였을까.
그거 좀 화나요. 여자2호 님은 왜 남자 5호예요?

여자2호 :

이유를 여자4호 님은 확실하게 말해 줄 수 있어요?

여자4호 :

아니, 그냥 설렘하고 ……

사람은 그대로인데

마음을 닫고 보면

못 보는 것이 많을 수밖에

"삶을 두려워하지 말고 나아가세요. 나 자신을 깊숙하게 알면 알수록

세상에 대한 이해도 더 깊어질 수 있습니다. 애정촌은 그 기회를

제공할 것입니다. 가슴이 시키는 대로 솔직하게 가기 바랍니다.

그것이 애정촌의 공식, 가장 후회 없는 길입니다 ……

남자5호와 도시락 식사를 하기 싫은 여자는 나와 주세요!"

애정촌 엿새째, 나는 메가폰을 들고 복수複數 선택을 앞둔 여자들에
게 그렇게 말했다. 삶을 두려워하지 말고 나아가라고 …… 가슴이
시키는 대로 하라고 …… 그것은 진심이었다. 선택이라는 중요한
기회에 진심을 숨기고 다른 마음을 보여 주는 것만큼 안타까운 일
도 없다. 인생은 매 순간 최선을 다해야 하고 거짓이 없어야 한다

고 생각한다. 기회는 늘 오지 않고 행운은 순식간에 지나가기 때문이다.

애정촌 후반전에서 더욱 중요해지는 것은 진정성이다. 쌀과 뉘를 제대로 골라내지 않으면, 밥은 먹을 수가 없다. 그들의 감추어진 마음을 이제는 한꺼풀 더 드러낼 때다. 녹차밭 사이로 여자들이 움직였다. 여자2호, 여자3호, 여자4호, 여자5호는 남았고 여자1호만 남자5호 앞을 지나갔다. '첫인상 선택'에서 남자5호는 아무에게도 선택받지 못했었다. 그리고 지금 다섯 명 중 네 명의 여자가 그를 복수 선택했다.

사람 마음이라는 것이 그렇다. 사랑이라는 것 또한 알 수 없다. 인생도 사랑도 새옹지마. 얼마든지 처지가 바뀔 수 있다. 그리고 마지막 밤 애정촌은 다시 요동을 쳤다. 남자2호는 여자3호를 위해 감동적인 프러포즈를 했다. 엄격하고 단정한 청춘 시절을 보내야 했던 단아한 매력의 여자3호. 그녀를 찾아 남자5호, 남자6호, 남자2호가 차례로 왔다. 그렇게 사랑은 돌고 돌아 엉키고 얽혀 버렸다. 마지막 매듭을 푸는 자 누구인가? 결국 남자5호도 남자2호도 여자3호도 짝을 찾지 못했다. 그러니 지금 이 순간 사랑에 대하여 어떻게 함부로 말을 할 수 있을까?

그 모든 결과는 과정을 보아야 제대로 보이고 진실이 드러난다. 그들의 결론은 모두 제 갈 길을 찾아간 것이다. 여기다 대고 타인은 함부로 말을 할 수도 없는 일이고 간섭해서도 안 된다. 자기 감정은 오로지 자기 자신이 주인이다.

짝 6

사랑은
더 좋아하는
자가,
유죄

애정촌 24기
농어촌 편
　　　　　농어촌 총각 때문에
　　　　　도시 처녀 울어 버리다

농어촌 총각들이 짝을 찾기 어렵다는 뉴스는 매우 흔하다. 이미 동남아시아, 동유럽 출신 외국인 여자가 그들의 배우자가 되어 다문화 가정을 이루는 것도 일상이 되었다. 그들의 소망은 좋은 한국 여자를 찾아 행복한 가정을 꾸리는 것이다. 이 소박한 소망은 현실의 벽에 부딪혀 종종 그들을 좌절하게 했다. 절실한 그들의 의지와 희망을 담아 농어촌 특집을 추진했다.

실질적으로 짝을 찾아 주는 것도 중요했지만 그들의 메시지를 전하고 이미지를 개선하는 일도 놓치지 말아야 했다. 기획 의도야 어찌 되었든 그들에게 좋은 여자를 만나게 해 주고 싶은 것은 나의 진심이었다. 문제는 농어촌으로 가서 살려는 여자를 찾기가 어렵다는 현실이다. 경제력은 도시 남자보다도 월등한 경우가 많았지만 여자의 선택은 쉽지 않다. 영화『친구』에 나오는 대사처럼 '네가 가라, 하와이'라는 말만 덧없이 겉돈다. 젊은이에게는 시골 생활의 낭만이나 여유보다는 도시의 문화와 불빛이 어쩔 수 없이 더 좋은가 보다. 농어촌에서 공주처럼 사느니 도시의 소시민으로 살아가는 행복이 더 큰가 보다. 그래서 기꺼이 시골 생활을 감수하며 촌 아낙으로 살아가는 것을 승낙해 준 여자 출연자들이 새삼 고마웠다.

여자1호(27세/회사원)

여자2호(29세/쌍둥이 언니, 피부관리사)

여자3호(29세/쌍둥이 동생)

여자4호(27세/음악 강사)

여자5호(30세/피아노 학원 운영)

여자6호(32세/회사원)

전북 무안에 자리 잡은 애정촌 정경은 한 폭의 수묵화 같다. 흰 눈이 소복이 쌓인 마당에는 잘생긴 누렁이 한 쌍이 보초를 서고 있다. 마냥 심심한 녀석들은 사람에게 곧잘 시비를 걸곤 한다. 눈앞에서는 아침저녁으로 바닷물이 드나들며 갯벌과 바다가 번갈아 펼쳐진다. 일출과 일몰이 장관이고 특히 이른 아침 해무(海霧)는 시간이 멈춘 그림 속 절경이다.

그런 애정촌에 농어촌 총각들과 도시 여자들이 짝을 찾으러 왔다. 남자들은 실속 있는 경제력에다가 순박하고 착한 심성 그리고 여자를 위한 헌신적인 배려 등이 돋보이는 사람들이다. 남자1호는 여자와 데이트조차 한 적 없는 순박한 청년이다. 전남 장성에서 양계업을 한다. 등장부터 그는 자신의 트럭을 몰고 애정촌으로 왔다. 누구는 쌀을 가져오고 누구는 감자를, 달걀을, 해산물을, 사과를 가져왔다. 부엌에는 순식간에 싱싱한 농수산물로 가득했다.

살아가는 데 밥만큼 중요한 것은 없다. 그 밥의 주인공들이 애정촌에 왔고 그 밥상을 책임지는 남자들이 저녁 식탁을 준비했으니 말그대로 진수성찬이다. 돈으로 사 온 것이 아니고 그들이 손수 기른 재료들로 차렸으니 밥상은 곧 남자들의 마음이었다. 여자들은 그렇게 생애 가장 뜨거운 환대를 받고 있다. 부엌을 장악한 남자들,

그들에게 이런 일은 생활이다. 남자들은 내색 없이 궂은일을 묵묵히 해내고 있다. 남자4호는 남자 욕실을 둘러보더니 곧장 여자 욕실로 가서 가림막을 쳐 주었다. 혹시라도 바깥으로 비칠 수 있는 욕실 구조 때문에 여자들이 불편해할까 봐 여자들 몰래 즉각 조치한 것이다. 그런 섬세하고 자상한 마음과 따뜻한 정성이 모여 첫날부터 애정촌 분위기는 훈훈했다.

순박한 농어촌 총각들은 여자를 위해 모든 것을 희생할 각오가 되어 있다. 그러니 6박 7일 여자들과 함께하는 이 상황이 마냥 좋다. 여자들도 순박한 남자들의 사랑을 맘껏 받아 볼 수 있는 기회다. 남자 여자가 같이 있으면 반드시 사랑의 감정이 소리 없이 일어난다. 사회에서라면 좀처럼 일어나지 않았을 농어촌 총각들과 도시 처녀들의 사랑과 전쟁이 그 어느 때보다 뜨겁고 요란했다. 항상 누군가를 혹은 무언가를 만나면서 삶의 변화는 시작된다. 그들은 농어촌 특집이라는 것을 이미 알고 있다. 그러니 자기소개는 남자들과 농축수산물의 짝을 맞추는 것부터 시작한다. 남자1호는 닭, 남자2호는 소, 남자3호는 굴, 남자4호는 벼 그리고 남자5호는 …….

> "일 천 미터의 남자, 남자5호입니다. 강원도 일대에서
> 그냥 작게 밭농사를 짓고 있습니다. 주 작물은 무, 배추,
> 감자, 양배추 ……. 해발 일 천 미터 고랭지에서
> 신선한 공기와 해풍을 맞으며 작물을 기우고 있습니다."
>
> 남자5호의 자기소개 중

남자6호는 주꾸미, 남자7호는 사과였다. 수산업과 축산업, 농업이 골고루 포진해 있다. 남자로서 포부와 비전을 담아 농어촌으로 시

집와도 좋은 점을 전하는 자기소개였다. 여자들은 그 무엇에 끌렸을까. 결론은 순박한 마음도 뛰어난 조건도 아닌 외모와 매력이라는 기초 성분이다. 역시 인간 본능은 어쩔 수 없고 만고불변의 진리는 흔들림이 없다. 남녀는 의외로 그냥 이유 없이 끌리고 꽂히는 것이 다반사다. 그래서 사랑에 대하여 이유를 묻지 말라 했던가. 농어촌 총각들을 향해 여자들이 호감을 넘어 애간장을 태우는 상황이 곧 닥쳐오리니 그 상황을 누가 예측했을 것인가? '도시락 선택'을 위해 이동하는 차 안에서 여자들이 한창 남자들 얘기를 하고 있다.

여자2호 :

난 왜 이렇게 (나답지 않게) 혼자 진지한지 속으로 계속
생각하고 있어. 진짜 충남이든 충북이든 가서, 진짜 자신
있을까 그런 것에 대한 ……. 혼자 지금 이미 시집갔어.
이미 내가 지금 소여물 주고 있어.

여자4호 :

소여물이 나을 것인가? 닭 모이를 주는 것이 나을 것인가?

여자2호 :

지금 거기 일자리가 있을까? 막 그런 거.

여자4호 :

남자들도 우리 얘기를 하고 있겠지. 귀가 간지럽죠?

그러나 남자 차 안은 비교적 조용했다. 차창 밖으로 무안의 겨울

들녘이 펼쳐졌다. 여자들의 예상과는 달리 남자들은 여자 얘기를 하지 않았다. 그들의 관심은 자연스럽게 차창 밖 농토로 향해 있다. 농어촌 총각들답게 그들의 대화는 여자가 아닌 농작물에 꽂혀 있다.

남자5호 :

저 작물이 뭐예요?

남자7호 :

이거요? 이거 몰라요.

남자5호 :

양파인가? 이것도 양파다. 전라도 무안이랑 이쪽에 …….

남자7호 :

응. 무안 양파.

남자5호 :

양파 되게 유명한데.

여자들이 사랑을 논할 때 남자들은 일 이야기를 했다. 세상을 보고 땅을 보고 농작물을 보고 있다. 먹고사는 삶은 늘 자신을 지배하는 법이다. 그러나 밥상을 책임진 남자들도 곧 '도시락 선택'을 하면 상황은 달라질 것이다. 가진 자와 그렇지 않은 자로 정확하게 갈릴 것이고 온갖 저울질과 낚시질로 마음이 요동칠 것이다.

사랑하는 것은
천국을 살짝 엿보는 것이다

눈 내린 해변에서 첫 '도시락 선택'이 있었다. 아버지와 함께 600 두의 한우를 기르는 남자2호에게 쌍둥이 언니 여자2호와 음악 강 사 여자4호가 왔다. 남자들의 마음은 조금 알 듯한데 여자들의 마 음은 나도 잘 모르겠다. 언제나 선택 전과 후가 다르다. 인터뷰와 행동이 다르다. 무엇이 진심인지는 그 모든 촘촘한 행동들과 말들 을 종합해 봐야 한다.

　　　여자를 알려면 특히 표정과 눈빛을 섬세하게 살펴봐야 한 다. 권투 선수는 주먹을 맞아 봐야 상대방의 실력을 알게 된다. 일 단 '도시락 선택'으로 그들의 마음이 드러났지만 여자들의 속내는 감추어져 있다. 농어촌 총각들이 순진하다면 그대로 믿을 것이고 도시 처녀들은 각자 삶의 방식대로 남자를 대할 것이다.

남자 세 명이 여자4호를 원했지만 첫 번째 '도시락 선택'은 남자가 아닌 여자가 함으로써 그 상황은 감추어졌다. 첫 번째 '도시락 선 택'을 여자들이 한 이유가 있다. 농어촌 총각들을 위해 선뜻 나서 준 여자들에 대한 고마움의 표시였다. 따라서 여자 혼자 도시락을 먹는 상황은 발생하지 않았다. 그리고 또 하나, 남자7호 때문이다.

사과 과수원을 하는 남자7호는 잘생긴 노총각이다. 나이 차이를 떠나 여자들의 관심이 남자7호에게 매 순간 집중되고 있었다. 그 남자의 마음을 일찍이 보여 주는 순간 여자들의 도전 의지는 너무 쉽게 사그라질 수 있었다.

여자3호 :

남자7호 님 오니까, 챙겨 주게 돼.

여자2호 :

남자7호 님 먹는 거 뚫어져라 봐야지.

여자6호 :

남자7호 님 앞머리 일부러 말고 나오신 거예요?

남자7호 :

아니요. 원래 곱슬이요.

여자1호 :

혈액형이 뭐예요?

여자6호는 남자7호를 맘에 두며 동동기리지만 선택을 앞두고는 늘 갈팡질팡 마음을 표현하는 데 실패한다. 첫 번째 '도시락 선택'에서도 그녀는 여자5호의 선택을 보더니 마음을 바꾸고 말았다.

"남자7호한테 여자5호가 가는 걸 보고 괜히 뒤늦게

제가 그쪽으로 간다는 게 좀 자존심이 상했다고 해야
하나? 그러고 나서 후회 많이 했어요. 지금 되게 후회돼요.
그냥 남자7호에게 갈걸 ……."

여자6호(32세/회사원)

여자3호 :

남자7호 님은 승부욕을 불러일으키는 사람 같아.
쟁취하고 싶은 남자.

여자6호 :

남자7호 님이 나에게 넘어왔으면 좋겠다.

여자4호 :

지금 여자6호 님 마음이 불타고 있어요. 남자7호 때문에.

여자2호 :

진짜? 나도 태울 건데?

여자2호 :

남자7호가 오 분 뒤에 나 에스코트하러 오기로 했어.
기다리래. 너무 소중하니까, 추우니까 방에 있으래.

여자4호 :

어, 정말요? 그렇게 말했어?

여자2호 :

그런 식의 눈빛?

가장 먼저 쌍둥이 언니 여자2호는 적극적으로 남자7호에게 다가 갔다. 쌍둥이 동생 여자3호도 남자7호에게 끌린다. 자매의 전쟁은 어떻게 될지 흥미진진했다. 특히 여자2호는 여장부답게 행동은 대 담했고 말은 거침이 없었다.

여자2호 :

저에 대해 어떻게 생각하는, 뭐 그런 거 없어요?

남자7호 :

네, 첫인상은 좋으세요. 예쁘신 것 같고.

여자2호 :

말수도 없는데 어떻게 이렇게 매력적일 수 있어요?

남자7호 :

왜 그러세요? 이거 큰일 나요. 진짜 방송 나가면 욕먹어요.

여자2호 :

욕은 제가 먹죠. '눈 이디에 달렸냐?' 뭐 이런 …….

애정촌 사흘째 되는 날 '랜덤 데이트'가 있었다. 시골 마을 할머니 댁에 여자들이 꼭꼭 숨어 있고 남자들은 찾기로 했다. 남자들은 마 음에 둔 여자를 찾으려고 다른 남자보다 빨리 마을을 뛰어다녔다.

그러나 남자7호만 천천히 마을을 거닐었다. '네가 내게 와라' 그렇게 왕자님처럼 그 남자는 걸었고 다른 남자들은 뛰었다. 그럴 만도 했다. 여섯 명의 여자 중 다섯 여자가 남자7호를 원하고 있었다. 이른바 농촌 '칠간지'가 탄생하는 순간이다. 그들은 그렇게 꼭꼭 숨어 간절하게 남자7호가 자신을 찾아 주기를 고대했다.

여자2호 :

칠칠이(남자7호) 왔으면 좋겠어요. 칠칠이가 아니면
아무 의미가 없어요. 칠칠이어야만 해요.

여자6호 :

남자7호 님 딴 데 가면 어떡해요? 남자7호 님
지금 딴 집에서 딴 여자분이랑 식사를?
안 돼, 데이트하러 가면 안 돼.

여자5호 :

(남자7호가 수염이 있으니까) 수염 났으면 어이구 이리로 들어오게.

여자3호 :

할머니, 혹시 집에 찾아온 남자가 몇 호냐고 물어 봐서
저 남자7호인데요. 그러면 바로 오케이 하셔야 돼요. 그냥
그냥! '저는 남자7호인데요?' 그럼 어떻게 하셔야 돼요?

할머니3호 :

들어와! 들어와! (우리 집으로) 들어와!

쌍둥이 동생 여자3호도 남자7호를 원하고 있다. 그녀와 함께 있던 할머니3호의 마음이 천사 같아서 감동이다. 그녀를 위해 손을 꼭 잡고 진심으로 기도하는데 눈물이 날 만큼 뭉클했다. 할머니3호는 진심으로 여자가 짝을 찾기를 주님에게 기도한 것이다. 종교란 그럴 때 참 숭고해 보인다.

여자3호 :

어떡해요, 할머니. 심장이 나올 것 같아요.

할머니3호 :

맘 편안히 먹어. 편안히 …….

여자3호 :

할머니 손 좀 잡아 주세요. 저 너무 떨려서.

할머니3호 :

(눈을 감고 두 손을 모아 기도한다) 주여, 아버지 주여, 감사합니다. 아버지 하나님, 좋은 배필 만나게 해 주시옵소서.

그렇게 다섯 여자는 남자7호가 자신을 찾아 주기를 간절히 원하고 있다. 오직 한 여자, 여자1호만이 굴 양식입을 하는 남자3호에게 마음이 가 있다. 그는 '첫인상 선택', 첫 '도시락 선택'에서 초지일관 남자3호를 지목했다. 지금 '랜덤 데이트'에서도 남자3호를 기다리고 있다.

"처음부터 남자3호. 일편단심인 것 같아요.
내가 그냥 이 남자다 하면 이 남자예요.
잘생겼건 못생겼건."

여자1호(27세/회사원)

유일하게 남자7호를 원하지 않았던 여자1호. 하필이면 남자7호는 여자1호를 찾았다. 운명은 참 얄궂다. 다섯 여자의 염원이 이루어졌는지도 모른다. 그녀들은 남자가 연적을 만난 것보다 마음은 훨씬 편할 것이다.

쌍둥이 언니 여자2호는 한우 6백 두를 키우는 남자2호를 만났다. 남자2호는 여자2호를 찾으려고 했다. 오늘 주님은 남자 편에 있었나 보다. 여자2호의 작전대로 움직이려는 할머니2호의 순박한 거짓말이 남자의 순한 눈망울에 무너졌다.

여자2호 :
남자2호다. 나 어떡해! 싫어! 민망한데 …….
남자7호 님! 남자7호 님! 남자7호 님은 누구한테 간 거야?

할머니2호 :
아가씨 찾으려고?

남자2호 :
네.

할머니2호 :
뭣 허게?

남자2호 :

맘에 들어서요. 2호요. 2호, 여자 2호.

(방 안에 숨어 있다)

할머니2호 :

7 … 7 … 7 … 아, 난 몰라.

(여자2호의 작전을 생각한 할머니2호가 틈을 보였다)

남자2호 :

네?

할머니2호 :

나는 몰라. (거짓말도 연기도 잘 안 된다)

남자2호 :

못 보셨어요?

할머니2호 :

못 봤어. (순박한 거짓말이다)

남자2호 :

그래요?

할머니2호 :

여기 찾아보슈. (너무나 쉬운 항복)

여자2호 :

안 돼, 나 싫어. 기절할 거야.

(그녀는 첫 '도시락 선택'에서 남자2호를 선택했었다)

남자2호 :

딱 걸렸다, 딱 걸렸다. 이야, 찾았어. 남자7호가 오면
얘기해 달라고 했나? (운수 좋게 제 여자를 찾은 남자는 기쁘다)

할머니2호 :

뭣 허는 사람이여?

남자2호 :

저 소 키우고 있어요. 농장해요.

할머니2호 :

소 키우는 사람 아주 순박하고 착한 사람이여. 사과 하는
사람도 다 좋고 시골로만 오면 진짜 좋은 사람들이여,
참말로. (할머니2호는 너무나 자연스럽게 한우 키우는 총각을 지지했다)

"여자2호 님이 남자7호 님 얘기를 막 하더라고요 '거기
백날 대시해 봐. 안 될 거다. 어차피 넌 나에게 올 거다'
그런 마음으로 해야죠. 자신감은 있어야 하니까."

남자2호(30세/한우 사육)

숨바꼭질 '랜덤 데이트'에서 여자2호를 만난 한우 아빠 남자2호는
그녀를 데리고 고깃집으로 갔다. 한우 꽃등심을 삼인 분 시켜서 그
녀의 소원을 풀어 주었다.

"그냥 원 없이 소고기 한번 먹여 보고 싶었어요.

그럼 어떻게 좀 넘어 오지 않을까. 근데 아닌가?
먹을 때뿐인가?"

남자2호(30세/한우 사육)

"한우 아빠! 한우 같아요. 마음 진짜 넓어요. '기다리겠다.'
내가 남자7호 님을 계속 언급하는데도 기분 나빠하지 않고
그냥 이해하니까. 기다리겠다는 그런 모습 순수해요."

여자2호(29세/쌍둥이 언니)

"제가 아는 건 소 키우고 송아지 새끼 받고 소 밥 주는 거,
소 분뇨 치우는 거, 그런 것밖에 모르네요. 연애 경험이
있으면 뭐 합니까? 여자의 마음도 모르는 바보 같은
놈인데 ……."

남자2호(30세/한우 사육), 영상일기 중

남녀 마음은 영원하지 않다
정치와 연애는 닮았다

여자1호는 유일하게 남자7호로부터 자유로웠다. 그녀는 오로지
굴 양식업을 하는 남자3호만 바라보았다. 여자1호와 데이트를 하
게 된 남자7호는 자신의 마음이 여자4호에게 가 있다고 토로했다.
핸드크림을 사서 여자4호에게 전해 달라며 비밀 유지를 부탁했다.

그것은 이미 지킬 수 없는 비밀이다. 남자7호의 마음이 여자4호에게 가 있다는 것이 그날 밤 여자들에게 알려졌다.

"여자2호 님하고 여자6호 님이 남자7호를 좋아하는 걸 제가 알고 있거든요. 많은 분 앞에서 저한테 만약에 표현을 한다면 다른 분들도 그걸 보실 것 아니에요? 차라리 그러면 마음이 편할 것 같은데 이건 뭐 뒤에서 이렇게 ……."

　　여자4호(27세/음악 강사)

　　여자6호 :

나는 끝까지 그냥 갈 거야. 초지일관 남자7호.

　　여자2호 :

아, 근데 누군가를 되게, 막 구애를 한다는 건 진짜 마음이 얼마나 두꺼워야 되는지 지금 알 것 같아. 진짜 진짜 힘들다.

　　— 　여자들의 대화 중

"아 …… 그냥 자꾸 마음 애타요."

　　여자2호(29세/쌍둥이 언니)

　　여자3호 :

남자7호 님 마음에 드는 분이 정말 있긴 있는 건가요?

한 명을 선택하라면 여자4호를 선택했어요. 저는 어떤
생각을 갖고 있냐면 초지일관이에요. 한 사람 딱 마음에
들면 그 사람이에요.

— 술자리 담화

남자의 마음은 그렇다. 그러나 그것이 어쨌단 말인가? 남녀 마음
은 영원하지 않다. 정치와 연애는 닮아 있다. 온갖 권모술수가 판
치고 고도의 심리전이 펼쳐지며 인간의 심장을 조이고 숨 막히게
한다. 정치와 연애의 묘미는 뒤집기에 있다. 대담하고 적극적인 여
자2호는 그럴 수 있을 것인가?

"눈물 나려고 그래요. 전에 이렇게 했으면 시집갔을 것
같아요. 저녁에 망치로 머리통 맞는 그런 소리 들으니까
후회되고 이거 뭐 하는 건가 싶고 '내가 애정촌에서
뭐 하나?' 내가 왜 군산? 논산? (남자7호 사는 곳) 거길 가려고
인터넷으로 빠른 길 찾기 하고 있고 혼자 막 김칫국
마셨다는 게 진짜 웃긴 거예요. 나 혼자 …… . 진짜 나를
좋아해 주는 남자2호 님한테는 가장 나쁜 여자같이
행동허고 있고. 근데 남자2호 님을 보면서 나를 봐요.
내가 남자2호 님 안 되듯이 남자7호 님이 나 아니라면
안 될 것 같아요. 나 남자2호 님 절대 안 되거든요.
솔직히 지금 나한테 아무리 억만금을 들고 오면서
막 그래도 그냥 안 끌리는 건 어쩔 수 없는 것 같아요.
근데 남자7호 님도 처음부터 여자4호 님이었다면 내가

뭘 한들 안 먹힐 것 같아요."

여자2호(29세/쌍둥이 언니)

'도시락 선택'이 겨울 시냇물에서 진행됐다. 여자들은 식사와 데이트를 하고 싶으면 물을 건너 그 남자에게 가야 하며 선택은 자유다. 남자1호와 남자2호에게는 아무도 나서지 않았다. 남자3호의 차례가 되자 여자3호가 신발을 벗고 물을 건너기 시작했고 바로 이어 여자1호가 성큼성큼 신발을 신은 채 물을 건넜다. 두 여자는 뒤질세라 첨벙첨벙 물을 건넜다. 여자1호는 솔직하고 감정 표현이 확실한 여자다. 그녀는 일관되게 굴 양식업을 하는 남자3호만을 바라봐 왔다. 그런데 여자3호가 남자7호가 아닌 남자3호에게 새롭게 다가갔다. 새로운 연적의 등장으로 두 여자의 경쟁이 가열되고 있다.

여자1호 :

난 이 상황이 너무 어이가 없어.

여자3호 :

왜? 충분히 있을 수 있는 상황인데? 자기 남자도 아닌데 끼 부리지 말기예요.

"아마 그것보다 물이 깊었더라도 건너갔을 거예요.
저한테는 가고자 하는 확실한 마음이 있었거든요."

여자3호(29세/쌍둥이 동생)

남자3호는 먼저 여자3호와 데이트를 나갔다. 여자1호는 대단히 실망했고 불안감으로 초조하게 그들의 데이트가 끝나기만 기다렸다. 여자의 직감은 정확하다. 남자3호와 여자3호의 관계가 심상치 않다. 여자1호는 본인보다 여자3호를 먼저 데리고 나간 것이 못내 찜찜하다. 남자3호는 여자3호가 자기에게 관심이 있다는 것을 이미 알고 있었다. 그 소문의 진앙지는 바로 여자1호였다.

여자1호 :

남자3호에게 호감 있는 여자는 나랑 여자3호,
여자5호 …….

남자3호 :

……. (내 여자와 다른 두 여자가 나를 좋아한다. 남자는 어떻게 할 것인가?)

연적에게 당당하게 마음을 표현할 수 있게 길을 만들어 준 것은 바로 남자3호의 여자, 여자1호였다. 자기 남자에게 딴 여자도 호감이 있다는 것을 알려 주었으니 제 발등을 스스로 찍은 셈이다. 사실 여자3호와 남자3호는 첫날 '첫인상 선택'에서 서로 통했다. 그런데 여자1호의 고급 정보로 남자 마음에 확신이 서고 자신감이 생기고 불이 붙고 말았다. 남녀 사이는 무슨 이유가 있으면 관세가 급격하게 발전할 수 있다. 그리고 남자에게 새로운 여지는 언제나 실제보다 더 근사하게 보인다. 여자3호는 남자3호에게 은밀한 약속을 제안했고 남자는 흔쾌히 승낙했다.

여자3호 :

약속 하나 할까요? 다 같이 밥 먹는 기회가 왔을 때
옆자리에 앉을게요. 그러면 남자3호 님도 노력해 주세요.
제 옆에 앉도록.

남자3호 :

네, 그 정도야.

여자3호 :

여자1호 님이 너무 떡하니 지키고 있으니까.

다음 날 아침 식사 때 여자는 그 약속을 지켰고 두 남녀는 나란히
앉았다. 그 모습을 여자1호는 유심히 지켜봤고 다른 사람들은 무
심하게 바라보았다. 인간의 삶은 극사실적이다. 남들이 보면 우연
이고 풍경화 같지만 자신을 중심으로 본 세상에서 모든 것은 죄다
이유가 있게 펼쳐진다. 세상이 저절로 쉽게 돌아간다고 생각하는
것들도 자기 문제로 보면 상황은 늘 심각하고 진지하다.

오늘 '도시락 선택'으로 지난날 그 상황들은 더 또렷하게 드러났
다. 여자3호의 믿음을 확인한 남자는 이제 거침이 없고 여자1호가
아닌 여자3호를 기꺼이 먼저 데리고 나갔던 것이다. 여자3호와 즐
겁게 데이트를 마친 남자가 이번에는 여자1호를 데리고 나갔다.
오래된 연인처럼 보이지만 사실 그것이 그들의 첫 데이트였다. 여
자3호와 나갔을 때와는 사뭇 분위기가 다르다. 냉전 중인 부부의
모습처럼 딱 봐도 위험해 보인다.

남자3호 :

어디 가고 싶은 데 없다고? 밥은? 먹었나?

여자1호 :

먹었어요.

남자3호 :

먹어서 먹은 기가? 아니면 그냥 일부러 먹었다고 하는 기가?

여자1호 :

몰라서 물어요? 나한테 서운한 거 있어?

남자3호 :

솔직히 없다고 하면 거짓말이겠지.

여자1호 :

뭐가 서운했어?

남자3호 :

만날 툭툭 이런 식이잖아 '나랑 데이트할래요?'
다 장난 같다, 다 장난 ······. 뭐 하는 게 보면 다 장난이야.
이침에도 발로 툭툭 치고 이러면서. 솔직히 기분 안 나쁜
사람 없을 거야. 그건 ······.

여자1호 :

아 ······ 맘 떠난 것 같다.

남자3호 :

맘 떠난 것 같다고? 그렇게 말하니까 좀 미안해지네.

여자1호 :

미안해하지 마. 이러려고 온 거잖아. 이러려고 온 건데 뭐. 내 남자 친구도 아니었고. 그런데 미안하고 자시고 할 게 뭐가 있어.

남자3호 :

…….

여자1호 :

할 말 없어?

남자3호 :

미안하지 뭐.

여자1호 :

뭐가 미안해? 내가 미안하지.

남자3호 :

여자3호 님 같은 경우에는 …… 계속 이제 알아보고 싶지.

여자1호 :

진짜 괜찮은 분이야. 성격도 좋고 …….

여자에게 그날 데이트는 끝을 알리는 시간이었다. 일편단심 남자3

호였기에 여자는 지금 서럽다. 맥주를 권하는 애정촌 동료들을 보며 여자는 잔을 들었다. 술 마시면 괜찮아질 것 같았다. 웃으려고 하지만 …… 어울리려고 해 보지만 …… 그 남자 때문에 …… 결국 그녀는 울음을 터트렸다. 어린아이처럼 엉엉 소리 내며 울었다.

여자1호:

왜 이렇게 눈물이 안 멈춰! 짜증나! 짜 · 증 · 나!
진짜 왜 그러지 …….

남자5호:

왜 울어? 왜 우냐고? 울지 마! 울지 마!
강한 여자1호가 왜 울어? 강하잖아 …….

사랑을 잃고 슬프게 우는 여자1호를 보며 '사랑은 더 좋아하는 자가 유죄'라는 생각이 들었다. 무슨 이유가, 무슨 변명이 필요한가? 멀쩡하던 사람도 사랑을 하면 별별 최악의 생각을 다 한다. 좋아했기에 서러웠고 떠났다는 사실에 감정이 폭발했다. 처음부터 마음을 감추지 않았던, 솔직하고 씩씩했던 여자1호의 울음이 오래도록 가슴에 남았다. 꾸미지 않은 진짜 감정 때문에, 사랑의 진짜 모습을 목격했기에 감동했다. 지금 그녀는 다시 사랑을 찾았을까? 예의 그 길쭉하고 거침없는 말들은 여전할까? 그 남자가 좋다면 내숭 떨지 않는 그녀만의 사랑 표현을 다시 볼 수는 없을까?

사랑의 주인은
감정에 충실한 자다

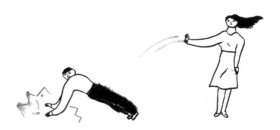

'칠간지' 남자7호와 벼농사를 짓는 남자4호, 그들은 둘 다 여자4호에게 관심이 있다. 남자7호는 소극적으로 행동하고 마음을 쉽게 드러내지 않았다. 반면, 남자4호는 처음부터 지고지순한 마음을 보여 주었다. 애정촌 이튿날 남자들은 새벽 다섯 시에 잠을 잤고 남자4호는 일곱 시에 모닝콜을 맞춰 놓았다. 잠든 지 두 시간 만에 남자는 일어나 아침을 준비했다.

> "불편한 데서 자면 일어날 수 있을 거 같아서 일부러
> 거실에서 잤어요. 잠을 줄여서라도 무엇인가를 더 보여
> 주고 내 마음을 알려야지. 그래야 상대방 여자가
> 알 테니까"

남자4호(28세/친환경 농법 벼농사)

여자4호 :

아, 어떡해. 이거 다 집에서 가져온 거예요?

남자4호 :

이건 집에서 담가 온 김치.

여자4호 :

이거는 지금 한 거고요?

"사골이나 갈비 같은 경우는 저희 집에 있는 소를 잡아서
가져온 거예요 쌀은 농약을 하나도 안 쓰고 저희가 제초제
안 쓰고 친환경 재료만 쓰고 손으로 다 뽑아서 재배한
쌀이니까 어디 가서 흔히 접할 수 있는 건 아니라고
생각해요."

남자4호(28세/친환경 농법 벼농사)

"원래 아침 안 먹거든요. 못 먹어요. 근데 다 먹었어요.
맛도 맛이고 너무 감사해서. 저만을 위해서 차려
주신 거잖아요 좀 남달랐던 것 같아요."

여자4호(27세/음악 강사)

애정촌 나흘째 일찍 일어나려고 남자4호는 또 거실에서 잤다. 잠
을 줄여서라도 주어진 시간에 최선을 다하려는 마음이 아름답다.
그는 오늘도 여자4호에게 아침을 해 주며 마음을 표현하고 있다.
우렁이 총각 남사4호는 몰래 여자4호의 신발을 닦아 놓곤 했다.
한결같은 남자4호의 마음과 소극적인 남자7호의 행동 사이에서
여자4호는 갈등하고 있다.

한편 쌍둥이 언니 여자2호는 남자7호 때문에 애가 탄다. 그런가
하면 엉뚱하게도 계속 다른 남자를 선택하며 남자7호 주변에는

가지 못한 채 애를 태우는 여자6호도 있다. 판은 그렇게 돌아간다. 여자6호와 같은 심리를 가진 여자가 종종 있다. 선택은 자신의 마음을 보여 줄 절호의 기회. 그 소중한 기회를 번번이 날리고 후회하는 여자의 심리는 무엇일까? 인공위성처럼 일정한 거리를 두고 주변만 맴돌다 끝내 도킹에 실패하는 안타까운 여인이여 ……

> "남자7호와 식사와 데이트를 하고 싶은 여자는
> 물을 건너가 주세요. 선택은 자유입니다."

남자3호에게는 세 여자가 당당하게 물을 건넜는데 '칠간지' 남자7호를 위해 물을 건넌 여자는 없었다. 쌍둥이 언니 여자2호는 자존심 때문인지 보복 심리인지 모르지만 남자7호를 위해 물을 건너지 않았다. 남자7호에게 애태우던 여자6호는 엉뚱하게도 남자3호를 위해 물을 건넜다. 알 수 없는 여자의 마음이여!

> "남자7호야 봐라. 나는 이렇게 강을 건너서 너한테
> 갈 수도 있었지만 너한테 안 가고 다른 사람한테 갔다.
> 너 한번 당해 봐라, 이런 심보였잖아요. 그런 놀부 심보
> 같은 마음으로 그렇게 했던 거였잖아요. 그래서 그걸
> 조금 후회는 했어요. 작전이 틀렸구나. 작전 실패!"
>
> 여자6호(32세/회사원)

여자2호는 여자6호와 대조적이다. 저돌적이고 직접적이다. 데이트권을 걸고 논두렁 달리기에서 보여 준 그녀의 투혼은 대단했다.

애정촌에서 페어플레이만 고집하는 것은 감정 없는 사랑의 행진
곡일지도 모른다. 그대로 달렸으면 여자2호는 이등이었는데 결승
선 앞에서 연적 여자6호를 갑자기 잡아당기고 밀쳐 내며 그녀는
기어코 깃발을 차지했다. 사랑을 위해 반칙도 불사하며 몸을 던지
는 그녀의 의지, 투지, 독기를 누가 당할 것인가?

"내가 달려서 들어왔을 때 남자7호 님이 이 모습을 보고
되게 좋아했겠구나, 그 생각이 들었어요. 열심히 하는
여자, 날 위해 막 달려오는 여자. 그래서 남자7호 님한테
깃발 줄 때 마음 완전 온 거 같아요. 나한테."

여자2호(29세/쌍둥이 언니)

여자2호의 말과 행동 모두 걸작이고 감정 역시 누구보다 솔직했다.
그녀가 아니었다면 '칠간지' 남자7호도 존재감이 없었을지 모른다.

남자7호 :

근데 제가, 어디가 마음에 들었어요?

여자2호 :

첫째는 외모죠. 남자7호 님의 시크한 매력이겠죠.
사람을 소금 뿌려 날리게 하는 …….

남자7호 :

제가 솔직하게 얘기할게요. 제 개인적인 성향은 한 번
딱 이미지가 박히면 잘 안 바뀌어요.

여자2호:

그만하라는 건가요? 제가 눈치가 없어가지고 …….

남자7호:

아니요. 아니요. 아니요, 그런 건 아니에요.

여자2호:

그럼 좀 더 해 달라는 거예요?

남자7호:

해 달라는 것도 아니에요.

여자2호:

그럼 어떡하라는 거예요?

남자7호:

그냥 서로 마음 가는 대로 하면 좋을 것 같아요.

여자는 분명한데 남자는 불분명하다. 여자는 한 남자만 보고 남자는 또 다른 여자를 본다. 바로 그 여자4호는 그런 남자의 소극적인 자세에 확신이 안 든다. 열한 살 나이 차이도 부담이다. 그래서 세 남녀는 지금 가깝지도 멀지도 않은 일정한 거리를 두고 맴돌고만 있다. 결국 끝까지 가도 그 거리는 좁혀질 것 같지는 않다.

"어떻게 보면 찜찜한 그런 데이트였던 것 같아요. 근데 내가 막 이렇게 들이대는 건 또 좋고 그건 멈추지 말래요.
또 그거는 모르니까 그렇게 하고 있으래요. 경쟁자는
다 사라진 것 같은데, 이제 나밖에 안 남았지만 안 받아
준다는 거 아니에요. 결국 진짜 웃긴 것 같아요. 저분."

여자2호(29세/쌍둥이 언니)

"갈등이에요. 우선은 여자2호 님한테 정확하게 말씀을
드리는 게 좋을 것 같고, 그 다음에는 여자4호 님하고
잠깐 얘기 좀 해 보려고요. 가서 마음이 어떤지 오늘이든
내일이든."

남자7호(38세/사과농장)

소극적인 두 남녀와 적극적인 한 여자가 만들어 가는 사랑의 방식
은 미완성이다. '당신을 사랑하는 것이 언제나 옳은 일은 아니지.
그러나 내 삶은 내 맘대로!' 자신의 감정에 충실한 자가 애정촌의
주인이다. 여자2호는 마지막 순간까지 사랑의 완성을 위해 적극적
으로 움직였다. '최종 선택'이 있는 날 아침 여자2호가 남자 방으
로 들어와 자고 있는 남자7호를 깨웠다. 쉽지 않은 일이지만 그녀
는 대담했고, 남자는 그녀의 손을 잡고 함께 노래를 듣게 되었다.
그것은 그녀가 남자7호와 해 보고 싶은 마지막 소원이었고, 전날
밤 남자는 지키겠다고 약속했었다.

한 사람 여자로 한 남자 연인으로
그대 곁에 늘 살고 싶어요.
나 혼자서 사랑을 말하고 사랑을 보내고
혼자 쌓은 추억에 겹겹이 눈물이 배어

먼 곳에 있어도 그대 행복하길 …….

노래 「나 혼자서」를 들으며 두 남녀는 손잡고 애정촌을 거닐었다. 노래 가사 그대로 전해지는 여자의 마음이 안타까웠고, 그들은 그렇게 뮤직비디오의 주인공이 되었다.

"정말 재미있었어요. 둘이 좋았고 손잡았을 때 진짜 좋았어요. 설렜어요. 좋은 시간이니까, 그 순간을 잊지 않으려고 걸으면서 매 순간을 새겼던 것 같아요."

여자2호(29세/쌍둥이 언니)

'최종 선택'에서 남자7호는 여자4호를 선택했지만 그녀는 남자를 선택하지 않았다. 여자2호는 남자7호 때문에 연애를 많이 알게 되었다며 억울해서 눈물이 난다고 했다. 그녀의 말에 공감했다. 농어촌 총각 특집에서 사랑 때문에 우는 것이 여자라고는 예상하지 못했다. 순박한 총각들의 구애를 여자가 받아 줄지 말지 그것이 걱정되었을 뿐이다.

　　남자 여자는 만나기 전까지 무슨 일이 생길지 함부로 단정할 수 없다. 내가 당신을 좋아하는 이유를 알고 싶다고? 그건 본능이다. 여자2호는 본능에 충실했고 감정에 솔직했다. 그녀의 마음에 태풍처럼 사랑이 왔다가 폭풍처럼 가 버렸다. 사랑은 더 많이 좋아하는 자가 유죄. 그녀의 사랑은 그렇게 미완성으로 끝났다.

알 수 없는 게
사람 마음,

더 알 수 없는 게
남녀 마음

애정촌 8기
8 대 8 편   **좋아하면 감추지 못한다**
그것이 남녀 사이

애정촌 8기는 남녀 8 대 8이었다. 그중에 '의자왕'이라 불린 남자가 있었다. 삼성전자 다니는 남자1호다. 대일외고, 연세대 출신의 똑똑하고 잘생기고 키 크고 성격 좋은 남자가 때마침 여자가 없었다. 그것도 기이한 일이다. 그가 면접 보러 왔을 때 여자 작가들의 눈이 빛났다. 좋은 아이템, 탐나는 출연자를 만나면 방송장이들은 신이 난다. 그때는 그러려니 했다. 애정촌에서 그가 여자들에게 인기가 많을 것이라고는 예상했지만 '의자왕'에 등극할 줄은 몰랐다.

백제 31대 마지막 왕이었던 의자왕은 애정촌 8기 남자1호에 의해서 다시 인구에 회자되었다. 의자왕은 백제의 그 의자왕이 아니고 '애정촌 의자왕' '짝 의자왕'을 지칭하는 말로 오인될 정도였다. 방송 후 대중들의 폭발적인 관심과 호기심이 그에게 집중되었다. 특히 '최종 선택'에서 보여준 남자1호의 눈물은 많은 화제를 낳았다. '의자왕은 왜 눈물을 흘렸을까?' 애정촌의 미스터리는 경험해 보기 전에는 모른다. 그 격한 감정의 순간 카타르시스는 인간의 본질을 여지없이 드러내고 만다. 그것을 아무리 이성적으로 설명하려 해도 부족하고 아쉬우니 경험하고 느껴 보는 수밖에 없다. 그러니 눈물 한 방울 때문에 호들갑 떨 일도 아니고 그 사람을 안다고 함부로 말할 수도 없다. 그때 우연히 매운 봄바람이 훅 불고 가서 그랬을지 누가 알겠는가.

나는 단편적이고 파편적인 부분들로 진실을 보려는 위험성을 경계한다. 진실을 제대로 보려면 늘 결과가 아닌 과정을 보아야 한다. 방송은 수면 위의 풍경을 품위와 예의를 갖추어 적절하게 수위 조절하여 내보낸다. 물 아래 거친 숨소리와 감정의 소용돌이는 도저히 그대로 전달할 방법이 없다. 인간 내면의 풍경과 의식의 흐름을 나는 조용히 지켜보고 느꼈을 뿐이다. 그들도 그들만의 자유로운 은신처는 있어야 하고 그 고요하고 평화로운 내면을 방송이라는 이유로 멋대로 휘저을 수는 없다. '의자왕'의 눈물이 그 여자 때문인지 애정촌의 끝자락에서 몰아친 알 수 없는 복잡한 감정 때문인지 그 사유의 영역은 온전히 그 사내의 몫이다. 묻지도 말고 궁금해하지도 말며 그냥 느껴 보라고 애정촌은 속삭인다.

남녀가 만나면 반드시 무슨 일이 생기고 흔적이 남는다. 열여섯 명의 남녀가 모여든 애정촌의 일주일이 조용하고 평화로울 수는 없다. 그들 인생에도 희로애락이 오갔고 바람도 불고 비도 왔다. 그들은 젊기에 감정 표현도 솔직하고 생생했다. 여자가 남자에게 빠질 때 드러나는 미묘한 감정을 보았다. 남자가 여자 때문에 싸울 때 꿈틀대는 남자의 본능을 보았다. 거기에는 남녀의 본질적인 심리와 행동이 제대로 드러나 있다. 그렇게 그들은 찬란한 청춘의 순간에 운명처럼 애정촌에서 만나 불꽃같은 일주일을 보냈다.
　　젊음도 청춘도 눈부신 미모도 건강한 육체도 지금 이 순간이 화양연화고 다시 안 올 기회다. 그리고 그들 중에는 부부의 인연으로 이어져 아기를 낳은 커플도 있으니 그 가족에게 애정촌 8기의 일주일은 얼마나 특별한 순간이었을까? 그들의 만남과 인연에 대하여 나는 격하게 고마움을 느낀다. 애정촌의 진정성을 증명하며 그 웃음과 눈물이 거짓이 아니라는 것을 그들이 제대로 보여 주었기 때문이다.

첫 만남이 있던 그날 애정촌에 여자들이 먼저 도착하여 남자를 기다렸다. 여자들의 화제는 단연 남자였다.

여자4호 :

너무 진한 쌍꺼풀 말고 또 없는 거 말고 약간 살짝 있는 거.

여자5호 :

이목구비 뚜렷하면 부담스러워.

여자6호 :

웃는 거 이쁜 남자가 좋잖아.

여자4호 :

좀 밝은 사람.

여자6호 :

어, 잘 웃고.

여자3호 :

이승기! 하하하…….

화장 고치는 여자, 거울 보는 여자, 립스틱 바르는 여자 ……. 여자들의 손길이 바빠졌다는 것은 곧 남자들이 온다는 표시다. 첫 남자가 등장하자 여자들이 술렁거렸다. 수다스럽던 여자들이 갑자기 조용해졌다. 정말 이승기와 같은 남자가 나타났고 여자들의 눈이 빛났다. 여자들의 시선을 한 몸에 받으면서 등장하는 남자들의 얼굴은 상기되어 있다. 여자들 앞에서 돋보이고 싶은 것은 남자의 본능이다. 남자들의 무기는 아직 드러나지 않는다. 그것이 재력일지 야망일지 좋은 집안일지 여자들은 알지 못한 채 남자들을 지켜보고 있다.

좋은 남자를 만난다는 것은 여자들의 숙제다. 남자들의 첫인상과 이미지는 여자들을 흡족하게 했다. 남자들도 적극적으로 여자들을 탐색했고 첫날밤이 그렇게 극심한 심리전으로 순식간에 흘러갔다. 다음 날 자기소개를 하고 나니 남자들의 매력은 더 부각되었다. 연예인 지망생이나 모델로 생각했던 남자1호도 의외의 반전으로 여자들을 만족시켰다.

여자6호 :

이번 기수들 다 쟁쟁해.

여자5호 :

좀 쟁쟁해. 보통 한꺼번에 셋 정도가 나오기 힘들잖아.
셋이 다 마음에 든다는 거.

여자6호 :

맞아, 맞아. 없을 수도 있고 많아야 한두 명이었는데 …….

치과의사, 공인회계사, 돈 많은 남자, 재미있는 남자, 성실한 남자, 잘생긴 남자 등 애정촌 8기 남자들의 조건과 캐릭터는 매우 뛰어나다. '의자왕'이라 불린 남자1호의 화제에 가려졌지만 그들은 다른 기수였다면 충분히 주인공이 될 만한 남자들이다. 그들의 세세한 매력들을 충분히 보여 주지 못한 것이 못내 아쉽다.

애정촌 둘째 날 자기소개가 끝났지만 '도시락 선택'은 없었다. 그들은 또 자유롭게 모여 도시락을 먹었다. 방송에서 보던 것과 다르니 여자들은 몹시 당황했다. 의외의 길을 가면 늘 새로워진다. 선택이 없으니 저수지에 물이 차듯이 그것에 대한 두려움과 호기심은 더욱 커져 가고 있었다.

애정촌 셋째 날, 나는 오전 내내 '도시락 선택' 방법만 고민했다. 하던 대로 똑같이 할 수는 없지 않는가? 그래 수영장이다. 그것은 모험이지만 가능할 수도 있다는 생각으로 그들을 수영장 앞으로 불러냈다. 그들 모두 직감적으로 '도시락 선택'이 있음을 알지만 방법은 전혀 모르고 있었다. 선택의 기회는 여자들에게 주어졌다. 여자들의 마음이 모두에게 공개되는 순간이다. 상대적으로 여자들은 안심했고 남자들은 긴장했다.

"남자8호 앞으로 나와 주세요."

여덟 명의 여자가 그 남자를 말똥말똥 바라보고 있다. 대체 무슨 일을 하려는 것인가. 때는 5월의 화창한 오후, 허리까지 오는 수영장 물 사이로 남녀가 마주하고 있다.

"남자8호와 오늘 데이트와 도시락 식사를 할 여자는 물을 건너가 주세요. 선택을 하든, 안 하든 자유입니다."

선택 방법이 알려지자 남자도 여자도 동요했다. 여자가 물에 뛰어든다는 것은 쉽지 않은 일이다. 그것은 남자에게 강한 호감이 있다는 것을 의미한다. 옷을 그대로 적시며 수영장을 가로질러 건너갈 여자가 있을까? 여덟 명의 여자 중 누가 됐든 반드시 한다는 믿음이 내게는 있었다. 아무도 안 나서면 다른 방법을 찾아서 또 선택하면 된다. 일단 해 보고 판단할 문제다. 준비되지 않은 상황일 때, 갑자기 위기가 닥쳐왔을 때 사람의 진심은 더 잘 드러나리라고 믿었다. 결국 남자8호를 위해 움직인 여자는 없었다.

치과 의사 남자7호의 차례. 물을 건너는 여자가 있을 것인가? 여자들에게는 굉장히 부담이 가는 상황이다. 자신의 마음을 살짝만 보여 주는 것이 아니라 강하고 세게 드러내는 것이다. 여자의 자존심이 걸린 문제다. 그런데 잠시 후 풍덩 물소리가 들렸다. 여자2호가 몸을 던진 것이다. 연세대 경영학과 졸업을 앞둔 여자2호. 그녀는 용기 있는 행동으로 애정촌의 모두를 놀라게 했다. 그 모습은 경이로웠고 감동적이었다. '도시락 선택' 그 이전 그 이후를 통틀어 가장 인상적인 장면이었다. 그 사람이 좋다면 이 정도는 아무것도 아니라는 듯이 여자는 헤엄쳐 가고 남자는 감격한다. 입은 옷 그대로 수영을 하면서 남자를 향해 가는 여자의 모습에서 희생을 보았고 사랑을 보았다. 자존심을 접고 여자가 먼저 마음을 보여 준다는 것은 매우 힘든 일이다. 그러나 여자2호는 그렇게 했고 남자는 감동했다.

> "감동했다고 하는 게 이런 것 같아요. 여자였으면 표현하기 어려운 방식이었는데 ……. 전속력 다해서 저한테 왔다는 점이 ……. 아, 이 정도 마음을 가지고 있었구나, 내가 더 잘 해야 되겠다, 이런 생각 하게 됐어요."

남자7호(27세/치과 의사)

"어설프게 남 뛰어드는 거 보고 뛰어들기보다는 어차피
갈 거면 ……. 그냥 어제 얘기도 잠깐 했고 대화도 나누고
싶었고 …… 잘한 것 같아요. 그냥 가만있었으면 후회했을
텐데 미련이라도 없게 가서 표현했으니까."

여자2호(24세/대학생)

공인회계사 남자6호가 여자들 앞에 섰다. 여자들은 움직이지 않
았다. 다음 남자에게도, 그 다음 남자에게도 여자들은 움직이지 않
았다. 그 다음 남자도 마찬가지다. 역시 여자2호만 대단한 것이었
나? 수입차 딜러 남자2호는 여자가 신호만 보내도 데리러 가겠다
며 신발을 벗고 맨발로 기다렸다.

남자2호 :

저를 좋아하는 마음보다 물에 들어가는 게 더 싫어서
많이 망설일 수도 있을 것 같은데요. 싫은 건 제가
감수하겠습니다. 제가 감수할 거고, 처음이 힘들지 힘든
거 조금만 감수해 주시고 그 자리에 그냥 걸터앉아 주시면
안전하게 모시러 가겠습니다.

그러나 여자들은 아무도 움직이지 않았다. 남은 일곱 명의 여자는
의사 표시를 하지 않을 것인가? 마지막으로 삼성전자 회사원 남자
1호가 물 앞에 섰다.

"남자1호와 데이트와 도시락 식사를 하고 싶은 여자는

물을 건너가 주세요. 선택은 자유입니다."

말이 끝나기가 무섭게 한 여자가 움직였다. 첨벙첨벙 물을 건너는 소리와 동시에 한 여자가 양말을 벗었고 한 여자는 물가에 걸터앉았다. 여자4호, 여자3호, 여자6호 세 여자가 차례로 물을 건너갔다. 뒤따라 여자1호도 물에 뛰어들었다. 프리랜서 성우 여자5호도 물가에 걸터앉은 채 망설인다. 그녀의 눈앞에 네 여자가 남자1호에게로 가고 있다. 이 경쟁에 동참할 것인가? 말 것인가? 그녀의 마음은 물을 건넜지만 몸은 그대로 있었다.

여자5호 :

난 앉아 있으면 올 줄 알았지. 난 여자들이 다 앉아
있을 줄 알았어. 됐어 나 안 갈래.

결국 네 여자가 물에 뛰어들며 남자1호에게 강한 호감을 표시했다. 남자들은 부러움과 놀라움으로 그 모습을 지켜보았다. 애정촌에서 '도시락 선택'을 수없이 많이 진행했지만 이처럼 긴장감 넘치고 흥미진진한 모습은 없었다. 그 이후 애정촌에서 남자1호는 '의자왕'이라 불렸다. 남녀 관계는 힘의 균형이 무너지는 순간 구애로 변한다. 여자가 물을 건너는 것은 힘의 균형이 무너지는 순간이었다. 그것도 네 여자가 한 남자를 향하는 풍경은 남자를 더 대단하게 만들었다. '나도 그렇게 애를 태웠는데 너도 그랬다니 …….'
　　여자들의 심리전은 그렇게 백주 대낮에 고스란히 노출되었다. 호감 표시를 미루고 미루어 결정적인 순간 터트린 작전이 주효했다. 남자 마음을 모르는데 지금 이 순간 내 마음을 보여 주지 않는 한 기회가 또 언제 올지 모른다는 불안감이 여자들에게 있었을 것이다. 의자왕은 그렇게 탄생했고 그것은 다른 남자들에게 심리적인 충격을 안겨 줬다.

"처음에 먼저 한 분이 뛰어든 걸로 기억을 하는데 그때는
고마운 마음이 앞섰고요. 나중에 우르르 하는 게 제가
마지막이라서 다들 망설이고 계시다가 물 때문에 그러신
건 아니었을까 생각도 하다가 별로 생각을 할 겨를이
없었습니다. 여력도 없었고요. 좋긴 한데요. 되게 좋지만은
않네요. 좀 복잡하기도 하고 여러 가지 생각이 많이
드네요. 이런 기분이 무슨 기분인지도 잘 모르겠는 ……."

남자1호(27세/회사원)

좋아하면 감추지 못한다
그것이 남녀 사이다

좋아하는 남자를 누구에게도 양보하고 싶지 않다. 그것이 여자의 마음이다. 여자들이 모이면 그것은 질투와 집착과 애증으로 변주되곤 한다. 이십 대 젊은 여자들의 합창은 씩씩하고 솔직했다.

여자6호 :

아, 나 모르겠어. 미쳤나 봐.

여자4호 :

삐 소리 나면 다 뛰어들 줄 알았어.

여자6호 :

아, 너무 비굴해, 진짜 …….

여자2호 :

이제 못할 게 없을 것 같아. 세상에 못할 게 …….
사랑의 힘이지.

여자5호 :

남자1호, 지금 천국을 뛰어넘고 우주에 가 있어.

여덟 줄기 여자의 마음이 교차로에 모여서 오가고 있다. 그 미묘한 여심이 집단 속에서 자연스럽게 분출한다. 쉽지 않은 상황에서 주저 없이 물로 뛰어 들었던 여자들의 마음은 그 순간 어땠을까?

"솔직히 많이 뛰어들 줄은 알았어요. 근데 약간 아쉬운
부분은 있었던 것 같아요. 남자7호는 딱 물속에 같이
들어왔어요. 저도 약간은 그런 기대 했었는데 …….
그것 때문에 약간 실망한 것도 있고 그런 것 같아요.
남자1호는 그냥 위에서만 계속 지켜보고 별명도
생겼잖아요. '의자왕'이라고 …….."

"맨 먼저 안 뛰어든 게 후회가 됐고요, 일단은. 기왕이면
맨 먼저 할걸. 그리고 근데 올라갈 때 제대로 손도 안 잡아
주고 그래서 내가 아니구나, 난 헛다리 짚은 거구나, 그런
거 느꼈어요. 근데 또 똑같은 상황이 온다면 또 그랬을 것
같긴 해요."

여자3호(27세/간호사)

"제 자신한테 너무 많이 놀랐어요. 제가 원래 좋아하는
사람한테 표현 자체를 전혀 못 하는데 ……. 아, 지금 너무
복잡해요. 그분은 저한테 표현하는 것도 아니고 누구
좋아하는지도 모르겠고 하니까. 너무 혼란스럽고
좀 그래요. 공황 상태가 돼 버렸어."

여자1호(23세/대학생)

"저도 모르게 신발을 벗고 있는데 나 자신한테 놀랐어요.
내가 왜 신발을 벗고 있지, 이러면서 저도 모르게
뛰어들었던 것 같아요. 다른 분들이 그렇게 마음을
표현하는데 저만 마음을 감추고 있으면 정말로 그분과
대화라도 한 번 해 보기 힘든 상황이 될까 봐 용기를
내게 됐던 것 같아요. (눈물을 흘리며) 그냥 그 상황이
조금 답답했었던 것 같아요. 여자들이 움직여야 하는
그런 상황 ……."

여자6호(24세/영양사)

전략적으로 첫 '도시락 선택' 시기는 절묘했다. 여자의 마음은 달
아오르고 심정은 절박했다. 그 결정적인 순간에 방아쇠를 당겼다.

여자들의 달아오른 마음이 불꽃이 되어 남자1호의 폭죽을 터트렸다. 첨벙첨벙 물속으로 뛰어들어 건너오는 여자들의 모습. 그것은 예전에는 상상할 수도 없는 일이었다. 여자들도 마음이 가면 적극적으로 행동할 수 있다는 것을 확인하는 순간이었다. 시대가 바뀌고 사회가 변하면서 남녀 관계의 고정된 이미지도 무너져 갔다. 이미 여자들은 사회 곳곳에서 남자들을 압도하고 단순히 사랑의 구애 대상으로만 머물지 않았다.

애정촌에서는 뭘 하든 여자는 남자에게, 남자는 여자에게 촉수가 뻗어 있다. 그런데 지금 모두의 관심은 남자1호를 향해 있다.

남자7호 :

남자1호, 쟤만 없었으면 …….

남자6호 :

나도 동감임.

남자7호 :

근데 여자들 보통 외모 에이스로 안 되는데 쟤는 좀 …….

남자6호 :

남자1호는 외모뿐만 아니라 다른 것도 되잖아.
직장도 되고 힘도 세고 …….

여자7호 :

'의자왕'의 마음도 이해는 되는데 ……. 복잡하겠지,
예쁜 여자가 다 달려드는데.

여자5호 :

얼마나 좋을까. 부모님은 얼마나 좋아하실까.

여자7호 :

입이 찢어지겠죠.

여자3호 :

남자1호 정말 매력 있다. 성격이 되게 괜찮아.
외모도 준수한데 내 거가 되기 부담스러운.

여자7호 :

아, 진짜 저런 사람 좋은데 사귀면 안 좋다니까.

여자3호 :

그래, 저런 사람들은 힘들어. 결혼 상대 완전 안 좋아.
주변에 여자가 드글드글 넘쳐나고 다 달려들고,
여자 친구 있건 없건 다 뺏으려 달려들고.

안개 짙게 드리운 날 아침, 남자1호와 네 여자는 무인도로 소풍을 갔다. 바다를 가르며 '나는 의자왕이다' 하고 외치듯이 양옆에 네 여자를 데리고 가는 남자. 남자1호의 위용이 대단해 보이지만 남자는 그 상황이 마냥 버겁다. 무인도로 긴 한 남자와 네 여자의 데이트는 질투도 생기고 경쟁도 치열할 만했는데 현실은 조용히 라면만 끓고 있었다. 여자들은 말이 없고 오로지 눈치 작전만 펼쳤다. 여자는 한 남자를 보고 다른 세 여자를 보았다. 남자는 정확하게 넷으로 나누어 마음을 배분했다. 돌덩이를 가져와 네 여자의 자리를 공평하게 마련해 주었고 음식도 똑같이 나누어 주었다. 얼마나 기이한 무인도의 아침 풍경인가? 추억은 남을지라도 그것이 사랑의 불쏘시개가 될 수 없다는 것을 그들은 알았다. 일대일이 아닌 한 무인도에서 달달한 남녀의 감정을 기대하기는 힘들다. 남자 하나에 여자 넷이 경쟁하며 공존하는 묘한 구도 속에 라면 먹는 소리만 들렸다. 무인도를 떠날 때까지 남녀는 결국 속마음을 드러내지 않았다. 그러나 돌아갈 시간이면 여자는 남자의 마음을 눈치챌 수 있을 것이다. 여자만의 본능과 육감으로 말이다.

> "잘생겼는데도 불구하고 성격이랑 직업에 일단 반전이
> 있었잖아요. 성격이 굉장히 좀 신사답고 예의도 있고
> 배려심도 있는 것 같아요. 근데 단점은 그게 누구에게나
> 다 똑같다는 거."
>
> 여자3호(27세/간호사)

> "다들 기분이 썩 좋은 분위기는 아닌 것 같아요, 여자들이.
> 그렇다고 나쁜 건 아니지만 이걸 확실히 해 줘야지,
> 여자들도 어떻게 할 텐데. 이것도 아니고 저것도 아니고
> 그냥 남자1호분의 마음이 궁금해요."
>
> 여자4호(25세/대학생)

남자의 마음은 여자들 속에서 제대로 드러나지 않았다. 그래도 남자가 그 시간이 좋았던 것은 그 속에 그 여자가 있었기 때문이다. 남자1호는 '도시락 선택' 당시 인터뷰에서 여자1호를 말했다. 그런데 여자 쪽에서 남자를 선택했기에 그 마음은 여자들에게 공개되지 않았다. 여자1호도 그 사실을 모르고 있다. 그녀는 네 여자 중의 한 여자로 있으면서 남자1호의 마음을 얻기를 기대하고 있

다. 남자1호의 행동을 꼼꼼하게 관찰하면 여자1호를 대하는 것이 조금은 다르다. 하지만 그 사실을 눈치채기란 쉬운 일은 아니다. 본능적인 여자의 직감으로, 남자1호가 자신에게 마음이 없다는 것을 깨달은 여자들은 포기하거나 다른 남자에게 갈 것이다. 남자는 네 여자 마음을 얻는 것보다는 내 여자 마음을 얻는 것이 더 중요하다. 그날 밤 기회를 엿보던 남자1호가 여자1호를 불러냈다. 그리고 남자는 여자에게 그동안 감춰 온 속마음을 전했다.

남자1호 :

기분 좋으라고 하는 이야기가 아니라 처음부터
여자1호 님이었어요. 어쨌든 속은 되게 시원하네요.

여자1호 :

그래요? 전 다 즉흥으로 갈 거예요. 전부 다.

남자1호 :

다른 남자 좋으면 그냥 가고? 알았어요. 참고할게요.

"확신이라고까지 말할 수는 없겠지만 좀 더 안개가 걷힌
기분이라고 할까요? 솔직히 저라고 다른 사람들을
알고 싶은 마음이 없었겠습니까? 저도 되게 혼란스럽긴
했는데 그렇게 하는 게 서로에게 도움이 되지 않을까
생각했던 것 같아요."
남자1호(27세/회사원)

애정촌 나흘째 밤이 되어서야 남녀는 서로의 마음을 확인했다. 여

자의 표정이 묘하다. 일방적인 힘의 균형이 바로잡혀 비로소 팽팽해지는 순간이다. 그들의 앞길은 평탄하고 순조로울 것인가? 애정촌의 시간이 답해 줄 것이다. 특히 남녀 관계의 시작은 종교 의식처럼 경건하고 숭고하더라도 만리장성을 쌓고 나면 전쟁을 하는 게 다반사다. 알 수 없는 게 사람 마음이고 더 요상한 것이 남녀 마음이다. 그 사람이 좋아서 내 마음속에 가두어 두었더니 자꾸만 튕겨 나가는 게 남녀 사이다.

남자1호 :

솔직히 말하면 나 너한테 다가가고 있는데
너는 좀 멀어진다는 느낌이랄까.

여자1호 :

(휴대전화 문자 보내다가) 미안해요. 잠깐만 이것 좀 할게요.
원래 이런 애 아닌데 미안.

남자1호 :

원래 그런 사람이 아닌데 왜 나한테만 그러는지 모르겠네.

여자1호 :

자꾸 그렇게 생각하지 마요.

여자1호 :

남자1호분은 인기도 많잖아. 또 …….

남자1호 :

그게 무슨 상관인데?

여자1호 :

있지 왜.

남자1호 :

그 인기가 많으니까 뭐 어쩌라고, 나한테.

여자1호 :

좋겠다고.

남자1호 :

너 진짜 딴 데로 가라고 말을 하는구나. 아예 이제?

여자1호 :

아니. 왜 우리는 대화를 하면 할수록 이렇게 되지? 그렇죠?

남자1호 :

그러게 말이야 내 잘못인가?

여자1호 :

애정촌에서 불편한 사람이 없거든요, 진짜. 제일 불편해.

남자1호 :

너도 그게 싫이. 내기 왜 너힌데
불편한 사람이 됐는지.

남자1호와 여자1호의 관계도 애정촌 후반으로 가니 순탄치 않
다. 애정촌에서 그들은 서로 마음을 알고 성격을 알고 생활을 보고

사람을 본다. 누구라도 그렇듯이 단점과 장점은 어우러져 다가오면서 질문을 던진다. '내 마음은 지금 어디로 가는가?'

미스터리로 가득한 것이
남녀 마음이다

마음에 봄바람이 불어오면 사랑은 시작되는가? 명문대 졸업을 앞둔 여자2호. 그녀는 가장 먼저 물에 뛰어들어 치과의사 남자7호에게 강한 호감을 표시했다. 그 이후 남자7호와 여자2호는 애정촌의 공식 커플이 되었다. 누구의 견제도 없이 편안한 분위기에서 둘의 관계는 돈독해져 갔다. 자전거를 타고 데이트를 하는 두 남녀는 이미 연인이다.

남자7호:

조약돌로 삼행시 지어 볼게. 운 떼어 봐요.

여자2호:

조!

남자7호 :

조심스럽게 다가가고 싶어요.

여자2호 :

약!

남자7호 :

약한 모습을 보여 줄지라도.

여자2호 :

돌!

남자7호 :

돌아서지 않겠어요. 그대만 있으면.

여자2호 :

네 ……. 제가 뭐라도 하나 해야 …….

남자7호 :

이렇게 (손가락 접으며) 오글 ……. 됐지?
지금. 이걸 펴야 돼.

그리고 그날 밤 남자는 여자를 치 안으로 데리고 갔다. 딘 돌민 있는 곳에서 남자7호는 여자 2호만 바라보겠다고 선언했다.

남자7호 :

남자7호는 여자2호 말고는 다른 여자 없는 거야.

여자2호 :

저 녹음기 좀 갖고 올게요.

남자7호 :

이제는 남은 3박 4일 동안 만나야 하는 인연이고 만나고
싶은 인연인지 확인하는 과정이라고 생각해요.
전 2호 님 말고 다른 여자는 없고 …….

남녀의 맹세만큼 부서지기 쉬운 것이 있을까? 그것이 덧없어서 사
람들은 다이아몬드를 찾아 인증한다. 지난밤 남자7호는 여자2호
에게 다른 여자는 없다고 말했다. 사람을 좋아하게 되면 그 사람의
말은 모두 진실이 된다. 이제 옥석을 가리는 것은 애정촌만이 답
을 줄 수 있다. 생활을 보면 사람이 보인다는 애정촌에서 카메라의
눈은 냉정하게 그 사람을 지켜본다. 애정촌에는 항상 남녀가 있다.
어느 순간 그 남자의 장점이, 그 여자의 매력이 불쑥 쳐들어온다.
고요한 연못에 던져진 돌처럼 마음의 파동은 그렇게 시작된다. 느
닷없이 심장에 총 맞은 것처럼 사랑의 물결은 그렇게 커져 간다.

애정촌에 낮과 밤이 돌고 돌듯 남녀의 마음도 돌고 돈다. 그 순간
들은 은밀하고 조용하다. 촬영 순간에는 몰랐던 진실들이 편집 과
정에서 비로소 퍼즐이 맞추어진다. 깨알같이 흩어진 진실의 조각
을 맞추어 보니 남녀의 미스터리가 풀린다. 남자7호의 행동이 수
상하다. 여자2호가 아닌 여자1호와 그는 무슨 말을 한 것일까? '의
자왕' 남자1호는 그 모습을 보고 경계와 감시의 눈빛을 보냈다. 수
풀 속으로 날아든 새들은 잘 보이지 않는다. 그들은 무엇을 하고
있는가? 총을 쏘지 않는 한 새들은 결코 날지 않을 것이다. 총을
쏠 시간이 왔다. '도시락 선택'은 지금 이 순간 남녀의 마음을 판단

하는 데 길잡이가 될 것이다.

애정촌 다섯째 날 남자들의 첫 선택이 있었다. 몇 명의 여자를 선택하든 상관없는 복수複數 선택을 통해 남자들의 선호도가 드러날 것이다. 남자의 경우, 복수 선택이 진실에 가깝고 애정촌 판도를 정확하게 보여 준다. 남자의 사심은 늘 복잡하게 움직이고 숨겨져 있다. 한 여자만 좋아하는 남자는 정말 그 여자에 빠진 것이다. 남자들이 수영장을 가로지르는 통나무 위에 나란히 올라섰다. 여자들은 자신의 운명을 모른 채 긴장하고 있다.

"여자1호 앞으로 나와 주세요."

여자1호가 물 앞에 서서 남자들을 바라봤다.

"여자1호와 식사를 하기 싫은 남자는 물에 빠져 주세요."

풍덩풍덩 ……. 여자는 잔뜩 긴장한 채 남자들을 지켜보고 있다. 누가 남아 줄 것인가? 다행이다. 예상대로 남자1호와 남자8호 두 남자기 남았다. 눈앞에서 자신을 외면하는 남자를 지켜보는 일은 곤욕스럽다.

간호사 여자3호가 물 앞에 섰다. 시작하자마자 남자들이 풍덩풍덩 물에 빠졌다. 여자들의 표정이 좋지 않다. 남의 일이 아니다. 자신을 선택했던 여자3호 보기가 미안한지 남자1호는 고개를 숙이고 있다. 하지만 선택은 선택. 동정과 미안함으로 헛된 희망을 줄 수는 없다. 결국 통나무 위에 남은 남자는 없었다. 여자 3호는 울음을 터트렸다.

숙명여대생 여자4호. 그녀는 '의자왕' 남자1호가 아닌 수입차 딜러 남자2호에게 데이트권을 사용했다. 그녀에게는 누가 남을 것인가? 역시 물소리가 풍덩풍덩하면서 그녀의 시청각을 자극하고 있다. 남자1호는 선택하지 않았고 마지막으로 그녀와 데이트를 했던 남자2호가 남았다. 그러나 기쁨도 잠시 그도 물속으로 풍덩 빠졌다. 남자는 여자의 호감 표시가 고맙지만 다시 식사를 하지 않겠다는 뜻을 분명하게 나타냈다. 결국 여자4호도 남자는 없었다. 그녀도 눈물을 흘렸다. 울고 있던 여자3호가 그녀를 위로했다. 아픔은 아픈 자가 알아 주고 슬픔은 슬픈 자가 치유해 준다.

프리랜서 성우 여자5호가 잔뜩 긴장하고 물 앞에 섰다. 풍덩풍덩 물소리가 거세다. 감정 표현이 솔직한 여자5호. 그녀의 얼굴이 일그러진다. 여자5호가 그녀 앞에 남은 최후의 한 명을 감격스럽게 바라보고 있다. 자신을 지옥의 문턱에서 구원해 준 남자가 정말 고맙다는 표정이다. 남자2호는 자신을 선택하고 데이트까지 했던 여자4호를 외면하고 여자5호 앞에 섰다. 두 남녀는 서로 짝임을 표시하듯 찡긋찡긋 눈빛을 교환하고 있다.

> "너무 예상 밖을 뛰어넘는 엄청나게 스펙터클하고 천국과 지옥을 왔다 갔다 했던, 정말 엄청난 ('도시락 선택') ……. 네, 그런 생각밖에 안 들더라고요. 지금 말을 더듬게 되는데 그때는 너무 울컥해서 정말 눈물이 나올 것 같은 거예요. 남자2호가 너무 고마워서 진짜로, 진짜 절하고 싶었어요."
>
> 여자5호(24세/성우)

영양사 여자6호에게는 남자5호만 남았다. 여자7호는 처음부터 자신을 좋게 봐 준 남자8호가 남았다. 그러나 남자8호가 여자1호도 선택했기 때문에 여자7호는 남자8호에게 실망했다. 여자8호에게는 남자2호와 남자6호가 남았다. 여자5호를 감격시켰던 남자2호가 여자8호를 선택한 이유는 단순한 호감 표시에만 머물지 않았다.

> "여자8호 때 남아 있었던 건 이제 여자5호로 하여금
> 내가 당신만 보고 있습니다, 이제 당신한테 올인할 겁니다,
> 이렇게 비치고 싶지 않았고요. 첫 번째로요."
>
> 남자2호(28세/수입차 딜러)

오! 미스터리로 가득한 남녀의 마음을 누가 예측할 것인가? 오늘 남녀의 심리는 그렇게 물밑을 오가고 있었다. 여자2호는 비교적 여유 있게 물 앞에 섰다. 그녀는 남자7호와 애정촌의 공식 커플이다. 그리고 지난밤 남자는 차 안에서 그녀만을 바라보겠다고 말했었다. 그녀와 식사를 하기 싫은 남자들이 풍덩풍덩 소리를 내며 물에 빠졌다. 통나무 위에 세 남자가 남았다. 그러나 침묵은 짧았고 또 풍덩 소리가 났다. 남자7호다. 남자의 배신에 여자의 표정이 좋지 않다. 애정촌의 공식 커플로 인정받고 있었는데 이 돌발 상황에 모두가 놀랐다. 갈등 없이 순항하는 공식 커플을 애정촌은 주목하지 않는다. 언제나 동일한 모습으로 제자리를 맴돌기 때문이다. 그러나 남녀의 배신이 있을 때는 잠자던 모든 세포가 분연히 일어서고 카메라는 맹수처럼 날이 선다. 지금이 바로 그 순간이다. 남자7호는 왜 돌아섰을까? 남자들이 아우성치는 가운데 남자7호는 말이 없다.

"믿는 도끼에 발등 찍힌 일이 한두 번인가요, 살면서 ······.
세상이 그렇죠, 뭐. 서운하긴 하죠. 왜냐하면 전 다른
분은 다 안 남고 남자7호분이 남아 있을 줄 알았거든요.
제 심경의 변화가 없는 건 아니고 열린 거죠. 어제 (다른
남자는) 딱 닫자 해서 잠가 놨는데 (오늘 남자4호, 남자5호) 다른
분이 똑똑하니 열었죠 ······. 제가 남자7호에게 괜히 물에
뛰어들었나 봅니다."

"제가 이렇게 선택을 안 했어도 그분의 마음이 나한테
그대로 남아 있을지 여자2호의 행동이 어떻게 될지
궁금해서 그렇게 했어요. 마음이 변한 건 아니고 ······."

남자7호(27세/치과 의사)

남자는 자기 여자를 시험했고, 여자는 다른 남자가 보이기 시작했
다. 여자2호 앞에서 열세 살 많은 남자5호와 자동차 정비사 남자
4호 두 남자가 남아 상황을 지켜보았다.

가장 먼저 수영장 물을 건너며 모두를 놀라게 했던 여자2호. 그녀는 애정촌 후반 세 남자의 관심을 받으며 애정촌의 진정한 주인공이 된다. 스물넷 명문대 여대생의 남자는 누가 될 것인가? 자신만의 방식으로 여자를 저울질하는 치과의사 남자7호인가? 열세 살 나이 차이가 신경 쓰이는 사업가인가? 학벌 차이가 주목되는 자동차 정비사인가?

애정촌은 생활을 하고 사랑을 통하여 인간을 보는 공간이다. 자신은 사랑에만 집중하지만 상대방은 사랑만 보는 것이 아니라 인간도 본다. 이미지나 외모보다는 사람의 내면을 살펴보라는 애정촌의 취지는 후반전에 더욱 빛난다. 여자2호는 단순하게 남자7호의 저울질로만 믿음이 흔들린 것은 아닐 것이다. 남자의 속성을 보고 남자의 마음을 읽고 남자의 의지를 느꼈을 것이다. 여자2호가 수영장 물을 용감하게 건넜을 때로 돌아가는 것은 힘들어졌다. 사랑을 주고받던 작용 반작용의 힘은 급격하게 약해졌다. 안타깝게도 애정촌에서 남자의 마음은 늘 갈대다. 누구나 저울과 자를 가지고 재 보느라 바쁘고 여심에 녹고 흔들리는 깃도 다반사다. 경이롭게도 사랑을 잃고 나면 또 다른 사랑이 찾아온다.

여자2호는 상대적으로 일관된 진심을 보여 주는 자동차 정비사 남자4호가 새롭게 눈에 들어왔다. 여자는 몰랐겠지만 남자4호는 인터뷰할 때마다 여자2호를 언급했다. 그 마음을 제대로 표현한 것이 남자들의 복수 선택이다. 남자4호는 복수 선택인데도 다른 여자를 위해서는 통나무 위에 남지 않았다. 남자들 중 한 여자만 선택한 남자는 남자1호와 남자4호뿐이다. 그 전까지 여자는 그런 남자의 마음을 모르고 있었다.

"전 처음부터 말씀드렸듯이 여자2호가 제가 생각해
온 여성상이긴 한데 사람마다 개개인 특성이 있고 살아온
인생이 있는데 ……. 저 같은 경우는 대학도 안 나왔고
여기 분위기가 엠티 온 것처럼 놀고 그러잖아요.
저 같은 경우 처음 겪어 보는 분위기거든요. 게임만 하는데
난 진짜 그거 솔직히 너무 부담스러워요. 정말.
그게 좀 힘들었어요. 엠티 분위기 처음 겪는 거라서 ……."

남자4호(27세/자동차 정비사)

고졸 출신 자동차 정비사와 명문대 출신 여대생의 로맨스는 세속의 관심사다. 둘의 관계에 모두의 관심이 집중되고 있다. 애정촌에서는 생활을 통해 사람을 보고 마음이 움직이기에 그 로맨스는 충분히 가능한 일이다. 남자4호는 학위 대신 꿈을 선택하여 자동차 정비사로서 성실하게 살아가고 있다. 부모에게 기생하며 꿈 없이 사는 젊은이들과는 많이 다르다. 외형적인 조건보다는 능력이 중요한 현실에서 남자4호의 선택은 존중할 만하다.

"사랑은 소리 없이 찾아와 내 가슴을 떨리게 만들죠.
나 오늘 너에게 고백할 거야.
사랑한다고 세상에 말할 거야.

나 비록 가진 건 하나 없지만

행복을 줄 거야. 오직 너 하나면 충분해.”

노래「사랑의 시작은 고백에서부터」

남자4호가 용기를 내어 여자2호에게 고백을 했다. 해변에서 노래를 들려 주며 노랫말을 통해 고백을 한 것이다. 조용한 남자의 용기 있는 고백은 여자의 마음을 흔들었다. 선택을 하고 고백을 하고 남자가 여자에게 한 걸음 한 걸음 다가왔다.

“좋았습니다. 노래 불러 주고 이벤트가 아닌데도 진심이 담겨서 그런지 눈물 날 뻔했어요. 가사도 그렇고 그분 성격에 이 정도 해 주는 것만으로도 저한테는 너무 크게 느껴지고, 그런 건 또 처음이었거든요. 다른 오그라드는 이벤트가 아니고 진솔하고 정말 꾸준히 마음에 담은 얘기를 들었기 때문에 그게 더 진심으로 다가왔던 것 같아요.”

여자2호(24세/대학생)

한편 여자2호에게 자연스럽게 다가오는 또 한 남자가 있었다. 어린이 스포츠센터를 운영하는 남자5호다. 이십 대 펄펄한 젊은 친구들 가운데 유일하게 삼십 대인 남자. 그것도 서른일곱 살이니까 그들에게는 어쩌면 삼촌뻘이다. 그는 처음부터 구성원의 나이 때문에 부담스러워했고 제작진을 엄청 원망했다. 처음부터 그의 캐스팅은 모험이었다. 이제 와서 고백하지만 다른 출연자 후보가 있었으면 그는 참가하지 못했다. 공교롭게도 촬영을 앞두고 남자 한 명이 부족했다. 스케줄 조정이 비교적 자유로운 사업가 남자5호는 그래서 막차 타고 애정촌으로 왔다. 나이 때문에 생기는 의외의 상황이 긴장을 줄 수도 있다고 긍정적으로 생각했고 반전과 재미도 기대했다. 날이 갈수록 남자5호의 비중은 높아졌다. 바로 여자2호 때문이다. 남자5호는 여자2호를 두고 자동차 정비사 남자4호와 치과의사 남자7호와 끝까지 경쟁을 벌였다. 멀리뛰기를 잘해서 남자5호는 데이트권을 획득했고 여자2호와 찜질방에 갔다. 그것이 운명을 결정했을까? 둘은 편안하고 재미있게 열세 살 나이 차이를 잊고 데이트를 하고 돌아왔다. 애정촌은 이름 대신 번호로 부르기 때문에 나이 차이를 잊고 쉽게 평등해진다. 스물네 살 여자와 서른일곱 살 남자 사이에는 '남자5호 님', '여자2호 님'이라는 호칭만 있다. 나이를 잊게 하는 마술이다.

> "좋은 동생한테 이런저런 인생 이야기 하면서 바람 쐰다는 생각으로 나간 거였는데 연애를 하고 온 기분이 들더라고요. 즐겁게 시간 가는 줄 모르고 있어서 아, 이게 여자로 보이나 그런 생각도 솔직히 들었거든요. 그냥 데이트라기보다 연인 같은 느낌이 나도 모르게 들고, 서로 약간 그런 게 좀 있어서 아, 이게 뭐지 그런 생각이 들었죠."

남자5호(37세/자영업자)

"엄청 재밌었어요. 오늘 하루 저에게 정말 롯데월드 같은 날 …… 아, 꿈같은 하루였어요. 그렇게 예쁜 모습 보일 수 있는 장소가 아니잖아요, 찜질방이. 그래서 편하게 막 얘기하다 보니까 좋았어요. 괜찮은 분인데 결혼은 제가 내일모레 당장 할 수 있을 것 같진 않고, 진짜 그 사람에 대해서 다시 한 번 확인하게 된 날이었습니다."

여자2호(24세/대학생)

여자2호는 열세 살 나이 차이를 잊고 남자5호와 서로 통하고 있다. 일편단심 자동차 정비사 남자4호가 여자2호는 늘 애틋했다. 그리고 잘생긴 치과의사 남자7호 역시 여자에게 여전히 대시 중이다. 세 남자가 경쟁하고 있는 상황에서 여자2호의 엄마가 애정촌을 찾아왔다. 엄마는 딸에게 호감을 보이는 세 남자의 진심을 알고 싶었다.

남자4호 :

나이는 스물일곱 살이고요. 자동차 정비사로 일한 지 칠 년 반 정도. 제 처자식 먹고사는 데 지장 없이 행복하게 잘 사는 게 제 꿈이에요.

남자7호 :

전남에서 공중보건의사로 있고요. 치대 나와서 치과 …….

남자5호 :

전 나이가 서른일곱 살이고요. 어린이 스포츠센터를 운영하고 있어요. 사업을 나름대로 열심히 해서 인정되게 먼 미래를 잘 그리고 있고요.

여자2호의 어머니는 세 남자 중에 나이 많은 남자5호를 지지했다. 애정촌에 애정이 충만할 때 더 고민도 많고 눈물도 많다. 지금 여자2호가 그렇다.

"남자7호분도 어디 내놓으면 번듯하게 귀한 집 아들이고
여자한테 꿈같은 이벤트를 잘해 주니까 연애할 때
한 번쯤 꿈꿔 보는 사람인 것 같아요. 남자5호분은,
정말 안에서도 계속 지금 나오고 있는 말인데, 신랑감으로
정말 좋은 분인 것 같아요. 사람 마음 편하게 해 주고 …….
남자4호분은 마음이 아름다운, 마음이 정말 예쁜 사람인
것 같아요. 마음만 생각하면 눈물 날 정도로 ……. (여자 눈물
흘린다) 전 그런 것도 안타까워요. 남자7호분은 표현(프러포즈,
이벤트)을 많이 해 주는데 전 그런 거 전혀 상관없거든요.
본인이 너무 그걸 못한다고 해서 남자4호 님이 스트레스
받는 모습을 제가 너무 많이 봤고, 아까도 어머니 오셔서
다른 분들이 직업 같은 거 얘기 하면서 앞으로 어떻게
할 건가 얘기했을 때 주눅 드는 모습도 봤고, 참 …….
마음은 알지만 저도 (눈물) 모르겠어요."

여자2호(24세/대학생)

여자2호의 고민이 깊어지고 있다. 그녀의 눈물이 무슨 의미인지는
미루어 짐작 가능하다. 현실은 현실이고 마음은 마음이다. 명문대
졸업 예정인 여자2호와 고등학교 졸업 후 사업을 꿈꾸며 자동차
정비사로 일하는 남자4호. 드라마를 쓰자면 그들의 결합이 동화처
럼 아름답다. 그러나 현실의 벽은 열세 살 나이 차이보다 더 클 수
가 있다. 여자2호의 결정이 몹시 궁금했다. '최종 선택'의 순간 여
자2호는 엄청 울었다. 너무 울어서 촬영이 중단될 정도였다. 눈물
이 흔한 애정촌 역사에서도 가장 심하게 가장 오래도록 울었다. 그

녀의 눈물에는 많은 의미가 내포되어 있다. '최종 선택' 당시 했던 그녀의 말이 사람들 입길에 오르내리며 화제가 되었다. 상대방에 대한 배려와 존중으로 그녀는 개념녀로 등극하면서 프로그램의 명예를 드높였다.

> 여자2호 :
>
> 세 분 다 정말 좋은 분이고 어디 가면 모자랄 것 없는
> 분들인데, 제가 뭐라고 남의 집 귀한 아드님들을 이렇게
> 저울질하고 평가하고 하는 것 자체가 저에게 너무 괴로운
> 과정이었고, 근데 어느 분이 못나고 잘나고 이런 게
> 진짜 아니라 이해해 주셨으면 좋겠고 …… (한참을 운다) 저를
> 남자4호 님께 드릴게요.

여자2호는 남자4호를 '최종 선택' 했다. 명문대 출신 여대생과 고졸 출신 자동차 정비사가 짝이 되었다고 많은 사람들이 박수쳐 주었고 응원의 메시지를 쏟아 냈다. 그들의 로맨스는 조건과 돈을 쫓아가는 씁쓸한 사랑의 세태에 경종을 울렸다. 사람들은 우리 시대 잊고 산 사랑의 본질을 되돌아보게 했다고 두 사람을 축복해 주었다. 시청자 의견이 폭주했고, 출연 신청은 몇 배가 늘었다. 그 모든 과정을 가슴 아프게 바라보는 남자가 있었다. 연적 남자5호다. 그는 남자4호에게 애정촌 인에서는 졌지만 애정촌 밖에서는 이겼다. 그리고 결국 여자2호의 영원한 남자가 되었다.

촬영 당시 여자2호는 남자4호를 선택해서 짝이 되었지만 애정촌을 떠나서는 갈등을 겪었다. 그들 사이에 벽이 가로놓였다. 남자4호와 통하지 않던 것이 남자5호와는 잘 통했다. 남녀 사이는 통

하는 것이 중요하다. 방송이 나갈 즈음에 여자2호와 남자5호는 연애 중이었다. 방송은 학벌을 뛰어넘은 사랑에 감동하고 있는데 현실은 이미 남남이 되어 버렸다. 그리고 여자는 선택하지 않았던 남자5호와 연인이 되어 있었다. 촬영과 방송 사이 그 시간이 만들어낸 어쩔 수 없는 상황이었다. 누구의 잘못도 아니지만 제작진도 그들도 모두 마음고생을 했다. 삶은 타인이 주관할 수 없는 온전히 개인의 영역이다. 그들의 사랑도 그들이 이룩한 것이다. 감히 누가 뭐라 할 수 있겠는가. 그들의 사랑을 지지하고 결혼을 축복한다. 삶은 미스터리다. 한 치 앞도 운명을 알 수 없으니 힘껏 살아가는 것이 방법이다. 남자5호가 나이 때문에 애정촌에 참가하지 못했거나 끝내 불만을 갖고 중도에 퇴소했다면 어쩔 뻔했는가?

2011년 5월 5일 남자5호와 여자2호는 처음 만났고, 2012년 10월 12일 결혼했다. 그리고 2013년 9월 19일 딸을 낳았다. 그 딸이 성장하여 엄마 아빠가 만나 울고 웃고 한 그 장면들을 볼 것이다. 아빠 엄마가 어떻게 처음 만나 사랑하게 되었는지 직접 눈으로 보는 사람은 거의 없을 것이다. 그 유일하고 소중한 기회를 갖는 것은 아이에게 축복이다. 그 가족은 가끔 방송 DVD를 꺼내 가장 푸르고 젊은 엄마 아빠의 모습을 볼 것이다. 그때 5월의 일주일이 그 가족에게 얼마나 소중한 날들이었는지 TV 프로그램『짝』은 말해줄 것이다. 그 가족의 미래가 나는 정말로 궁금하다.

　　　　의자왕 남자1호는 '최종 선택'에서 눈물을 보였다. 세간에 그 장면이 화제가 되었고, 사람들은 그 이유가 궁금했다. 출연자들이 다시 모여 짝을 찾았던 '한 번 더 특집'에 그가 잠시 초대받아 왔다. 그를 보자마자 남자 출연자가 그때 왜 눈물을 흘렸는지 물었다.

그거 하고 나서 진짜 한 만 번은 들은 것 같아요.
왜 울었냐고? 마지막 '최종 선택'에서 나는 선택을
했고 약간 홀가분해진 상황에서 기다리고 있는데 ……
여자1호가 가장 먼저 선택을 시작한 순간에 아 이제
끝났나 하는 이 느낌이, 제 긴장이 다 풀어져 버린 거예요.
그러면서 그 친구 개인적인 감정도 있었겠죠. 미안한
마음이 되게 컸어요, 사실은 …….

남자1호는 소극적인 표현만 한 여자1호 대신 적극적으로 마음을
보여 준 여자4호를 선택했다. 그럼에도 여자1호는 남자1호를 선
택했다. 여자4호는 왜 그렇게 빙 돌아왔느냐고 남자에게 묻고 그
를 선택했다. 그렇게 남녀의 마음은 돌고 돌았다. 그리고 남자는
그 순간에 눈물을 보였다.

남녀의 감정이란 것은 잎새에 이는 바람 하나에도 세차게 흔들린
다. 하물며 애정촌에서 이십 대 젊은 남녀의 마음이 얼마나 요동쳤
을지 상상이 간다. 먼 훗날 세월이 가면 그 마음도, 그 눈물도 모두
순수한 날의 흔적으로 보석처럼 빛날 수 있다. 인생은 사랑을 압도
하며 거침없이 달려간다. 애정촌 8기는 남자1호가 있어 드라마처
럼 극적이었고 여자2호 때문에 다큐멘터리처럼 감동적이었다. 연
세대 선후배 남녀가 애정촌 8기 주연배우였다. 그때나 지금이나
궁금한 것이 있다. 애정촌 8기 남녀 주연배우는 왜 서로 통하지 않
았을까? 여자2호는 왜 '의자왕' 남자1호에게 무심했을까? 남녀 사
이는 온통 미스터리다. 그리고 사람의 인연도 정말 알 수 없다.

다섯
남자의

사랑과 우정
사이

애정촌 47기
경찰대학 친구 편   살다 보면 남자의 우정 사이로
                     사랑이 침입할 때가 있다

우정은 우정이고
경쟁은 경쟁이다

그것은 축복이었다. 경찰대학 출신 동기 동창 네 명이 사무실을 찾아와 함께 짝을 찾고 싶다고 했다. 가장 웃기고 인기 많은 친구는 바빠서 오늘 함께 오지 못했지만 가능하다고 했다. 경찰대학 동기 동창 절친 다섯 남자가 동시에 애정촌을 찾아 여자를 놓고 경쟁한다. 느낌이 팍 꽂혔다. 우정이냐? 사랑이냐? 그 오래된 명제를 시험해 볼 절호의 기회였다. 무조건 추진한다. 그런데 권위적이고 보수적인 경찰 조직에서 그것을 허락할까? 각자 다른 현업에서 가장 바쁜 실무진이 일주일 휴가를 내는 것이 가능할까? 그것도 동시에……. 그들은 경찰 조직의 총애를 받아서 그런지 허락 여부는 걱정 말라고 자신만만했다. 업무 조정하고 휴가를 내는 것도 강한 추진력으로 밀어 붙일 모양이다. 그리고 실제로 단 일주일 사이에 그 일을 해치웠다. 대단한 능력자들이다.

그들은 모두 키 180센티미터 이상이고 '훈남'이고 깔끔한 경찰대학 출신 엘리트 경찰이다. 지금 이 순간 다섯 남자가 동시에 여자 친구가 없다는 것이 오히려 미스터리다. 애정촌을 찾은 다섯 친구들의 도전, 용기, 모험. 그것은 우리에게 축복이고 운명이었다.

경찰대학과 『짝』의 인연은 좀 특별하다. 애정촌 1기부터 경찰대학을 졸업하고 프랑스 유학을 다녀온 깔끔한 친구가 찾아오더니 그 후로도 경찰대 출신 경찰이 꾸준하게 애정촌을 방문했다. 안타깝게도 스케줄 조정이 어려워 출연이 무산되었던 경우도 흔했다. 그들은 출연하면 늘 애정촌의 주인공이 되었다. 연상/연하 특집에서 방송 분량의 거의 반을 차지한 남자 1호도 경찰대학 출신이다. 그들을 보면서 대한민국 경찰의 미래는 밝다는 것을 느꼈다. 모두들 건강한 정신과 강한 체력, 바른 지성을 갖췄다. 한마디로 엄지손가락을 치켜세울 만했고 사윗감으로 남편감으로 강력 추천할 만했다. 단 한사람도 애정촌 조직을 훼방하거나 해치거나 누구를 비방하거나 음해하지 않았다.

애정촌에서 생활하고 방송을 통해 객관적으로 들여다보면 인간성이 적나라하게 드러난다. 애정촌 시스템과 제작진에 대해 직간접적으로 불평불만을 표시하는 무수한 사람들을 보았다. 경찰대학 출신들은 단 한 명도 그런 움직임이 없었다. 말레이시아 특집이 그 결정판이다. 출연자는 제작진에 대한 신뢰가 있을 때 좋은 방송 소중한 추억이 된다. 말레이시아 특집은 그러지 못했고 불협화음과 무력한 모습이 종종 펼쳐지기도 했다. 관광지라서 관광객과 격리시키는 것도 난항이었고 날씨도 무더웠다. 제작진은 촬영 내내 진땀을 빼며 애간장을 태웠다. 그때 경찰대학 출신 경찰 남자1호는 다른 출연자들이 그러거나 말거나, 뭐라고 하거나 말거나 상관하지 않고 자기 할 일을 꿋꿋하게 했다. 스스로 서커스 도전 목표를 정하고 성실하게 훈련해 촬영 기간 그 목표를 이루어 냈다. 주변 상황에 전혀 흔들리지 않았다. 다른 사람에 대해 이러쿵저러쿵 쓸데없는 말도 하지 않았다. 씩씩하게 애정촌 생활을 즐겼고 짝을 찾는 데도 열심이었다. 좀 감동했다.

어느 순간부터는 면접을 생략해도 될 만큼 경찰대학 출신 경찰은 출연자로서 보증할 수 있다는 신뢰가 생겼다. 그런 신뢰 관계는 애정촌에서 그들의 일상과 생각을 들여다보고 방송 후 그들의 태도를 보면서 자연스럽게 생긴 믿음이다. 어쩌면 그 결정타가 경찰대학 친구 특집이었다. 촬영과 방송 내내 참 기분 좋은 경험이고 추억이었다. 실제로 많은 분들이 방송 후 훈훈한 그들 모습에 대해서 호평을 해 주었다. 딸이 있다면 이 남자 중 아무나 데려가도 좋다. 다섯 남자 모두 일등 신랑감이고 하자 없는 '품절남'이다. 그리고 무엇보다도 그들의 우정은 아름다웠고 빛났다. 그들의 우정 사이로 사랑이 침입했던 것인가?

동해 바다 깨끗한 해변에 오락실 펀치 기계가 있다. 이것이 해결사다. 누구 주먹이 더 센가? 주먹의 힘에 의해 번호가 주어졌다. 2004년 봄날 대학생이 되어 처음으로 만나 모두 경찰의 길을 가고 있는 십년지기. 그들이 펀치를 날렸다. 얼떨결에 남자의 주먹 실력을 보게 된 여자들에게 펀치력은 중요하지 않았다. 아무도 그 남자의 펀치에 대해서 이야기하지 않았다. 그러나 남자에게 주먹은 자존심이다. 우정은 우정이고 경쟁은 경쟁이다. 처음으로 친구끼리 해 본 주먹 자랑, 네 주먹 힘은 나약하구나. 그러나 너에게 하느님은 자상한 마음씨와 요리 실력을 주셨다. 아마 여자들은 거기에 홀딱 반하겠지. 주먹이 가장 약해 남자5호가 된 남자는 예상대로 애정촌의 인기남이 되었다.

누군가 인기남이 되면 결국 혼자 밥을 먹는 친구가 생길 수밖에 없다. 첫 만남 소통의 순간이 지나고 둑이 터질 시간! 친구 사이지만 올 것이 왔다. 한날한시에 태어나 사주팔자가 같은 남자2호와 남자3호. 두 친구가 오늘도 같은 운명 같은 길을 걸었다. 두 남자는 동시에 외롭게 해변의 식사를 하게 되었다. 남자2호는 경찰대학 표지 모델까지 한 미남인데 여자의 선택을 못 받고 혼자 밥을 먹었다. 남자3호는 경찰대학 종학생회상 출신이지만 여자 앞에서 그런 이력은 별 무소용이다. 막상 일이 벌어지고 나니 슬프고 웃긴 현실이 우정을 시험하고 있다. 늘 우정이 중요했던 다섯 친구들에게 오늘은 시련의 날이다. 우정도 사랑도 시련이 있으면 단단해져 간다.

남자1호 :

저거 어떻게 해. 어떡해, 쟤네. 제일 적극적이었던
두 친구인데 애정촌 나가자고 했던 …….

여자2호 :

…….

남자3호 :

우리를 개그 소재로 삼지 마. 자꾸 너 우리로 웃기고 있지,
지금? 동정해, 차라리 …….

남자1호 :

방에 들어가기 싫은데 ……. 무서운데.

남자가 좋다고 온 여자는 기분 좋지만 남자는 지금 친구가 신경
쓰인다. '도시락 선택'으로 사랑과 우정은 시험 당하고 갈림길에
놓여 있다. 함께 밥을 먹을 사람을 정하는 '도시락 선택'의 중요함
과 위력을 비로소 그대들은 느낄 것이다. 밥벌이도 중요하고 함께
밥 먹는 시간도 중요하다. 무엇을 먹는가가 아닌 누군가와 먹는가
가 중요하다. 점심 시간마다 수많은 사람이 그렇게 누군가와 밥을
먹는 것은 그 누군가가 소중하기 때문이다. 그렇게 밥을 먹으면서
우리는 언덕을 비비고 뒷동산을 만들며 조직 생활에서의 생존을
터득해 간다.

애정촌에서 도시락을 먹는다는 것도 그런 사회조직 논리의 축소
판일 수 있다. 밥을 무시하는 사람은 큰 코 다친다. 인류의 영원한
화두는 밥이다. 애정촌에서 먹는 밥은 생존이고 사랑이다. 밥을 들

고 그 사람에게 가서 함께 밥을 먹는다는 것은 위대하고 또 위대
하다. 여자는 마음 가는 사람에게 가서 좋고, 남자는 여자가 와 주
어서 고맙고, 그렇게 좋아하고 고마워하다 보면 없던 사랑도 만들
어지곤 한다. 도시락이 사랑의 촉진제가 되는 것. 그것이 애정촌의
마법이다.

두 여자가 온 여복 많은 남자5호. 자상하고 요리를 잘하는 그 남자
에게 온 여자는 체육인과 음악인이다. 그는 교만하지 않았고 두 여
자를 반듯하게 배려해 주었다.

여자3호는 육상 단거리 선수 출신. 현재 스물다섯 살이다.

범인 쫓는 경찰도 이 여자를 잡기는 결코 쉽지 않다.

2007년 전국체전 육상 백 미터 서울시 최종 선발전 일등.

백 미터 최고기록은 12초 05. 개를 엄청 좋아한다.

애정촌 일주일 동안 엄마 아빠 안 보는 건 괜찮은데,

강아지 못 보는 건 심히 괴롭다고 한다.

여자1호는 서울대 음대를 졸업하고

오스트리아 그라츠 국립 음대에 사 년째 유학 중이다.

현재 독일 데트몰트 음대 최고 연주자 과정을 이수하고 있는

클라리넷 연주가. 짝을 찾기 위해 몇 년 만에 잠시 귀국했다.

애정촌 촬영을 마치면 곧바로 돌아가야 한다.

"전 2 대 1로 먹는 게 그렇게 불편할지 몰랐어요. 엄청
불편하더라고요. 남자5호 님이 한 번은 음악 질문하고
한 번은 체육 질문하고 공평하게 하더라고요. 정말 한 치의

오차도 없이 정말 공평하게 시선을 분배해서 ……."

여자3호 (25세/전 육상 선수)

 자기소개를 하면 머지않아 '도시락 선택'을 한다. 신상 정보를 알고 나면 첫인상에 변화도 있을 것이고 애정 라인도 점검해 볼 필요가 있어서다. '도시락 선택'을 하다 보면 느낌이 통하는 사람은 대개 서로를 선택한다. 뭔가 이미지가 비슷하거나 코드가 통한다 싶으면 어김없이 둘이 선택을 한다. 경쟁자 없는 단순한 구도이기에 방송에는 간단히 처리되곤 한다. 남자4호와 여자4호의 경우도 그랬다. 두 남녀의 자기소개만 봐도 느낌과 이미지가 어딘가 비슷하지 않은가.

"안녕하십니까! 공사가 다망하신 가운데 이렇게 먼 곳까지 와 준 여러분들 뵙게 되어서 참으로 반갑습니다. 남자4호 인사 드리겠습니다. 나이는 스물아홉 살, 1985년생. 서울 지방경찰청 기동대 제대장으로 일하고 있습니다. 제 자랑을 사실 못하는 편인데 지난 몇 년간의 자취 생활을 통해 요리, 청소, 빨래 아마 가정적인 남자가 갖추어야 할 기술적인 요소를 모두 고루 갖추고 있는 그런 사람이 아닐까 생각합니다. 한 가지 말씀 드리자면 어제 여자2호 님께서 경찰대학을 졸업하면 경위란 직위를 가진다고 말했는데 저는 경위가 아닙니다. 경위가 아니고 경북에 백 명의 응시자 가운데 일등으로, 동기 중에서 두 번째로 경감 시험에 합격했습니다. 이건 사실 제 능력에 대한 자랑이라기보다는 제 성실함을 말하려는 겁니다. 인생의 반려자를 선택하는 데 중요한 것은 말로 표현할 수 없고

말로 표현할 수 있더라도 말로는 증명할 수 없는 것
같습니다. 사랑, 이해, 배려, 긍정적인 태도, 관심 저는
이런 것들을 행동으로 보여 줘야 한다고 생각합니다.
사랑한다와 살다, 러브love와 리브live, 이 단어들의 발음이
비슷한 것은 결코 우연이 아니라고 생각합니다. 어떤
사람이 어떤 사랑을 할지 알기 위해서는 그 사람의 삶을
봐야 합니다. 앞으로 여러분과 함께할 육 일간의 애정촌
생활을 통해서 제가 어떤 사랑을 할 남자인지 자격이
있는지 보여 드리겠습니다."

남자4호(29세/서울지방경찰청 기동단 경감), 자기소개 중

남자1호 :

빡세! 너무 빡세!

남자5호 :

학교 다닐 때 '빡센' 걸로 제일 유명했는데
혹시 가정생활에서도 …….

"개인한테는 엄격하지만 타인에게는 관대합니다."

남자4호(29세/서울지방경찰청 기동단 경감), 자기소개 중

"제 인생 슬로건은 꿈 있는 여자, 설레는 아내, 희망찬
엄마가 되자! 그래서 최대한 근접하려고 열심히 살고
있는데, 최근에 알게 되었습니다. 밥상을 차릴 준비만 했지
같이 밥을 먹을 사람은 생각을 못 했다. 큰 용기를 가지고
나온 만큼 꼭 짝을 찾았으면 좋겠습니다. 끝으로 제가 자주

하는 구호인데요. 안 된다고 하지 말고 아니라고 하지 말고
언제나 긍정적으로! 애정촌 47기 파이팅입니다. 비 올 때
곁에 있어 준 남자라면 같이 무지개를 볼 자격이 있다는 책
구절이 있었어요. 늘 한결같이 옆에 있어 주는 남자가
참 좋은 것 같아요."

여자4호(30세/대구 소재 구청 재직)

남자4호는 매우 흥미로운 친구라서 개인적으로 그를 주목해 봤
다. 달리기를 너무 못했는데 노력만으로 선수가 되었다고 하는 독
한 남자다. 고등학교 3학년 때는 초시계를 사서 하루에 열네 시간
채울 때까지 공부해서 경찰대학 들어왔다고 한다. 그는 지금 동기
들보다 일 년 먼저 승진하여 스물아홉 나이에 십만 경찰 조직의
상위 6~7퍼센트 위치에 와 있다. 그는 대단한 노력파답게 메모 습
관 역시 철저했다. 애정촌에서도 항상 수첩과 펜을 손에 쥐고 있
었다. 그만큼 매사에 최선을 다해 노력하는 남자고 얼굴은 항상
웃고 있다.

"둔필승총(鈍筆勝聰)이라고 '둔한 필기가 총명함을 이긴다'는
얘기거든요. 제가 둔해가지고 총명하지 못해서 적으려고
노력하는 거고 나중에 저희 동기들과 언제라도 그 얘기를
할 수 있잖아요. 그때 이걸 한 장씩 넘겨 보면서 '그땐
그랬지' 추억을 기억하기 위한 비망록."

남자4호(29세/서울 지방경찰청 기동단 경감)

우리는 승자보다
패자를 주목해야 한다

남자의 우정 사이로 사랑이 침입하게 하라. 우정과 사랑 사이에서 고뇌하는 청년의 모습은 이미지로만 존재하는 것인가? 팜파탈 (femme fatale)이 다섯 남자들의 우정을 맘껏 유린하고 흔들어 놓는 걸 기대하는 것은 욕심인가. 남자들의 애간장을 태우기에는 여자들이 지나치게 선했다. 남자들의 우정은 변함이 없고 사랑은 우물쭈물 제자리를 맴돌고 있다. 나는 홀로 바닷가를 산책하며 생각했다. 애정촌의 분위기는《폭풍의 언덕》과 닮았다. 호사로운 풍경에 아름답고 하얀 궁전 그리고 보름달은 눈부셨다. 낮에는 윙윙거리며 모래바람이 불어 왔고 밤에는 으르렁거리며 성난 파도가 몰아친다. 히드클리프의 마성과 캐서린의 야성이 부딪혀야 할 공간에서 그들은 순한 이야기들만 나누고 있다. 그녀를 꾀어, 그를 유혹하여 이 하얗게 부서지는 밤바다의 뽀얄을 뒤집어쓰며 밤바다로 걸어가는 광란의 사랑이 없다.

젊다는 이유만으로 술 대신 사랑을 폭음할 남녀가 없다. 검푸른 구름 사이로 보름달 환한 밤, 거친 파도 앞에서 나는 홀로 한참 동안 밤바다를 보고 있었다. '파도야 어쩌란 말이냐, 파도야 어쩌란 말이냐. 님은 뭍같이 까닥 않는데 …… 파도야 어쩌란 말이냐' 파도치는 밤바다를 보면 넋이 나갈 수도 있지만 기막힌 생각이 떠오를 수도 있다. 그래, 애정촌은 곳곳마다 승부처 아닌가. 사랑이 아니면 우정을 시험하겠어. 그 아름다운 우정 얼마나 아름다운지 어디 한번 볼까?

"나는 친구에 대해서 얼마나 알고 있는가? 가장 많이 답을 맞히는 친구에게 데이트권을 드리겠습니다. 꼴찌에게는 특별 벌칙이 있습니다."

경찰대학 동기 동창. 십년지기 친구라면 서로를 얼마나 알고 있을까? 그들 스스로 문제를 냈고 제작진은 난이도를 고려해서 각자 열 개의 문제를 골랐다. 이 미션을 진행하면서 많이 놀랐고 신선한 충격을 받았다. 친구의 아버지 이름, 친형 이름, 강아지 이름, 생년월일과 같은 친구의 모든 것을 어찌 그토록 잘 알고 있는가? 그들의 우정이 특별할 것이라고 짐작이야 했지만 역시 특별했고 아름다웠다.

남자2호:

내 친형 이름?

남자1호:

김○원.

남자2호:

맞습니다.

남자3호 :

원 자는 알고 있었는데 …….

남자2호 :

천안에 있는 집 주소? 동까지.

남자1호 :

남자1호! 천안시 서북구 두정동 …….

남자2호 :

맞습니다.

남자1호 :

남자1호 그는 누구인가?
남자1호의 생년월일은?

남자2호 :

남자2호! 1984년 12월 6일.

남자1호 :

아이디 도용했니? 정답.

남자5호 :

남자5호 생일은?

남자2호 :

남자2호! 1985년 8월 19일.

남자5호 :

오케이. 우리 부모님 두 분 다 고향이 어디지?

남자1호 :

남자1호! 진해.

남자3호 :

내가 나온 재수학원 이름?

남자1호 :

남자1호! ○○○학원.

남자3호 :

정답. 대학교 3학년 때까지 키웠던 우리 집 강아지 이름은?

남자1호 :

남자1호! 장군이?

남자3호 :

완전 틀렸어.

남자5호 :

남자5호! 쭈니.

남자3호 :

(정답) 쟤 자꾸 맞히게 하면 안 되는데 …….
내가 제일 존경하는 분은?

남자1호 :

남자1호! 아버지?

남자3호 :

땡!

남자1호 :

아니야? 아버지 아냐? 괜찮겠어?

남자5호 :

경찰청장 님?

남자1호 :

그만해라, 진짜.

남자5호 :

이거 아냐? 여기서 이거 아니었어?

남자1호 :

야비한 놈 만들려 그래. 물론 난 경찰청장 님을 가장
존경하지만 저 친구는 아니라잖아. 아버지도 아니고 …….
남자1호! 김대중(전 대통령)?

남자3호 :

정답.

경찰이 가장 존경하는 인물이 김대중 전 대통령이라는 사실이 왜 신선했을까? 우리는 경찰을 오해하고 있었나 보다. 경찰 독수리 오형제가 방송에 나와 짝을 찾으면서 알게 모르게 경찰 이미지를 엄청 좋게 만들고 있다.

> "옛날에는 다 알고 있던 건데 …… 반성을 많이 했어요.
> 내 걸 맞히는 거 보면서 약간 고마운 마음도 드는 거예요.
> '어, 너 기억하고 있었구나!' 그런 마음도 좀 있더라고요.
> 친구로서 ……."
>
> 남자1호(30세/경기도 소재 경찰서 수사과 경위)

'내 친구를 나는 얼마나 알고 있는가?'를 통해 나는 그들을 다시 봤다. 그들은 우정이라는 말을 생각나게 했고 먹고사느라 잊기 쉬운 친구의 소중함을 일깨워 주었다. 경찰은 양지보다는 음지를 살펴야 하고 지금 우리는 승자보다는 패자를 주목해야 한다.

> "남자2호가 가장 많이 맞혀 데이트권을 획득했습니다.
> 그리고 꼴찌에게는 특별 벌칙이 있다고 했습니다.
> 남자4호 님! 내일 아침 해 뜰 때까지 일체 말을 할 수 없습니다."

남자4호에게 검은 마스크가 주어졌고 그는 곧바로 그것을 착용했다. 내가 주목하고 있는 남자4호는 역시 뭔가를 보여 줬다. 벌칙이 내려지자마자 스마트폰으로 기상청 사이트에 접속해 그 지역의 일출 시간을 바로 확인했던 남자4호. 그는 그런 남자다. 동기들 중 가장 먼저 경감으로 승진한 이유가 있다. 그는 이미 알람 시간을

6시 52분으로 맞추어 놓았다. 대한민국 경찰 남자4호는 정확하게 원칙을 지키려고 했다. 장난기가 발동한 친구들은 일부러 말을 걸고 말을 더 많이 했다. 하지만 남자4호는 성실하게 약속을 지켰고 검은 마스크를 착용하고 잠자리에 들었다. 말은 안 해도 그의 메모 습관은 멈추지 않았다.

남자1호 :

남자4호, 뭐 적는 거야? 쟤 또 뭐 적는 거야?

남자2호 :

병 도졌다, 병 도졌어.

남자1호 :

안네의 일기! 이순신 장군이여. 맨날 일기 쓰려고 해.
난중도 아닌데 ……

아침이 밝아 왔다. 인간의 오만 가지 고민들도 해가 뜨면 사라졌다 생겨났다 또 사라진다. 그리고 단 하루 만에도 위대한 역사는 만들어지니 오늘 하루는 얼마나 소중할 것인가. 애정촌에서 나는 우정을 시험하여 사랑을 말하려 했다. 결국 한 남자는 웃고 한 남자는 울어야 하는 상황이었다. 그러나 인생에서 쓰디쓴 경험은 늘 약이 되는 법이다. 마스크를 쓴 채 그대로 잤던 남자4호. 그는 약속을 지켰다. 어쩌면 마스크 사이로 한두 번쯤 말을 할 수도 있고 때로는 농담처럼 받아들일 수도 있는 상황이다. 하지만 남자4호는 건강한 대한민국 경찰답게 약속을 지켰다. 남자4호는 6시 52분 일출 시간에 맞춰 '침묵의 인생'을 기념하여 사진도 찍었다. 친구들 사이에서 침묵의 밤을 보내면서 그는 무엇을 느꼈을까.

"마스크 자체의 의미는 상당히 좋았던 것 같습니다.
친구들이 십년지기인데 십 년 동안 친구들의 말을 잘
안 들은 거다. 확실히 말을 안 하니까 더 잘 들리더라고요."

남자4호(29세/서울 지방경찰청 기동단 경감)

단 하루 사이에도
사랑의 기적은 이루어진다

친구의 친구를 사랑해야 하는 상황은 드라마 이야기겠지만 애정촌에서 친구 특집은 결국 그것이 하이라이트일 것이다. 마침내 여자3호를 두고 세 남자가 경쟁하는 상황이 왔다. 막역한 친구 사이지만 남자라면 쉽게 양보할 수 없다. 사소한 승부에도 끝장을 보려고 달려드는 것이 남자들의 세계다. 여자3호와 남자들의 달리기 시합에서 이기는 자에게 데이트권이 주어졌다. 별거 아닌 것도 여자들이 지켜보면 남자들의 기 싸움이 대단하다. 더구나 여자와 경쟁하는 상황인지라 운동장 전체에 긴장감이 팽배했다. 전직 육상 선수와 현직 경찰들의 자존심 대결은 남자의 승리로 끝났다. 승부 근성 빼면 스포츠 선수는 아무것도 아니다. 여자3호의 승부욕이 발동했고 재도전이 계속되었다. 일단 깔창 빼고 다시 승부를 겨룬다.

> "분통 터져 죽는 줄 알았어요. 진짜 현역 시절 감정이
> 다시 살아나더라고요. 엄청 분하고 지는 거 너무 싫은데
> 진짜 되게 자존심 상했어요."
>
> 여자3호(25세/전 육상 선수)

여자3호는 남자5호가 좋지만 좀처럼 기회를 잡지 못하고 있다. 요리를 좋아하는 남자5호 역시 자신의 마음을 표현하지 못하고 있다. 애정촌의 식사는 늘 그의 손끝에서 이루어지는데 그녀만을 위해 요리하는 것은 쉽지가 않다. 내 것 아닌 듯 내 거이고 네 것 아닌 듯 네 거인 그렇고 그런 상황이 난감하다.

> "저는 진짜 말을 한 번이라도 해 봤으면 남자5호 님한테서
> 미련이 많이 떠날 것 같은데, 진짜 말을 제대로 한 번도
> 못 해 봤어요. 이분이 단지 멋있다고 해서 나랑 맞는 것도
> 아니니까."
>
> 여자3호(25세/전 육상 선수)

> "보니까 계속 약간 부엌데기 비슷하게 돼 가시고 님들은
> 얘기하고 있는데 저는 요리하고 있고, 스파게티도 제가
> 마음에 드는 여자3호한테 이벤트 할 때 쓰려고 준비했던
> 부분인데 친구가 '스파게티 해 줘' 이러는데 '싫어'
> 이럴 수는 없으니까."
>
> 남자5호(29세/서울 지방경찰청 인사교육과 경위)

밀물과 썰물처럼 남녀는 그렇게 억겁의 시간을 견디고 있다. 자기 마음을 감춘 채 인생은 가고 있다. 또 하루는 시작되고 전직 육상 단거리 선수였던 여자3호가 재도전을 위해 달리고 있다. 달리는 여자3호를 바라보는 세 남자의 마음은 복잡해진다. 살다 보면 남자의 우정 사이로 사랑이 침입할 때가 있다. 나는 그 순간을 애타게 기다렸다. 단 하루 사이에도 사랑의 기적은 이루어진다. 여자3호와 세 남자의 관계가 애정촌의 중심이 되었다. 그녀의 엄마가 애정촌으로 딸을 응원하러 왔다. 친구 같은 모녀 사이고 대단한 예능감을 지닌 엄마가 조심스럽게 딸의 남자들만 살피고 돌아갔다.

남자의 생활과 삶이 엄마 눈에는 어떻게 보였을까. 세상의 모든 엄마는 삶에 중심이 가 있고 딸은 사랑에 힘이 가 있다. 사랑에 빠진 딸이 분별력을 잃을까, 감정 조절에 실패할까 봐 걱정하는 것이 엄마 인생이다. 사랑이 밥 먹여 주는 것은 아니기에 엄마는 남자의 삶을 보고 생활력을 보라고 강조한다. 직업도, 야망도, 인격도 두루두루 살피는 게 부모 마음이다. 그런데 다섯 남자 모두 우수한 엘리트 경찰이고 조건과 품성이 나무랄 데 없으니 엄마의 고민은 불필요해졌다. 딸이 좋아하는 남자면 엄마도 좋아할 수밖에 ……

남자5호는 불행하게도 '랜덤 데이트'에서 여자를 만나지 못했다. 로댕의 「생각하는 사람」 조각상 아래에서 혼자 밥을 먹고 애정촌 숙소까지 이십 리 길을 생각하며 걸어 가는 시간이 주어졌다. 남자5호와 만남을 기대했던 여자3호는 실망이 크다. 여자3호는 그녀를 원했던 세 남자가 아닌 남자4호를 만났다. 남녀 사이에 감정이 없는 만남은 무의미하게 시간만 흘러가는데 남자4호와 여자3호가 그랬다. 그들은 데이트를 마치고 돌아오는 길에 남자5호를 발견했다. 여자는 차에서 내렸고 남자는 혼자 숙소로 돌아갔다. 호감을 품은 두 남녀의 행복한 도보 여행이 이어졌다. 혼자 먼 길을 가다 보면 다양한 경험과 생각을 하게 된다. 남자5호는 우연히 절에 들러 여자3호와 얘기할 수 있도록 기회를 달라는 기도까지 했었다. 그런데 삼십 분도 안 되어 그녀가 눈앞에 나타났다고 좋아했다. 혼자만의 불행에 남자는 슬퍼했고 뜻하지 않은 데이트에 남자는 기뻐하고 있다. 불행이 언제 행운으로 바뀔지, 행운은 또 어떤 변덕을 부릴지 그 누가 알겠는가.

"목 안 마른데 물 마시면 그냥 물 먹는 기분이지만 매우
갈증이 날 때 물을 먹으면 정말 시원하고 맛있잖아요.
그래서 그런지 모르겠는데 무슨 얘기했는지도
모르겠어요. 그냥 얘기하면서 왔는데 그 자체만으로
무척 좋았던 것 같아요."

남자5호(29세/서울 지방경찰청 인사교육과 경위)

여자3호는 세 남자의 우정과 사랑 사이에서 행복했을까. 남자는 남자답게 그녀를 위해 칼을 뽑아 경쟁했고 스스로에게 최선을 다했으며 친구로서 서로를 진심으로 응원해 주었다. 연적의 프러포즈 현장을 도와주는 모습은 그들이 친구 사이라는 현실을 새삼 일깨워 주었다. 우정의 현장을 보다가 사랑의 무대를 감상하는 느낌은 특별했다. 지켜보는 이의 마음도 애틋한데 이 상황을 마주해야 하는 여자3호의 마음은 착잡하기만 하다. 세 남자의 우정과 사랑 사이에서 여자3호는 울고 말았다.

"넌 그냥 받기만 하면 된다고 막 이러는데 이번 프러포즈
되게 감동 받았어요 이렇게까지 할 수 있나 생각이 들어서

……. 모두 다 괜찮은 분들인데 제가 그래야 한다는
것(누군가를 거절해야 한다는 것) 때문에 다들 제가 행복하다고
말씀하는데 저 별로 안 행복해요. 진짜로 …….”

여자3호(25세/전 육상 선수)

산을 오르고

강을 다 건너고 나니

또 산이 보이고

강이 보인다

남녀가 뭔가를 함께한다는 것은 사랑의 시작일지도 모른다. 그러
나 타이밍이 엇갈리는 순간 남녀는 또 저만치 멀어지고 만다. 경감
남자4호는 경찰서 옆 구청에서 근무하는 여자4호와 딸기를 먹고
싶었다. 남자4호는 타고난 성실성과 노력으로 친구들보다 일찍 경
감으로 승진했다. 그런데 모범생이고 사회에서 잘나가는 경찰이
여자의 마음을 읽는 데 치명적인 실수를 하고 말았다. 아침부터 한
여자에게 구애를 하면서 이제 막 일어난 여자의 마음을 헤아리지
못했다. 잠깐이면 된다고 생각한 남자. 그러나 시간이 필요했던 여
자. 남자는 기다렸고 여자는 화장할 시간이 부족했다. 민낯을 보이
고 싶지 않은 여자의 마음은 다치고 말았다. 남자는 어제 데이트에
서 딸기를 제일 좋아한다는 말을 듣고 정성을 보였지만 타이밍이
좋지 않았다. 그들은 말없이 딸기만 먹었다.

"제가 그때 갓 일어나자마자였어요. 앞에서 기다리는
거예요. 그러니까 더 불안한 거예요. 제 말은 뭐였느냐면
'세수 좀 하고 갈게요'란 말이 그러면 한 오 분 내지 십 분
정도의 시간은 줄 줄 알았어요."

여자4호(30세/대구 소재 구청 재직)

"세수만 하고 나오면 금방 나오겠네. 전 말 그대로
들었거든요. 제가 여자를 잘 모르거든요"

남자4호(29세/서울 지방경찰청 기동단 경감)

여자의 마음을 훔칠 줄 모르는 남자! 생각해 보면 그것도 문제라
면 문제였다. 여자를 잘 모르는 남자들이 자주 저지르는 실수는
자기가 좋다면 상대방도 좋아할 것이라는 착각 때문에 생긴다. 우
리 삶에서 정작 중요한 것은 아주 작고 소중한 일상이다. 그 일상
이 깨지고 부서지고 금이 가는 것을 우리는 견딜 수 없어 한다. 더
구나 여자는 민감하고 정밀하고 섬세한 촉수를 가지고 살아간다.
여자의 일상이 남자 때문에 불쑥 깨지는 상황이 애정촌에서는 빈
번하게 펼쳐진다. 타이밍을 못 맞추고 좌절에 빠지는 남자가 얼마
나 많았던가. 시장이 반찬이고 제대로 뜸을 들인 밥이 맛있다. 가
장 거창한 이벤트 한 방으로 인생을 결정지으려는 남자들의 성급
한 판단이 종종 독배가 된다. 결국 여자의 마음은 저만치 멀어졌
다. 딸기는 죄가 없건만 딸기 때문에 남자는 빌을 받았구나. 완벽
해 보이는 남자도 약점은 무수하게 많도. 그래서 세상은 참 공
평한 것인가. 산을 다 오르고 강을 다 건너고 나니 또 산이 보이고
강이 보인다.

음악 공부에 인생을 걸고 사랑과 호사스런 삶을 멀리 한 여자1호.

그녀는 음악이 아닌 사랑을 위해 오 년 만에 귀국했다. 자기소개
하던 날, 거센 바람이 몰아치는 애정촌에서 여자1호는 드레스를
곱게 입고 클라리넷을 연주했다. 그리고 그날 그만 감기가 들고 말
았다. 그녀의 목소리는 나흘 후 거의 마지막 날이 되어서야 돌아왔
다. 여자1호는 처음부터 남자5호가 좋았다. 그의 감수성과 섬세한
배려가 좋았다.

애정촌 일주일 동안 클라리네티스트 음악 외길 인생에 사
랑이 잠시 방문했다. 그러나 독일에서 온 여자가 한국에서 짝을 찾
는 것은 생각보다 쉽지 않다. 진심이 담긴 그녀의 메시지는 애정촌
을 예술과 사랑으로 물들였다.

212

> 내 소중한 친구여,
> 너 사랑에 빠졌구나.
> 새로운 고통에 시달리고 있구나.
> 네 머릿속은 갈수록 어두워지고
> 네 가슴속은 갈수록 환해지겠지.
>
> 내 소중한 친구여,
> 너 사랑에 빠졌구나.
> 네가 그것을 설사 고백하지 않아도
> 심장의 불길이 벌써
> 네 조끼 사이로 훨훨 타오르는 것이
> 보이는구나.

남자5호는 여자1호에게 하이네의 시가 담긴 편지를 받았다. 남자
5호는 읽고 또 읽었다. 그 남자의 가슴이 먹먹해졌고 눈시울이 붉

어졌다. 독일에서 온 여자가 목소리를 잃고 전하는 사랑의 메시지가 그렇게 울림이 클지는 몰랐다. 사랑의 본질은 그렇게 순수하고 진실하다는 것을 그녀는 알려 주었다.

> "음악을 위해서라면 이런 것(사랑)쯤은 포기해도 된다는
> 생각이 있었어요. 근데 이제 갑자기, 내가 너무 다른
> 사람들보다 늦다는 생각이 들은 거죠. 다른 사람들은
> 대학교 때 해 보는 미팅 같은 것들을 저는 이제야 하고
> 있으니까."
>
> 여자1호(29세/클라리네티스트)

남자5호는 결국 여자3호를 선택했고 둘은 짝이 되었다. 여자1호는 촬영이 끝나고 바로 독일로 돌아갔다. 그녀에게 애정촌 일주일은 음악 외길 인생과 견주어도 손색없는 '화양연화'였다. 지금도 그 폭풍의 언덕 애정촌에는 여자3호가 씩씩하게 달리고 여자1호는 분홍 드레스 화려하게 입고 클라리넷을 불고 있을 것 같다. 경감 남자4호는 여전히 매운탕을 엎지르고 맥주병을 놓치며 어쩔 줄 몰라 할 것 같고 남자1호는 농담을 하며 좌중을 들뜨게 할 것만 같다. 개를 좋아하는 남자3호는 개를 좋아하는 여자3호를 위해 개를 데리고 와 놀 것만 같고 또 「어쩌다 마주친 그대」를 부르고 있을지도 모르겠다. 그곳은 경찰서가 아니고 애성촌이었나.

　　일주일 동안 애정촌 외출을 감행한 경찰 다섯 남자의 미래가 궁금하다. 친구들의 우정이 사랑이라는 시험을 통과하면서 빛났던 청춘을 먼 훗날 그들은 돌아볼 것이다.

3부

꿈결 같은
시간을
보내고

사랑은

인생의

거대한
도약

**애정촌 53기
모태솔로 편**   **제 여자친구는 하느님 같아요
있다고 믿긴 하는데 본 적은 없어요**

사랑을 처음 시작할 때만큼은
누구나 순수하다

첫사랑이다. 그들이 사랑을 한다면 ……. 사랑이 처음
시작된 순간은 오묘하다. 순수와 사랑을 버무려 악마의
가슴마저 콩닥콩닥 뛰게 만들어 왔던 달콤하고 알싸하고
씁쓰름한 기억 '첫사랑'

누구나 간직하고 있는 첫사랑의 순간. 그것은 헤아릴 수조차 없는
다양한 버전으로 창조되어 왔다. 황순원의 《소나기》에서 투르게
네프의 《첫사랑》까지 소설가가 선물한 사랑의 순간은 우주 탐험
만큼 신비로웠다. 그 모든 것은 현실에서 일어나는 것의 극히 일부
분일 뿐이다. 지금 이 순간도 어디에선가는 신비로운 첫사랑이 피
어나고 있을 것이다. 그것도 수만 송이 수억 개의 버전으로 …….
피식하고 꺼지는 불발탄은 또 얼마나 많겠는가. 이불 속에서, 집
근처 벤치에서, 아파트 입구 계단에서 눈물 찍어 내고 있는 사람은
부모님이 돌아가셔서 우는 것이 아니다. 그저 이루지 못한 사랑이
분하고 억울하거나 안타까워 울고 있는지도 모른다.

아무리 사랑이 즉흥적이고 메마르고 타락해 가도 첫사랑
은 순수하고 오묘하다. 하얀 얼굴이나 검은 얼굴이나 외계어를 쓰
든 조선말을 쓰든 그 감정의 근원에는 맑은 샘물이 솟는다. 적어
도 사랑이 반복되어 시시해지거나 상처 입어 검게 그을리기 전까
지 인간은 사랑을 처음 시작할 때만큼은 순수하고 착하다. 첫사랑
에 빠진 인간의 얼굴은 조금은 어린아이를 닮아 있다. 정글의 아기
사자처럼 천진난만하다. 아 …… 첫사랑은 천국의 계단에서 두 주

인공이 천사를 영접하는 것이며, 천지창조의 위대한 순간을 체험하는 것이며, 인간의 성선설을 입증하는 것이며 …… 무신론자가 '오, 하느님, 거룩하신 하느님!' 무심코 외치게 하는 것이며, 때로는 밤도 낮도 구별 못 하는 것이며, 때로는 부모와 형제자매의 존재도 잠시 망각하는 것이며, 우주 허공에 오직 둘만이 달랑 마주 보고 있는 것이며, 그런 황홀하고 달콤한 순간이 일시 정지되어 있는 것이며 ……. 그런데, 그런데 하느님이 보시니 진도는 겨우 키스를 마친 상태였더라.

첫사랑의 순간이 정말 그럴까. 우리 인간은 현실을 종종 상상 속에서 빚어 낸다. 자기가 보고 싶은 대로 보고 만들고 싶은 대로 만들어 낸다. 생각대로 현실을 본다. 그러니 제대로 진실을 보려면 껍질을 깨야 한다. 우리들의 허구와 상상이 현실이라는 거울에 비추어 만들어 내는 첫사랑의 진짜 모습은 무엇일까?

첫사랑이 탄생하는 순간을 눈으로 보고 싶다. 세상에 이렇게 신기하고 재미있는 다큐멘터리가 어디 있을까. 그들에게는 세상에서 가장 소중한 첫사랑을 선물하는 거다. 그래서 모태솔로 특집이 기획되었다. 그 모든 것은 애정촌이 존재하기에 가능한 일이다. 누군가 그런 다큐멘터리를 만든다면 모태솔로 몇 명 섭외해서 『인생극장』 찍고 온갖 재연과 인터뷰, 회고담과 거리 스케치로 도배하면서 리얼리티는 쏙 빠진 프로그램이 되었을 것이다. 아마 『개그콘서트』 오나미의 절규 한 컷이 재미 삼아 삽입될지도 모르겠다. 책에 있는 내용을 기본으로 사례와 당사자와 전문가 인터뷰로 구성하는 다큐멘터리 프로그램이 범람하고 있다. 연역적으로 구성하려면 무수한 실험을 거듭해야 하는데 그 예산과 노력을 감당할 수가 없다. 그러니 사실을 최소화하고 이론으로 얄팍하게 버무리는 것이다.

애정촌은 이론이 없다. 오로지 사실이다. 그 동일한 시스템에서 무수한 사실들이 반복되어 축적되면 이론이 만들어질 것이다. 인간 생태학, 행동심리학, 사랑학, 사회학 등이 애정촌 이야기를 바탕으로 귀납적으로 완성될 것이다. 사랑이란 무엇인가? 짝은 어떻게 이루어져 가는가? 애정촌에서 인간의 심리와 행동은 어떻게 펼쳐지는가? 모태솔로 기획은 학술적인 보고서로서 가치도 있고 출연자들에게 인생에서 가장 뜻 깊은 선물이 될 수도 있다. 그래서 모태솔로 기획은 그 두 가지 측면을 다 고려하여 제작했다. 한 번도 연애를 하지 않은 남녀가 첫사랑을 시작한다는 것만으로 의미심장한 일이니 지나치게 욕심을 부릴 필요는 없다. 그들에게는 첫사랑을 선물하여 행복한 인생을 사는 데 도움을 주는 것만으로 충분하다. 그들을 사랑하게 하라. 그것이 유일하고 강력한 목표다.

모태솔로는 한 번도 키스를 하지 않은 것을 전제로 했다. 그냥 애정촌이 정한 기준일 뿐이다. 그 정도로 선을 정하면 대충 판도가 정해진다. 남자 나이 서른에 여자와 키스를 못 해 봤다면 슬픈 자화상이다. 『개그콘서트』에서 '안 생겨요' 코너를 보면 조선 시대를 그리워하던데, 충분히 공감이 간다. 얼굴도 모르고 시집가고 장가 가던 시절에 모태솔로 구제는 사회적 관습이 해 준 셈이다. 그러나 사랑이 가장 쉽게 범람하는 현대에 와서 모태솔로들이 급증하고 있다. 방송에 출연 신청한 사람 중에서도 모태솔로들은 자주 눈에 띈다. 얼떨결에 했던 키스 때문에 탈락시킨 애매모호한 모태솔로도 부지기수다. 어쨌든 모태솔로 기준은 키스였다.

"선은 한 번 본 적 있지만 이성과 여행 경험은 없습니다."

"여자와 스킨십은 해 봤나요?"

"스킨십 경험도 안타깝지만 없습니다."

"손잡아 본 것도?"

"네. 저희 어머니 빼면 없습니다."

남자2호(32세/회사원)

"스킨십은?"

"오랫동안 눈 마주치는 거? 진짜 없어요.
그냥 좀 가슴 떨렸던 순간 ……. 좀 궁금해요.
그런 스킨십 같은 게 좀 궁금하긴 해요."

여자3호(27세/회사원)

"혹시 키스는 해봤나요?"

"키스요? 키스라기보다 뽀뽀라고 할 수 있을 것
같은데 ……. 그냥 입맞춤? 유치원 때 …….
울고 싶습니다."

남자5호(34세/회사원)

신체 접촉 유무로 모태솔로를 구분하는 것이 어쩌면 말이 안 될
수도 있다. 나도 한번 여자 손 꼭 잡고 사랑해 봤으면 하는 마음은
여자 손에 가 있지 않다. 그 마음은 그렇게 여자와 함께 거리를 거
닐고 극장을 가고 놀이동산에 가고 싶다는 것이다. 그들의 근원적
인 소망은 외로움을 벗어나고 싶다는 것이다. 원래 인간은 외로운
존재니까 그 외로움이 그토록 모태솔로를 고문하는 것이다. 원 나

잇 스탠드니 혼전 동거니 하는 남녀의 잠자리 수준을 논하기에는 그들의 마음이 너무 하얗다.

손만 만져도 부끄럽다거나 그런 말만 해도 얼굴이 붉게 물드는 출연자 후보를 너무 많이 봤다. 전라도 정읍에서 온 모태솔로 여자는 남자 손조차 잡아 본 적이 없다고 했다. 그 순수하고 수줍은 미소가 절대 거짓말이 아니라고 말해 주었다. 처음에는 세상에 그럴리가 하며 믿기 어려웠지만 그런 출연자 후보를 자주 만나면서 그 정도는 또 무감각해져 갔다. 어디 더 순수한 사람 없어 하는 마음으로 ……. 정읍의 처자는 모태솔로 출연자로서는 만점이지만 결국 본인이 부끄러워서 방송 출연을 취소했다. 원조 모태솔로에게 사랑을 시작하는 일은 남북 정상회담만큼 힘든 일일지 모른다. 사랑은 어렵다는 것을 모태솔로들은 인생으로 보여 주고 있다. 예전에 면접 본 다른 사람들도 출연자 후보로 연락해 보면 대부분 아직도 모태솔로 자격을 유지하고 있었다. 두 해가 지났음에도 그들에게 신은 축복을 내리지 않았다.

**늦게 피는 꽃의 향기는
넓고 깊게 퍼진다**

지긋지긋한 그 사람과의 애증도 가슴 떨리는 첫 만남에서 시작된다. 생애 처음으로 가슴 뛰는 사랑이 이루어지기를 바라며 남녀가 모이고 있다. 그들의 마음을 이해한다. 그들에게는 사랑이 인생의 최대 과제다. 닐 암스트롱이 달에 첫발을 내디딜 때 개인에게는 작은 발걸음이지만 인류에게는 거대한 도약이었다. 모태솔로에게 사랑은 인생의 거대한 도약이다. 만물을 둘러보면 늦게 피는 꽃도 많다. 그 향기는 넓고 깊게 퍼진다. 사랑이 늦게 찾아왔다고 서러워하지 말고 늦게 핀 꽃 더욱더 아름답게 가꾸어 나가면 된다. 거대한 도약을 위하여.

남자8호 :

저도 처음에는 소개팅 하면 몇 승 몇 패 그랬거든요.
근데 나중에 지나고 나서 생각해 봤는데 이건 일 승만 하면
되잖아요. 일 승만 하면 되니까.

남자5호 :

제 짝은 해외에 있나? 대한민국에 진짜 없나 ……

모태솔로의 첫날 애정촌 풍경은 사뭇 다르다. 연애 초보들의 모습이 좌충우돌하고 있다. 일단 남자들은 여자의 외모를 그렇게 중요하게 여기지 않는 경우가 많다. 매력 순위보다 자신에게 얼마나 눈빛을 맞추어 주는가, 그것이 중요하다.

"이상형은 어떻게 되나요?"

"저를 많이 좋아해 주는 여자가 이상형이에요.
 엄마 빼고 ……"

남자8호(33세/회사원)

"올 때 만난 꽃집 아가씨 어땠어요?"

"우선 너무 예뻐서요. 저랑 안 어울릴 것 같습니다.
전 그냥 평범한 사람이 좋아요."

남자7호(33세/회사원)

"이거 진짜 반칙 아닌가요? 이렇게 다 매력 있고
예쁜 여자들만 애정촌에 오게 하면 ……. 와, 진짜."

남자6호(28세/요리사)

애정촌 53기 남자들은 여자에게 줄 꽃을 각자 사 오도록 했다. 5천
원부터 5만 원까지 각자 취향에 따라 능력껏 사 왔다. 남자7호는
여자를 마중 나간 자리에서 바로 그 꽃다발을 주었다. 나머지 세
여자는 보지도 않고 마음을 정해 버린 것이다. 남자는 그 여자가
다른 여자보다 외모가 뛰어나다고 판단하여 꽃을 준 것이 아니다.
오히려 남자7호는 여자가 예쁘면 안 된다는 자기 기준을 정해 두
었다. 처음 출연 신청하고 면접 볼 당시 그 남자는 오 년 동안 어렵
게 모은 돈 전부를 여자 친구가 해외여행 가자고 하면 다 내놓겠다
고 했다. 무조건 여자 말을 듣겠다고 했다. 모태솔로 남자에게 여
자는 여신인지도 모른다.

애정촌이 반복될수록 출연자들은 방송을 통해 학습하고 와서 그
대로 실천하는 경우가 많다. 독창적인 선물과 프러포즈를 기대하
며 애정촌 12강령에 명시해도 별 소용이 없다. 학습은 창조 대신
모방과 표절을 낳는다. 그런데 애정촌 53기 모태솔로 남자들은 여

자들이 등장할 때 독창적인 모방을 했다. 여자가 등장할 시간이 되자 각자 순번을 정해 미리 골목 어귀까지 가서 기다리는 것이다. 여자가 등장하는 것을 보고 난 후 자연스럽게 맞아 주면 좋으련만 어지간히 마음이 급했던 모양이다. 내리는 차 앞에서 기다리다 나란히 입장한다. 여자의 우아한 단독 숏을 고대하던 카메라 감독에게는 반갑지 않은 상황이다. 하지만 애정촌은 자연스럽게 있는 그대로 촬영하는 것이 원칙이다. 그들이 그렇게 하겠다는데 ……. 그것도 모태솔로들의 특징이라면 특징이니까 지켜보았다.

변수는 여자3호가 등장할 때 발생했다. 자기 차례가 되자 남자6호가 골목 어귀로 나가 여자를 기다렸는데 한참을 기다려도 여자가 나타나지 않았다. 장 보러 간 엄마를 기다리는 아이의 마음이 그랬을까. 오지도 않은 여자를 마중 나가 기다리는 남자의 모습이 모태솔로의 마음을 보여 주고 있다. 마침내 여자가 저 멀리 나타나자 남자는 그만큼 또 한참을 달려가 맞아 주었다. 남자는 반갑게 인사했고 예상대로 여자 가방을 들어 주려 했다. 그 순간 이변이 일어났다. 여자가 거절한 것이다. 거듭되는 요청에도 여자의 입장은 한결같았다. 역대 애정촌 여자 출연자 중 가방 들어 주는 것을 거부한 것은 처음이다. 그녀는 늘 스스로 하는 것에 익숙했고 남자의 친절이 어색하고 불편했다. 남자는 무안하게 빈손으로 여자 뒤를 따라오고 여자는 남아 있는 사람의 환영을 받으며 입장했다.

첫날 저녁은 날씨가 쌀쌀했다. 남자1호는 옷을 가져다 여자3호에게 주었다. 그녀는 자연스럽게 또 거절했다. "나중에 추운 분 드려요." 남자는 섭섭했지만 여자는 하던 대로 했을 뿐이다. 여자3호에게 남자의 도움을 받아들이는 것은 그 남자가 좋다는 표시였던 것이다. 그녀가 모태솔로 여자3호다. 성균관대 법대를 졸업하고 서울신문사에 재직 중인 똑똑하고 매력적인 여자였다.

"미래의 짝 님! 제가 노파심에 하는 말인데요. 제가 자꾸 웃음을 주체 못한다거나 아니면 눈을 못 마주친다거나 어지간해서 뭘 해 달라는 소리를 안 하는데 뭔가를 해 달라고 할 때 그럴 땐 진짜 좋아하는 거예요. '같이해요' 이런 거. 그런 걸 좀 알아주면 더 고맙겠고요."

여자3호(27세/회사원), 영상일기 중

남자6호 :

(내가 가방 들어 주려는 것은) 형식적인 건 아니고요.
순수한 호의에서 한 거잖아요.

여자3호 :

순수한 호의인데 되게 형식적인 거 아니에요?
거기에 무슨 진심이 담겨 있어요?

여자3호는 가치관과 소신이 뚜렷했다. 본인의 의사를 정확하게 표현했고 자기 생각대로 행동하고 실천했다. 그것이 대부분 여성들의 행동 양식과 좀 다를 뿐이다. 사랑에 서툰 모태솔로 남자들이 여자3호의 개성과 매력을 감당하기에는 상당히 벅찼을지도 모른다. 남자들이 얼마나 여자를 모르고 연애에 서툰지 그들의 이력과 행동을 잠시만 시켜봐도 이해는 된다.

애정촌 첫날, 여자들의 구두를 조용히 닦았고 각자의 꽃병을 모두 마련해 주었던 남자가 있다. 서른한 살이 되도록 한 번도 외박을 하지 않은 남자. 신부가 되기를 꿈꾸었으나 결국 여자가 좋아서 포기한 남자. 연애를 책으로 공부하는 남자. 그가 수학 강사 모태솔로 남자1호다. 그는 애정촌에서 엄마가 적어 준 지시 사항을 그대로 실천하고 있을 만큼 모범적이고 순수하다.

순수하기로는 남자2호도 막강하다. 카이스트 공대를 졸업하고 대기업 재직 중인 남자. 그러나 여자와 데이트한 이력은 인생에서 전무하다. 여자의 말이라면 신의 계시처럼 여기지만 현실적으로 필요한 약간의 포장과 허세와 밀당은 엄두도 못 낸다. 그 순수함이 오히려 독이 되고 있다. 애정촌 첫날 마당에 있다가 부엌에서 손을 다친 여자의 비명 소리를 제일 먼저 들은 사람은 이 남자였다. 하지만 안절부절못하고 망설이기만 할 뿐 감히 여자가 있는 거실로 들어갈 엄두조차 못 냈다. 어디 다쳤냐고 묻지도 못하고 그저 발만 동동거리고 있었다. 여자에게 다가가 다친 데를 돌보고 약을 구해 주고 발라 주는 그런 뻔뻔스럽고 친절한 서비스를 그 남자의 DNA는 용납할 수가 없었던 모양이다.

"왠지 여자분들 앞에 내가 나서면 미안하고 폐가 되지
않을까 그렇게 자격지심 같은 게 좀 자연스럽게 마음속에
자리 잡지 않았나, 그런 생각이 듭니다."

　　　　　　　　　　　　　　남자2호(31세/회사원)

"여자1호 님한테 준 그 꽃이 제가 태어나서
여자한테 처음 줘 본 꽃이에요. 어머니 빼고 …….
솔직히 그것도 되게 창피했어요.
이 정도 나이 먹을 때까지 꽃을 못 줘 본 게 ……."

　　　　　　　　　　　　　　남자8호(33세/회사원)

모태솔로들은 왜 사랑이 어려울까? 그들의 사고방식은 좀 도드라

진 면이 많다. 몸은 마음에서 풀려나는 순간 자유로워진다. 몸을 옭아매는 것은 마음이다. 키스도 못한 여자 남자라는 몸이 규정하는 모태솔로는 일단 마음의 고삐부터 풀어 버리는 것이 우선이다. 그러나 그들에게 그 문제는 쉽지 않다. 몸이 가는 대로 마음이 가고 마음이 가는 대로 몸이 가는 자연의 이치, 음양의 조화가 왜 그다지도 어려울까.

"남자 친구랑 여행 간다면?"

"일단 몇 박 며칠로 가면 숙소에서 어떻게 해요?
그게 걱정되죠. 같이 자요? 그럴 순 없잖아요. 사회윤리가
강조해 왔던 …… 나한테 막상 그런 순간이 다가온다면
'난 아마 못할 것 같아' 그런 거."

여자3호(27세/회사원)

"전 어디 가도 떳떳하고 인생에 후회는 없어요.
요새 저 같은 여자가 어디 있어요? 천연기념물 ……
전 혼전 순결을 지키고 싶어요. 제 가치관이거든요.
다른 사람 가치관 전 존중해요. 친구들이나 주변 사람들이
그러면 '어, 그래' 하지만 나는 아니다. 좋아하는 사람과
결혼할 사람은 다르게 행동해야 돼요. 저는 정조 관념이
있기 때문에 ……."

여자1호(27세/회사원)

"저는 일탈을 해 본 적이 없어요. 남자가 외박을 할 수도
있죠. 그런데 저는 외박을 안 하고 항상 집에 일찍 가니까."

"하루라도 집에서 잠을 안 자 본 적이 있어요?"

"없습니다. 군대 간 거 제외하고는
항상 제 방에서 잤습니다."

남자1호(32세/수학 강사)

모태솔로들은 순수하다. 어쩌면 순진한 건지도 ……. 그 모습은 밉지 않다. 방송을 통해 그들의 모습을 보고 많이 웃을 수 있다. 그러나 그들의 순수한 마음에 대해서는 이해하고 애정을 가져 주었으면 했고, 진심으로 그들의 첫사랑이 이루어지기를 우리 모두는 간절히 기원했다.

저울이 움직이는 동안은
눈금을 읽을 수 없다
기다려볼 수 밖에

푸른 강물에서 펼쳐진 '도시락 선택' 때 여자3호는 다시 한 번 그

녀만의 개성을 보여 주었다. 여덟 명이나 되는 남자들을 모두 물리치고 홀로 식사하고 싶다는 것이다. 경치가 아름답다는 이유였다. 그럼에도 두 남자가 그녀를 선택했다. 한 남자는 그녀가 좋은데 표현을 못 하고, 또 한 남자는 그녀가 맘에 들지만 그녀의 가치관을 이해하지 못하고 있다. 그녀는 푸르른 강물 속을 유영하는 외로운 물고기처럼 다시 고독해졌다.

자기소개에서 결혼 전까지 정조를 지키겠다는 의지를 표현한 여자1호를 남자들은 어떻게 생각할까? 다급하게 사랑의 기록을 써 가고 싶은 모태솔로 남자들에게 혼전 순결을 강조하는 여자는 두려웠던 모양이다. 단아하고 예쁘장한 매력의 여자1호는 결국 강가에서 혼자 도시락을 먹었다. 그런데 묘하게도 외로워 보이지 않았다. 자연스럽게 혼자 즐기는 표정으로 맛있게 먹어서 그랬나 보다.

반면, 남자들의 리액션을 가장 잘 받아 준 두 여자에게는 각각 두 남자 세 남자가 왔다. 역시 모태솔로 남자들은 자신을 편하게 대해 주는 '친절한 여자'가 최고인 모양이다. 기개 넘치고 도도하고 화려한 여자를 감당하기에는 모태솔로 남자들은 너무 여리고 순수하다. 자신을 알아주고 자신을 안아 주는 가슴 따뜻한 여자를 누구보다 간절하게 원하고 있다. 여자5호처럼 잘 웃고 잘 받아 주는 여자가 지금 모태솔로 남자들의 로망이다.

"여자1호 님은 외모는 출중하긴 하지만 별로 제가 끼면 안 되겠다. 여자3호 님은 같이 있으면 그 기에 좀 눌리지 않을까. 여자 2호 님이 제가 하는 말에 맞장구를 잘 쳐 주고 주도적으로 얘기를 이끌어 나가는 모습을 보여서 여자2호 님에게 마음이 가게 됐어요."

남자2호(32세/회사원)

"여자5호가 방청객처럼 잘 흡수를 하고 잘 받아쳐
주고 장점들이 보이기 시작해서 여자2호 님에게 갔었던
마음이 저울질이 계속되는 상황이거든요.
왔다, 갔다, 왔다, 갔다…….."

남자5호(34세/회사원)

강물 아래 외로운 물고기 두 마리가 만나면 문득 사랑을 할까? 그 물고기도 모태솔로라면 절대 그럴 일은 없어 보인다. 고독에 익숙한 그들이 먼저 손을 내밀 것 같지는 않다. 그래서 그들에게는 '도시락 선택'과 같은 외부의 추동력이 필요하다. 자신의 마음을 보여주고 함께 밥을 먹는다는 '도시락 선택'은 적절하고 유효했다. 그날 푸르른 강물이 붉은 노을로 검붉게 물들 때까지 열세 명의 모태솔로는 강가의 식사를 즐겼다. 그때 푸르른 강물 타고 누구는 물놀이를 했고 누구는 뱃놀이를 했다. 푸르른 강가에서 누구는 고기를 잡았고 누구는 사랑을 했다. 푸르른 강물은 사랑하라 명하는데 배만 채우고 사랑을 못 하고 돌아간다면 그것은 내 탓이 아니고 네 탓이로다.

모태솔로에게 첫사랑이 찾아오는 것은 기적과 같다. 사랑이 주는 인생의 기쁨을 모두 누렸으면 좋으련만 그 과정은 녹록치 않다. 쉽게 변하고 쉽게 포기하고 쉽게 좌절한다. 꼭 사랑하고 싶다는 메아리는 절절한데 사랑의 불길은 좀처럼 타오르지 않는다. 모태솔로 그들은 대부분 고전하고 있다. 어려운 수학 문제를 풀듯이 참으로 어려운 사랑 문제를 풀고 있다. 사랑에만 집중하는 애정촌의 하루는 열세 명의 모태솔로를 가혹하게 시험하고 있다. 어떻게 하면 그들의 간절한 소망이 이루어질까? 그들의 사랑에 간섭하지 않지만 도움은 주겠다는 의도로 애정촌 24시는 돌아가고 있다.

"나는 아직 혼자 살고 있어."

"왜 혼자 사는 거요?"

"모르겠어. 어쩌면 아무도 내게 사랑하는 법을
가르쳐 주지 않았기때문인 거 같아."

아고타 크리스토프,《존재의 세 가지 거짓말(50년간의 고독)》중

모태솔로에게 일편단심은 힘든 일이다. 실제로 남자들은 기회 있을 때마다 여자를 바꾸어 갔다. '첫인상 선택'에서, 첫 '도시락 선택'에서 그리고 '랜덤 데이트'와 두 번째 '도시락 선택' 그 일련의 과정을 통해 원하는 여자들이 수시로 바뀌었다. 누가 자기를 더 좋아해 주는가? 누가 더 잘 웃고 편한 사람인가? 남자의 마음은 갈대처럼 시시때때로 변했다. 인생 정답을 찾아 가는 과정은 직선이 아닌 곡선이고, 지름길보다는 둘레길이 좋다. 헤매고 오락가락하는 것이 인간적이고 오히려 사람을 제대로 아는 방법이다. 그러니 갈팡질팡 헤매고 흔들리는 마음을 탓할 필요는 없다. 저울이 움직이는 동안은 눈금을 읽을 수 없다. 기다려 볼 수밖에 …….

**오늘 하루, 누구는 돈을 벌고
누구는 사랑을 하고 누구는 짐을 졌다**

모태솔로에게 '랜덤 데이트'의 의미는 참으로 각별했다. 제작진이

설계한 대로, 운명이 이끄는 대로 오늘 하루 이성과 데이트를 하는 기회가 주어지는 것이니 그야말로 인생의 축제다. 그러나 여자는 다섯 명, 남자는 여덟 명. 슬프게도 세 남자는 오늘 기회가 없다.

'인생은 던지는 겁니다. 세상과 맞서세요. 모태솔로로 반드시 탈출할 수 있습니다.' 용기, 패기, 정기 온갖 기를 다 모아 모태솔로 여자를 하늘로 띄웠다. 그렇게 생애 첫 키스, 첫 연애를 꿈꾸며 모태솔로가 하늘을 날았다. 여자들이 하늘에서 내려오면 남자들은 땅에서 기다리는 패러글라이딩 '랜덤 데이트'.

운수 나쁜 세 남자는 데이트도 못 하고 온종일 집을 지켜야 했다. 남자2호는 종일 책을 봤고 남자8호는 잠을 잤다. 남자4호는 멍하니 하늘만 봤다. 데이트 기회를 놓친 운수 나쁜 세 남자의 애처로운 모습이다. '랜덤 데이트' 때마저 짝이 없다는 것이 그들에게는 충격인 모양이다. 그토록 실망하고 낙담하고 절망할 줄 몰랐다. 세 남자는 함께 시장을 갔고 꽃집을 갔다. 꽃집에서 절대 웃지 않고 무표정하게 꽃을 사는 조용한 세 남자의 모습이 강렬했다. 타인의 비극이 때로는 희극이 되는 인생의 잔인함이여 ······.

남자8호 :

이거 여자한테 두 번째로 주는 꽃이에요. ('첫인상 선택'이 첫 번째였다) 나 한 번도 해 본 적 없어서 ······ 노래를 불러 주고 싶은데 크게 이벤트 해 주려고 했는데 뭐 모태솔로니까 이 정도면 괜찮겠지.

남자8호는 여자1호에게 꽃을 주고 노래를 불러 주었다. 서른세 살 남자가 생애 처음으로 여자를 위해 뭔가를 한다는 것이 중요하다. 노래 가사는 구구절절 옳았다. 그것은 남자의 진심이었고 희망이었다.

> "집에 돌아오는 길은 조그만 달빛마저 슬퍼 보여.
> 마음이 아파. 나를 위로해 줄 네가 있다면 좋을 텐데."
>
> 남자8호가 불러 준 노래 중

순결을 강조하여 '도시락 선택'에서 남자들의 외면을 받았던 여자
1호. 그녀에게 남자들의 관심이 서서히 집중되고 있다. 애정촌에
온 이상 '나도 짝을 찾고 싶다'는 똑같은 마음일 텐데 무엇을 두려
워하랴.

> "여자1호가 많이 예쁘죠. 엄청 미인이고 …….
> 그런데 좀 범접하기 어려운 느낌. 약간 새침해 보이는 게
> 있어서 ……. 아직 애정촌에 와서 솔직히 한 게 없는데
> 뭔가 좀 해 봐야 하지 않을까 해서 준비했어요."
>
> 남자8호(33세/회사원)

'랜덤 데이트'에서 여자를 못 만난 운수 나쁜 남자2호. 그는 하루
종일 책을 봤다. 그날 데이드 나가던 여자3호가 데이드를 못 나
가는 남자2호를 위로한다고 책을 건넸다. 순수한 호의였다. 남자
가 가방을 들어 주는 것을 단호히 거절했던 여자3호다. 어렵고 도
도하다는 이미지 때문에 남자의 마음에 여자3호는 없었다. 그런
데 여자의 작은 호의가 남자를 미궁에 빠뜨리고 말았다. 남자는 종
일 그 책을 읽었고 감사 편지를 썼고 그리고 생각했다. 책을 돌려

주면서 편지와 함께 마음을 보여 주고 데이트를 신청하면 어떨까. 그 간단한 거사를 위해 끙끙대고 자책하는 남자의 모습은 순수했다. '잠깐 산책할까요?'라는 데이트 신청이 그렇게 어려울 수가 있다니 인간 세상은 요지경이다. 어렵게 용기를 내어 남자는 말했다. 그러나 여자가 내일 아침에 하자는 말에 남자는 군말 없이 예스라고 했다. 모태솔로 남자는 여자에게 아니오라고 말했던 적이 없는 것 같다. 보통 그 상황이라면 지금 당장 동네 한 바퀴 산책하고 오는 것이 가장 일반적이었다.

다음 날 아침 남자2호가 여자3호와 동네를 산책하며 데이트를 나섰다. 그것은 아마도 그 남자의 생애 첫 데이트였을 것이다. 여자와 단둘이 산책한다는 것은 남자2호 인생에서 대단히 기념비적인 일이다. 기쁘고 떨려서일까 남자는 그만 호칭을 잘못 부른다. 모태솔로 남자, 그들은 왜들 그리 비슷할까. 여자 앞에서 자꾸 실수만 하고 자신 없고 한없이 작아진다.

여자3호 :

어제 그 쪽지 뭐 적은 것 같던데 책 주면서 쪽지 뺐죠?

남자2호 :

네, 그 쪽지는 사실 제가 머릿속으로 상황을 짜 봤어요.
여자1호(?) 님 죄송해요.

여자3호 :

아까부터 계속 여자1호라고 했어요.

남자2호 :

진짜요? 이런 실수가 ……. 아무튼 여자3호 님이

다음 만남에도 응해 줄지 …….

사심이 없으면 당당해지는 것을 관계에 얽히면 결국 인간은 제 위치로 돌아간다. 갑은 갑질을 하고 을은 을 노릇을 한다. 정당성을 떠나 상사는 명령하고 부하는 복종한다. 남녀 관계도 좋아하는 자가 굴복한다. 모태솔로 남자의 절박함은 일체의 밀당을 허용하지 않는다. 모든 것이 순조롭지 않았고 그는 다시 벽을 느끼고 그녀를 단박에 포기하고 말았다. 집 학교 공부 그리고 집 회사 일로 단조롭게 이어진 삼십 년 청춘이 비로소 여자 문제에서 정면충돌하고 있다. 부딪쳐 보면 박살 나든지 살아남든지 결론이 난다. 지금 이 남자에게는 절호의 기회다. 사랑만큼 실수하기 쉬운 것도 없다. 그러니 다시 부딪치고 깨지고 깨닫고 성숙해질 수밖에 없다. 남자2호는 자신이 여자들이 좋아하는 화제에 둔감하다는 것을 비로소 알게 되었다. 스마트폰 없이 생활하던 남자2호는 애정촌을 나가자마자 스마트폰부터 마련했다. 삼십여 년을 지속해 온 삶의 방식에 변화의 바람이 불어왔다. 그렇다면 모태솔로 탈출의 기회는 반드시 찾아올 것이다.

모태솔로 남자들이 데이트권을 얻으려면 한밤중 깊은 산속에 있는 폐허가 된 공중목욕탕에서 깃발을 찾아서 와야 했다. 놀랍게도 모두 도전해서 모두 성공하는 진풍경이 벌어졌다. 모태솔로들에게 데이트권은 그만큼 절실했다.

　　남자2호는 평소 자신의 말을 잘 받아 주는 여자2호와 첫 데이트를 나섰다. 카이스트를 졸업하고 대기업에 재직 중인 남자2호. 그는 공부와 일은 쉽지만 여자는 어렵다. 그의 데이트를 엿보는 일이 참으로 미안할 만큼 그는 순진무구하다.

남자2호 :

옆자리 앉기가 쑥스러워서 ……. 회사에 가서
자랑해야겠어. 내가 이렇게 멋진 여자와 이렇게 멋진
데이트 했다고.

여자2호 :

영광입니다.

남자2호 :

아니에요. 저야말로 받아 줘서 영광이에요. 이런 데
와서 고기 먹으니까 살아 있다는 실감이 나네요. 인생은
아름다운 것 같아요. 지금까지 잘 모르고 있었거든요.

여자2호 :

왜요?

남자2호 :

집 회사 집 회사 이렇게 다니고 물론 애인도 없고
시간이 아깝다는 생각이 들었는데 지금 애정촌에서
보내는 시간은 제 다른 인생 일 년을 줘도 살 수 없는
시간일 것 같아.

서른 넘은 남자가 여자와 밥을 먹으면서 그렇게 행복해할 수가 있
을까. 무표정하던 남자가 웃었다. 그리고 인생은 아름다운 것 같다
고 말했다. 인간이 순수하게 진심으로 타인을 좋아하는 모습을 지
켜보는 일은 그 자체로 감동이다.

　　여자2호와 함께한 데이트를 못 잊는 남자2호는 여자를 위

한 생애 첫 선물을 준비했다. 그는 조개껍질을 묶어 그녀의 목에 걸어 주고 싶었다. 그래서 1박 2일에 걸쳐 엄청난 품을 들여 직접 조개 목걸이를 만들었다. 조개를 일일이 줍고 구멍을 내고 접착제로 이어 붙이며 공들여 조개 목걸이를 완성했다. 어설프고 볼품없어도 이 세상에서 단 하나밖에 없는 선물이다. 그가 여자2호를 불러 그 목걸이를 걸어 주며 행복해했다. 사랑은 주는 것이고 그것이 즐거움일 수 있다는 것을 남자는 알아 가고 있다.

"처음으로 여자와 데이트를 하고 여자를 위해
선물을 준비하고 여자 때문에 설레어 봅니다."

남자2호(32세/회사원)

초보 인생은

뭐든 실수하고 깨지면서

성장한다

남자1호와 여자1호가 데이트를 나섰다. 한 번도 외박하지 않았던 남자와 혼전 순결을 지킨다는 여자의 만남이다. 그들의 생각이 그러하니 밤늦게 돌아온들 위험한 일은 없을 것 같다. 남자는 이것이 생애 두 번째 데이트라고 한다. 처음은 생각 안 나는 누나와 영화관을 간 것이라고 했다. 그러니 출발부터 긴장한 남자가 여자1호를 그만 여자3호 님이라고 불렀다. 그냥 실수일 뿐인데 남자는 지나치게 사과하면서 어쩔 줄 몰라 했다. 모태솔로 남자에게 여자와의 데이트는 인생에서 중대한 임무를 수행하는 것이다. 한 치의 실수도 있어서는 안 되기에 남자는 만반의 준비를 했다. 데이트 코스도 스케줄도 완벽한 계획을 세우고 움직이는 남자가 그만 사소한 실수를 하고 말았다. 초보 인생은 뭐든 실수하고 깨지면서 성장한다. 연애 초짜들의 좌충우돌 행동과 말은 어찌 그리도 순수할 수 있을까. 아니면 지금 우리는 얼마나 까맣게 때가 타고 불순물이 가득 고인 삶이란 말인가.

남자1호:

봐 주세요. 긴장해서 결정적인 실수를 했네요.
너무 완벽하게 하려다 보니까. 이해해 주세요. 봐 주세요.
얼마나 당황했겠어요.

남자1호:

손잡아야 되나? 손잡아 줄게요. 손이 따듯하네요.

여자1호:

영광인 줄 아세요. 아직 나랑 손잡은 남자가 없어 ⋯⋯.

남자1호:

그래요? 저도 그런데⋯⋯.

여자1호:

진짜?

남자1호:

엄마 손은 잡았죠.

스물일곱 모태솔로 여자를 위해 서른 둘 모태솔로 남자는 최선을
다하고 있다. 남자1호는 책으로 연애를 공부하고 계획을 세웠다.
아들의 사랑 만들기를 위해 엄마는 애정촌 매뉴얼을 작성해 주었
다. 애정촌 첫날 남자1호는 모든 여자들의 신발을 닦아 주고 꽃병
을 만들어 주었다. 여자를 위해서 늘 최선을 다해 왔던 남자1호.
그가 이번에는 여자1호의 신발만 챙기고 있다. 밤이슬에 젖지 않
도록 신발을 비닐봉지에 담아 두었다. 여자가 사랑받으니 그녀의

신발도 호강한다.

> "제 기분보다 일단은 여자1호 님이 기분이 좋을까,
> 그걸 조금 더 고민을 하게 됐고요. 어떻게든 여자1호 님이
> 기분이 좋았으면 좋겠다, 이런 느낌으로 임했어요."
>
> 남자1호(31세/수학 강사)

남자1호는 여자1호가 좋다. '랜덤 데이트'에서 만나 데이트했고 데이트권을 사용하여 여자1호와 거듭 데이트를 나섰다. 남자1호가 지닌 비장의 무기는 은둔 맛집이다. 여자는 대만족하며 맛있게 다 먹어 치우고 있다. 남자는 먹고 싶지만 품위 유지하며 점잖게 조금만 먹었다. 그러나 여자가 화장실 간 사이 식탐을 이기지 못하고 남자는 남은 음식을 싹 비웠다. 어린아이의 잃어버린 순수를 보았다면 과장일까? 여자를 위해 최선을 다하지만 완벽하지는 않다. 때로는 예상 밖의 돌출 행동이 나오는데 전혀 밉지가 않다.

언제나 최선을 다하는 모태솔로의 인생관은 엉뚱한 곳에서도 빛을 발한다. 모태솔로 남녀가 바닷가에서 '나 잡아 봐라'를 했다. 잡히는 듯 잡혀 주는 듯 에코 효과를 곁들인 슬로모션 장면이 떠오르는 '나 잡아 봐라 놀이'다. 하지만 모태솔로의 사고방식은 역시 신선했다. 두 남녀 냅다 달린다. 전력 질주를 하고 순식간에 여자가 잡히면서 끝. 잡혀 주는 시늉이라도 할 만한데 그냥 달리고 끝. 전력으로 달려 결국 따라잡고 마는 것이 일반인의 상식을 깨고 허를 찌른다. 그 모습이 재미있다고 모태솔로의 '나 잡아 봐라' 영상이 한동안 인터넷 검색창에서 인기였다.

남자5호는 여자2호를 생각하고 있었다. 해변의 '나 잡아 봐라' 주

인공이 그들이다. 그런데 우연히 남자5호와 여자5호가 눈이 맞았다. 의미 없는 잡담이 진심이 되고 그러다 보니 서로 죽이 잘 맞는다는 것을 알았다. 모여서 즐기다 보면 누구는 사람을 보고 누구는 사랑을 한다.

> "크리스마스나 발렌타인데이, 화이트데이 그런 데이들 있잖아요. 쓸데없는 날들."
>
> 여자5호(29세/호텔리어)

> "키스요? 키스라기보다 뽀뽀 ……. 그냥 입맞춤? 유치원 때 ……. 울고 싶습니다."
>
> 남자5호(34세/회사원)

유치원 때 뽀뽀가 입맞춤의 전부인 모태솔로 서른넷 남자5호. 그가 여자5호에게 고백을 했다. 여자도 호감이 있다. 그들은 데이트 나가서 속 깊은 얘기를 나누었다. 역시 서로 가정사를 알아 가는 만큼 가까워지는 일도 없다. 여자5호는 자신의 가정사를 남자에게 솔직하게 털어놓았다. 나는 둘의 이 대화 내용이 참 좋았다. 진심이 보이고 감동이 있기 때문이다.

> 남자5호 :
>
> 부모님이랑 통화 자주 해?

> 여자5호 :
>
> 별로. 내가 자주 하는 편은 아니야. 어릴 때 할머니가 키워

줘서 할머니랑 더 친해.

남자5호 :

진짜? 어머니는?

여자5호 :

어 …… 엄마는 같이 안 살았어.

남자5호 :

아! 왜?

여자5호 :

나 초등학교 때 엄마 아빠 이혼해서 지금 새엄마야.

남자5호 :

아! 몰랐던 사실이다, 내가 …….

어려움 없이 화목한 가정에서 자란 남자5호는 부족한 부분을 채워 주겠다고 다짐했다. 그리고 그들은 첫 경험, 첫 거사를 치른다. 모태솔로 두 남녀에게는 천지개벽과 같은 매우 특별한 사건이다. 뽀뽀도 유치원 때 해 보고 못 해 본 남자5호. 그가 지금 여자의 손을 잡고 있다. 그토록 어렵고 힘들었던 거사를 드디어 남자는 하고 있다.

남자5호 :

지금 기분은 어떻습니까?

여자5호 :

기분이요? 아주 좋습니다.

남자5호 :

왜 좋죠?

여자5호 :

남자5호 님이 옆에 있어서 좋습니다.

남자5호 :

평생 잊지 못할 것 같아.

여자5호 :

진짜?

남자5호 :

손 줘 봐! 이걸 어떻게 잊지 ……. 이걸 어떻게 잊지.
평생 어떻게 잊지.

여자5호 :

따뜻해서 좋다. 손 …… 여자 손 얼마 만에 잡아 보는 거야?

남자5호 :

여자 손 잡아 보는 건 …… 삼십 년!
삼십 년 동안 기다렸네요.

남자 손 여자 손 그것을 잡는 일이 종교처럼 거룩하고 신성한 일이니 어찌 축복을 안 할 수 있을까. 남자5호는 여자5호에게 소박한 프러포즈를 했다. 방 안 가득 풍선을 채우고 좋아한다고 고백했다. 여자는 감동했고 남자도 감동했다.

남자5호:

너를 좋아해. 좋아해. 좋아해. 나에게 누구보다 소중한 사람, 언제나 그렇게 있어 줘. 좋아하고 있어. 애정촌 있는 동안 같이 있어서 좋았어. 내 마음을 좀 알아주면 좋겠고.

"진짜 너무 좋아요. 너무 행복해요. 진짜 이런 …… 아, 진짜 누가, 아 …… 얘기하면 눈물 날 것 같은데. 진짜 누가 저를 위해서 이렇게 해 준 적이 없어. 진짜 너무 고맙고."

여자5호(29세/호텔리어)

'제 여자 친구는 하느님 같아요. 있다고 믿긴 하는데 본 적은 없어요.' 그랬던 모태솔로 남자5호와 여자5호는 결국 짝이 됐다. 애정촌을 떠나 생애 첫 키스도 했다. 남자 나이 서른네 살, 여자 나이 스물아홉 살 때의 일이다. 그들은 커플 티로도 모자라 커플 티 등짝에 큼지막하게 글자를 새겨 넣고 손잡고 다녔다. '나혜 남자', '선규 여자'라는 그 글자는 세상에다 그들의 사랑을 공개적으로 선언하는 가장 용감하고 가장 사랑스러운 표시였다. 그것을 보면서 첫사랑은 아름답고 위대하다고 생각했다. 그 용기와 순수에 감동했고 진심으로 그들의 사랑을 응원했다. 깨지지 말고 쭉 이어져 기적을 낳기를 희망하면서 ……. 그리고 한참 후 나혜 남자를 보았다. 그가 사랑은 힘들다는 표정으로 고개를 저었다. 누구나 티격태격하며 사랑싸움을 한다. 그는 사랑 2단계로 이제 막 진입하는 것 같다.

그들은 지금 무엇을 하고 있을까? 청춘을 보내며 힘들게 번 돈 모두를 털어서라도 여자 친구와 여행 가는 데 쓰겠다던 남자7호가 2014년 결혼 소식을 알려 왔다. 축복도 그런 축복이 없다. 모태솔로 그들에게 하늘에서 사랑이 비처럼 쏟아져 모두 사랑에 빠져 버리기를 희망한다.

스물여섯 살
남자와

서른세 살
여자

애정촌 56기
연상연하 편　　　측은지심, 그 위대한 인간의 심성은
　　　　　　　　　때로 사랑을 낳는다

여우 같은 여자냐,
곰 같은 여자냐?

그것은 어쩌면 처음부터 불가능한 것이었는지도 모른다. 신의 도움 혹은 신의 장난이 아니었으면 ……. 세상에는 미스터리한 짝들이 정말 많고 남녀 문제는 끝까지 가 봐야 안다. 그 여자는 그 남자보다 일곱 살이 많았다. 남자는 88서울올림픽 때 태어났고 여자는 그때 초등학생이었다.

"88올림픽 알아요?"

"88올림픽은 역사 아닌가요?"

남자 나이 스물여섯 살, 여자 나이 서른세 살 되던 해! 운명적으로 두 남녀는 애정촌 문을 두드렸다. 연상/연하 특집을 준비할 때였다. 그들은 같은 시간, 같은 장소에서 첫 만남을 가졌다. 연상/연하라는 것은 알고 왔지만 일체의 다른 정보는 알지 못했다.

여자2호 :

저는 조금 특이한 직업 좋아해요. 가장 호감 가는 직업이 경찰공무원 수사과나 형사과에 있는 분. 이런 분이 전 너무 끌려요. 만약에 이 중에 그런 분이 있으면 난 쟁취할 거야.

여자는 모두가 있는 자리에서 이상형을 공표했고 그런 사람이 있으면 쟁취한다고 거듭해서 힘주어 말했다. 그런데 그 여자가 말한 남자가 애정촌에 왔다. 일곱 살 어린 남자1호가 바로 그 남자다. 경찰대학 출신 경찰 수사관이고 여자2호가 콕 집어 언급한 지능범죄 수사팀에 근무하고 있다.

"소름끼쳤어요. '어! 내가 이랬으면 좋겠다'고 말했던
부분들이 부합이 되고 신기하게 맞아떨어지는
순간이잖아요."

여자2호(33세/기업교육 강사)

"경찰대학 졸업하고 근무한 지가 벌써 사 년이 넘었습니다.
프레쉬맨이라든가 슈퍼맨이라든가 배트맨 같은 정의의
히어로 그런 모습들을, 현재 우리 사회에서 누가 그런
역할을 하는지 생각해 보면 저는 경찰이 그 역할을 하고
있다고 생각합니다. 저희 대학 정문에 보면 그런 말이
있습니다. '젊은 그대여! 정의가 강물처럼 흐르게 하리라'
그 말을 참 좋아하는데요, 그 정의가 우리나라 사회에
강물처럼 흐를 수 있도록 최선을 다해 경찰 생활을 하고
있습니다."

남자1호(26세/경찰서 지능범죄 수사팀 경위), 자기소개 중

여자2호의 눈이 빛났고 그녀는 제작진에게 감사했다. 첫 번째 '도시락 선택'에서 여자2호가 남자1호에게 간 것은 당연하다. 그런데 그녀뿐만 아니라 여섯 살 연상인 여자3호도 남자1호를 선택했다. 스물여섯 살 남자를 사이에 둔 두 여자의 기 싸움이 기대되었다.

여자2호 :

여우 같은 여자가 좋아요? 곰 같은 여자가 좋아요?

남자1호 :

여우 같은 여자.

여자2호 :

여우도 상 여시, 상중하가 있어요.

남자1호 :

그 정도가 상이면 꼭 남자 뒤통수 때릴 것 같지 않아요.
한 중간 정도면 되지 않을까.

여자2호 :

전 곰과는 아니에요.

남자1호 :

곰 같진 않아요.

여자3호 :

누구를 내가 진짜 좋아하게 되면 그때는 좀
곰이 되는 것 같아. 여우 짓은 계산이 들어가잖아요.
이렇게 해야지, 저렇게 꾀어야지. 진짜 좋아하면
그런 계산이 없어지지 않나.

여자2호 :

곰이 되긴 싫어. 그건 의욕이 없고 열정이 없고
그런 느낌이 좀 들어서 신비로움이 깨질 것 같아.

여자2호는 분명하게 곰이 아닌 여우를 지향했다. 여자2호의 기세에 눌려 여자3호는 스스로 알아서 남자1호를 떠나갔다.

> "남자1호 님이 나한테 좀 더 기울어 있을 것 같다는 약간의 자신감. 저분만 마음이 안 흔들리면 저는 쟁취합니다. 거의 저는 마음이 굳었어요."
>
> 여자2호(33세/기업교육 강사)

> "여자2호 님이 계속 뭔가 신호를 주는데 부담스러워요. 그리고 본질적으로 나이가 보여요. 눈에. 솔직하게 나이가 보입니다."
>
> 남자1호(26세/경찰서 지능범죄 수사팀 경위)

남자가 태어났을 때 여자는 초등학생이다. 남자가 초등학생일 때 여자는 대학생으로 한창 미팅을 했을 것이다. 결코 해결할 수 없는 나이 문제. 그것이 시도 때도 없이 두통거리로 몰려왔다. 그리고 나이 차이는 당사자만의 문제로 끝나지 않는다. 가족에게 나이가 민감한 요소로 작용한다면 어쩔 것인가? 누구에게나 자식은 부모의 자부심이다. 경찰대학 출신의 아들을 엄마는 사랑하고 신뢰할 것이다. 그러나 아들의 여자가 일곱 살 연상이라는 현실 앞에 무심할 수 있는 엄마는 없다. 아들은 사회적인 편견에 당당하게 도전해 보고 싶다고 했다. 결심은 다졌지만 그렇게 만만한 문제는 아니다. 그런 난제를 떠맡겨 남자1호를 애정촌에 보내 놓고 제작진은 그에게 미안하고 고마웠다. 일단 부딪쳐 보는 것이 중요하다. 사랑하는 데 나이가 문제될까? 정말 그럴까?

인생 살다 보면

나이보다 중요한 것은 많다

남자들의 주제가는 정해졌다. '누나는 내 여자니까 너는 내 여자니까 ……' 이렇게 공감 가는 노래를 애정촌에서 부를 날이 오고 말았다. 여자들은 모두 삼십 대, 남자들은 모두 이십 대로 완벽한 연상/연하다. 시대적인 트렌드를 반영하여 연상/연하 특집을 시작했건만 위험성도 크고 불안감도 심하다. 한두 살 차이가 아니라는 것이 그들에게는 모험이다. 남녀의 본질에 충실하게 그들은 나이 차이를 극복하고 서로에게 끌릴 것인가? 사회적인 편견과 선입관을 어떻게 이겨 낼 것인가? 유명 연상/연하 커플의 운 좋은 여자들, 아니 남자들처럼 그들도 드라마를 만들 수 있을 것인가?

한혜진(33세) – 기성용(25세) : 8세 차이
머라이어 캐리(44세) – 닉 캐논(34세) : 10세 차이
제니퍼 로페즈(45세) – 캐스퍼 스마트(27세) : 18세 차이
샤론 스톤(56세) – 마틴 미카(29세) : 27세 차이

인생 살다 보면 나이보다 중요한 것은 많다. 앞날이 어찌 될지 모르는데 우리는 서툰 맹세를 하곤 한다. 결론은 끝까지 가 봐야 안다. 절대 안 된다는 말은 하지 말자. 금지된 영역은 인간의 도전으로 하나씩 무너져 왔다. 지금의 육, 칠십 대 어르신들에게 연상/연하는 낯설었다. 고작 한두 살 차이로 호들갑을 떨었다. 그러나 연상/연하는 더 이상 벽이 아니다. 지금은 헤어졌지만 마돈나 커플 정도 차이가 나면 수선 떨 만하지만 일곱 살 나이 차이는 아무것도 아니다. 우리는 은근히 여자2호를 향해 파이팅을 해 주었다. 사실 이 두 사람이 없으면 연상/연하 특집은 매우 위험했다. 그냥 누나만 외치다 끝나는 흉작이 되었을 것이다. 그래서 지금도 그들의 로맨스가 눈물겹도록 고맙다.

경찰대학 출신 엘리트 경찰과 그런 직업을 이상형으로 꼽는 여성 CEO의 로맨스. 그런데 여자가 일곱 살 많다는 현실. 충분히 사회적 저항과 개인의 갈등이 의미 있는 파장을 낳을 것 같다. 당신이라면 이런 상황에서 어떻게 하겠습니까? 남자를 지지하나요? 여자를 응원하나요? 사회적인 화두를 던질 만한 프로그램은 의미가 있다. 그리고 결과는 알 수 없으니까 끝까지 가 보는 것이다.

여자2호가 반드시 쟁취한다고 선언했던 일곱 살 연하남 남자1호. 그가 여자4호도 주목하고 있다. 저축 잘하는 알뜰하고 예쁜 연구원으로 여자들 중에는 가장 어리다. 그래 봤자 남자1호보다 다섯 살 연상이지만 여자 나이 한두 살 차이라도 느낌이 많이 다르다. 사회생활을 일찍 시작해서 다행스럽게도(?) 남자1호는 어려 보이지 않는다. 더구나 누나와 형이라는 호칭이 아닌 번호로 부르는 애정촌 방식이 나이를 잊게 하고 남녀를 조금 더 평등하게 만든다. 복잡한 계산하지 말고 감정이 이끄는 대로 솔직하게 행동하는 것이 애정촌의 주인으로 사는 방식이다.

'내가 네 손을 잡은 것인가, 네가 내 손을 잡은 것인가?' 오늘도 남녀의 감정은 거칠고 부드럽게 교류하고 있다. 남자1호가 여자2호가 아닌 여자4호와 대화를 나누고 있다는 사실로 애정촌이 바짝 긴장했다. 발단은 사소한 발 이야기에서 시작되었다. 발이 크다면서 우연하게 시작된 대화가 길어졌다. 처음으로 나누는 둘의 대화는 두 남녀에게 호감이 있는 사람들에게는 매우 불길한 풍경이다. 그들은 그 광경을 그저 눈으로 지켜볼 뿐이다.

여자4호 :

남자1호 님은 확 바뀌어요. 진지해질 때는
얘기하는 말투라든지 표정이 바뀌어요.

남자1호 :

제가요? 걸렸네. 이렇게 하면 사기 못 치는데.

여자4호 :

뭔가 표현하는 듯 안 해. 숨기고 있어.
마음에 드는 분 있는데 숨기고 있어.

남자1호 :

혹시 지금 남자 출연자들 중에서
가슴을 떨리게 하는 사람 있어요?

무슨 대화를 하는지 모르는 채 다정해 보이는 두 남녀를 바라보는 연적들의 표정이 묘하다. 두 남녀에게 강한 호감을 품은 그들에게는 오디오 모르는 비디오가 위험해 보인다. 남녀는 아무 이유 없이 통하고 불이 붙는 경우가 흔하기 때문에 처음으로 나누는 둘의 대화가 어디로 발화(發火)될지 누구도 예상할 수 없다. 이 구도에서 아무 관계없는 제삼자가 무심코 빨리 와 식사하라고 말했다. 그것 때문에 일단 둘의 위험한 대화(?)는 끝났다. 알고 보면 대수롭지 않지만 모르면 불안한 게 인생사다. 멀리서 보면 풍경에 불과하지만 가까이 가 보면 희로애락이 촘촘하게 펼쳐지는 인생극장이다. 오늘도 여자는 초조하고 남자는 답답하다.

여자2호 :

나는 확답을 원해. 그래야 빨리 마음을 정리할 수 있을 것 같아. 나는 결정을 했는데 상대방이 변치 않으면 계속 가는 거고 ……. 그 사람이 흔들리거나 확신이 없다면 생각을 좀 하다가 스스로 정리가 되겠죠.

남자1호 :

저는 사실 걱정이 좀 돼요. 여자2호 님이 좋은 사람이고 또 절 설레게 한다는 사실도 알죠. 그런데 나이가 보이는 거예요. 눈에 선명하니 ……. 조금은 두렵단 생각이 들기도 했어요.

여자2호 :

솔직히 저도 나이 차이가 왜 신경이 안 쓰이겠어요. 당연히 쓰이죠. 근데 그 모든 걸 불식시켜 줄 만큼의 그런 사람을 만났다고 생각을 하거든요. 죄송한데 그 나이란 게 제가 어떤 행동을 할 때 보인단 거예요? 아니면 자꾸 숫자란 게 생각이 난단 거예요?

남자1호 :

숫자란 게 생각이 난단 거예요. 행동에서 느끼는 건
아니고. 물론 사람들은 사랑이란 가치관을 통해서 그걸
이겨 낸다고 하잖아요. 그럼 역으로 물어 볼께요.
여자2호 님은 사랑이 뭐라고 생각하세요?

여자2호 :

이유가 있나요? 사랑 ……

남자1호 :

사랑에 이유가 있나요, 라는 말은 무책임한
말인 것 같아요.

여자2호 :

그렇게 물어 보니까 이제 정신이 번쩍 드네요. 현실이네요.
너무 혼란스러워요. 지금 만약에 내가 좋아하는 마음이
그 사람에게도 전해진다면 서로 조금씩 양보하고 그렇게
살면 되는 거 아닌가. 그냥 단순하게 생각했던 것 같아요.
역시 어려운 건가? 연상 연하.

스물여섯 살 남자와 서른세 살 여자. 일곱 살 나이 차이 그것이 역
시 문제인가. 도전적이고 시원스런 성격의 두 남녀에게도 일곱 살
의 나이 차이는 매우 현실적인 문제였다.

"이 사람이 왜 그걸 생각을 할까 속상하고 슬프고
 울컥하더라고요. 환경이다 경제다 이런 것들은 달라질

변수가 있을 수 있는 것들이잖아요. 나이 ……
숫자는 어려워요. 절대 고칠 수가 없는 거예요."

"그 사회적 편견에 제가 사로잡혀 있는 거예요.
근데 아직은, 제가 여자2호 님한테 느끼는 감정이
그 사회적 편견을 깰 만큼은 아니에요."

남자1호(26세/경찰서 지능범죄 수사팀 경위)

남자는 여자에게 노No라고 말했다. 위기와 갈등이 찾아오고 이대로 그들의 관계는 마침표를 찍을 것만 같다. 그러나 여자는 소신이 분명하고 맘에 드는 남자를 쟁취하겠다고 선언한 여자다. 함부로 끝을 장담할 수 없다. 남자는 복수 선택에서 여자2호를 포함해 세 명의 여자에게 마음의 문을 열어 두었다. 애정촌에 온 지 사흘 동안 다른 여자들과 얘기를 못 했기에 해 보겠다는 의지의 표시다. 그러나 여자의 마음은 단호하고 태도는 당당하고 말은 분명했다. 그 순간 여자는 남자를 지켜보겠다고 말했다.

놓아 주면 남자는 한달음에 달려 나갈 기세지만 여자는 결코 호락호락하지가 않다. 연상녀답게 승부의 키를 쥐고 경기를 주도하고 있다. 그렇게 긴장의 시간이 흘러갔다. 인생이 그러하듯이 애정촌에서도 매일 부대끼고 닳고 깨지고 보고 겪다 보면 의외의 일에서 실마리가 풀린다. 그리고 최선을 다하는 자는 하늘이 스스로 돕는다고 하지 않았던가. 자신이 모르는 미래 …… 모르기 때문에 꿈을 꿀 수 있고 끝까지 최선을 다할 필요가 있지 않을까.

그날 앞날이 어찌 될지 알지도 못한 채 모두들 데이트권을 위해 해변에 모였다. 삼십 대 여자들이 지켜보는 가운데 이십 대 남자들은 체력을 겨루었다. 허벅지 26인치를 자랑하는 남자1호가 당당히 씨름에서 일등을 했다. 여자1호의 미소가 번졌다. 그리고 여자들의 요구로 여자를 업고 해변 달리기가 추가로 이어졌다. 남자는 여자들이 지정했다. 몸이 약해 보이는 두 남자는 여자의 선택을 받지 못했다. 그것도 슬픈 정경이다. 마침내 출발 신호가 울리고 그렇게 이십 대 남자 넷은 달렸다. 업힌 여자도 한 장, 달리는 남자도 한 장 ……. 그 데이트권을 위해 남자들은 무작정 뛰었다. 그런데 누군가 넘어졌다. 여자2호가 해변에 그대로 고꾸라지고 말았다. 남자1호는 두꺼운 허벅지의 힘으로 힘차게 달려 또 데이트권을 획득했다. 그러나 승리의 환호도 잠시. 남자는 사태를 파악했고 한달음에 여자2호에게 달려왔다. 모두들 걱정과 안도를 넘나드는 사이 여자를 업고 달리다 넘어진 남자5호는 민망하고 미안하여 어찌할바를 몰랐다. 승리자 남자1호도 괜히 미안하고 안쓰럽다. 응급 조치를 받는 여자2호를 두 남자가 바라보고 있다. 상황은 그랬다.

사랑의 유효 기간은 짧고
인생은 복잡하다

지금도 그것은 신의 한 수였던 것 같다. 남자1호와 여자2호의 인연은 그렇게 이어졌다. 남자5호가 넘어지지만 않았어도 여자2호가 다치지만 않았어도 그들의 운명은 달라졌을 것이다. 나이 차이 때문에 멀어져 가던 남자의 마음이 여자가 다치는 바람에 다시 복잡해졌다. 남자는 걱정했고 여자는 괜찮다고 했다. 그러나 조강지처가 몹시 아프면 남자는 방랑을 멈추는 법이다. 지상에서 가장 행복한 것은 내 님이 건강하다는 것, 알고 보면 그것이 최고다. 그녀가 아프니 뭘 해도 신경 쓰이고 미안해진다. 남자1호가 그랬다. 괜찮다는 여자의 말만 듣고 남자는 다른 여자와 데이트를 떠났다. 그 사이 여자는 혼자 병원을 다녀왔다. 남자는 뒤늦게 그 사실을 알게 되었다. 아픈 여자를 두고 데이트를 즐겼다는 죄책감이 남자의 마음을 무겁게 했다. 가벼운 뇌진탕이라는 말에 남자의 마음은 더욱 착잡해졌다.

"여자4호 님이랑 데이트한 날 여자2호 님이 병원에 갔다
왔잖아요. 바람피우는 느낌이었습니다. 바람피우다가 걸린
남편의 느낌이랄까요. 그냥 미안하더라고요. 그게 왜
미안한지에 대해서 제가 정확하게 설명 못 드리겠어요.
너무 미안한 감정이 있었습니다. 이상한 죄책감이 듭니다.
너무 이상한 죄책감 ……."

남자1호(26세/경찰서 지능범죄 수사팀 경위)

측은지심, 그 위대한 인간의 심성은 때로는 사랑을 낳는다. 결국 그 모든 것은 여자2호가 우연히 다쳤기 때문이다. 남자는 그녀 때문에 미안하고 아프고 신경이 쓰였다. 또 하루가 시작되었고 남자1호는 남은 데이트권을 여자2호에게 사용했다. 데이트 나가는 남자에게 여자가 또 화끈한 한 방을 날렸다.

여자2호 :

내 차 타고 가면 안 되나?

남자1호 :

왜요?

여자2호 :

지금 다른 여자 탔던 차를 나보고 타란 거예요?

바로 저 여자의 당당함 때문이다. 남자가 여자를 떠나지 못하는 것은. 자기 남자처럼 대하고 조강지처처럼 마음속에 자리 잡다 보면 마음은 더 특별해진다. 게다가 '아플 때나 슬플 때나 힘들 때나 사랑하며 ……' 그 기막힌 주례사를 빗대어 보면 남자의 마음은 정해졌다. 그녀가 아팠다는 사실 때문에 그들의 관계는 달라졌다. 나이만 잊고 본다면 그들은 참 보기 좋은, 썩 잘 어울리는 짝이다. 대화도, 행동도 솔직하고 당당하며 성격도, 취향도 잘 맞는 듯하다. 그들의 데이트는 유쾌하고 상쾌하고 통쾌했다. 애정촌의 시간이 그렇게 흘러갔고 그들의 애정도 그렇게 전개되고 있다. 때로는 느리게, 때로는 빠르게! 인생에서 일단 한 번 일어난 일은 언제까지나 계속된다. 바꾸려고 멈추려고 해도 그것은 쉽지가 않다. 남녀 문제는 그렇게 종착역으로 가서야 끝이 나고 결과를 알 수 있다.

여자2호 :

범죄 수사물 보면 무슨 생각이 들어요?

남자1호 :

내 얘기 같아요. 내가 앞으로 할 일.

여자2호 :

그런 지능범죄 이런 쪽에서 계속 할 거예요.
다른 과로 넘어갈 생각 있어요?

남자1호 :

고민 중이에요. 형사과도 있고 ······.

여자2호 :

형사과 위험하잖아?

남자1호 :

위험하다고 아무도 안 하면 누가 해요?
나라도 해야지.

남자의 말에 여자의 미소가 흐뭇하게 피어오른다. 경찰 일에 대한 존중과 함께 남자에 대한 신뢰의 표시다. 그렇게 애정촌에서 아웅다웅하는 사이 두 남녀는 정이 들었다. 그들의 데이트 풍경은 묘하게 중독성이 있다. 보기 좋고 편하고 재미있고 유쾌하다. 사육당하고 있다는 표현을 하는 남자, 지켜보겠다는 돌 직구를 던지는 여자. 솔직하고 화끈한 남녀의 화법은 연상/연하라는 화두와 어울려 생생하게 살아났다.

경찰대 출신의 경찰 수사관 남자. 그런 경찰이 이상형이라는 여자. 그러나 일곱 살 나이 차이는 벽이었다. 그것은 허물어졌을까? 그들의 사랑 이야기가 지금도 궁금하다. 인생 살다 보면 나이보다 더 중요한 것은 많다. 그리고 남녀가 사랑한다면 국경도 터주는 세상 그깟 나이 문제로 사랑도 못 하는 것은 말이 안 된다. 문제는 사랑의 유효 기간은 늘 짧고 인생은 복잡하다는 사실이다. 진짜 벽은 단순한 나이 문제가 아닐 것이다.

애정촌을 떠나는 순간 그들의 이야기는 연상/연하 특집에만 머물지 않는다. 생각지도 못한 별의별 특집이 다 벌어질 것이다. 그 장벽을 넘어 결혼 청첩장을 보낼 가능성은 매우 희박할지도 모른다. 그러나 애정촌에서 남자1호 여자2호로 만나 각본 없는 드라마를 만들었던 인생의 소중한 추억은 영원할 것이라고 믿는다. 사랑하는데 나이가 문제 되는지 온몸으로 풀어 보았던 인생의 숙제는 여전히 진행 중이다. 정의가 강물처럼 흐르는 대한민국의 경찰 남자1호를 지켜보고 응원한다. 언젠가 그 남자가 결혼한다면 그 여자 나이를 꼭 물어보고 싶다. 그 신부도 연상 아닐까 조심스럽게 예상해 보면서 …….

사랑을
찾아서,

낙원을
찾아서

**애정촌 37기
몰디브 편**   **인류의 낙원은
사랑이 있어야 가능하다**

사랑이 있으면,
모래섬도 낙원이다

이제 내 생애 두 번 다시는 몰디브에 갈 일은 없을 것 같다. 악몽을 꾼 것일까? 아니면 천국에 취해 잠을 잔 것일까? 몰디브의 추억은 건조하고 앙상하다. 환상에서 깨 보니 몰디브는 멀고 성적은 초라하다. 사람들은 절대로 포장지에 현혹되지 않는다. 중요한 것은 본질이다. 사랑을 위하여 지상낙원을 헤맬 필요는 없다는 것을 몰디브는 알려 주었다.

그림 같은 풍경과 호사스런 여행지에서 짝을 찾는 일정은 설레고 기뻤다. 애정촌의 무대로 몰디브는 그 절정이라고 생각했다. 출연 경쟁도 치열했다. 나름대로 캐릭터와 인물도 좋고 선의의 경쟁과 로맨스도 나쁘지 않았다. 그러나 결과적으로 몰디브 특집은 망했다. 시청률은 저조했고 그 어떤 화젯거리도 불러 모으지 못했다. 사람들은 공감하지 못했다. 지나치게 예쁜 풍경 속에 사람은 있지만, 그들만의 유희요 즐거움이었다. '한번 가 보고 싶다'는 되지만 '그들처럼 사랑하고 싶다'는 약했다.

애정촌은 촌으로 갈 때 진가를 발휘한다. 사랑의 기운이 가장 왕성하게 발원한 곳은 하늘 아래 첫 동네 강원노 영월의 모운동이다. 그곳은 가장 많이 갔고 애정이 제일 뜨거웠던 애정촌의 명당이다. 반면, 호사스런 해외 여행지는 늘 외면받았다. 말레이시아의 리조트가 그랬고 몰디브가 그랬다. 가장 최근에 있었던 이탈리아 역시 반응은 차가웠다. 그곳의 공통점은 출연자의 외적 조건은 뛰어나고 풍광은 그림 같지만 사람이 만들어 가는 사랑이 약했다는 것이다. 자의식이 강하다 보면 자존심만 앞서고 쓸데없는 기 싸움만 하다 끝나기 십상이다. 몰디브라는, 사랑을 위한 최적화 조건들은 그들과 조화를 이루어 내는 데 실패했다.

애정촌은 애초 산골 또는 시골 마을을 이상향으로 기획했었고 실제로도 한옥에서 시작했다. 생활의 불편함은 사랑으로 승화하라고 애정촌 강령에 명시해 두었다. 그렇게 생활의 불편함을 사랑으로 승화해 갈 때 사랑은 더 따뜻하게 피어날 수 있다. 현실에서도 그렇게 불편하고 어렵게 시작했던 짝이 더 행복하게 잘 살아 가는 것처럼 ……. 좁고 불편하지만 사람끼리 서로 부대낄 수 있는 깊은 산골에 위치한 강원도 영월의 모운동이 애정촌의 최고 명당인 데는 다 이유가 있다.

나는 순전히 호기심 때문에 그 넓은 몰디브 리조트를 혼자서 자전거로 돌며 구석구석 살펴보았다. 하나같이 해변을 끼고 독립된 공간으로 꾸며진 그림 같은 집들이다. 손님이 사용 중이거나 예비 손님을 위해 비워 두었다. 그중에는 수리가 필요한 황폐한 집들도 많았다. 아마 오랫동안 사람이 들지 않아 그렇게 스산해졌을 것이다. 그러나 손님이 있거나 없거나 집 앞의 풍경은 평등하다. 침실에서 바로 해변으로 맨발로 뛰어나갈 수도 있고, 거실에 누워 바다와 파도와 낙조를 감상하며 인생의 하루를 소비해도 좋을 듯했다. 이곳을 거쳐 간 수많은 신혼부부들에게 달콤한 추억을 만들어 주었을 그런 환상적인 공간이다. 그곳에 사람이 없으니 무섭고 황량하다. 그곳에 사랑이 없으니 그 풍경은 무의미하다.

남자4호(철도 관제사)와 여자3호(유치원 교사)의 러브 스토리는 모래섬으로 둘만의 호사스런 데이트를 갔던 것이 결정적이었다. 그들이 간 곳은 몰디브의 지상낙원으로 홍보되는 유명 관광지였다. 하지만 그곳의 실체는 바다에 잠기지 않는 아주 작은 하얀 모래섬에 불과했다. 보트를 타고 섬에 도착하면 파라솔이 펼쳐지고 의자가 놓이고 음식과 와인이 제공된다. 집사가 늘 대기하며 서비스를 제공하니 그곳은 둘만의 낙원이 되었다. 아무것도 없는 작은 흰 모래섬이 순식간에 사랑의 낙원으로 변했다. 우리가 몰디브 관광 엽서에서 보는 그런 풍경이다.

근사한 풍경에 남녀가 있으면 사랑은 완성된다. 그 황홀한 추억을 만들고 둘은 결국 짝이 되었다. 그들이 섬을 떠나자 그 섬은 또 이글거리는 태양 아래 풀 한 포기 없는 평범한 모래섬으로 돌아간다. 파라솔 아래 음식을 먹으며 밀어를 나누는 남녀가 있을 때 그 섬은 낙원처럼 보인다. 그러지 않으면 새 한 마리 날아들지 않는 외로운 모래 더미일 뿐이다. 인류의 낙원은 사랑이 있어야 가능하다. 사랑이 조금만 더 끓어올랐다면 그림 같은 몰디브 풍광은 낙원으로 보였을 것이다. 인류의 낙원이 되기에는 몰디브의 사랑은 2퍼센트, 아니 20퍼센트 부족했다.

세상의 인연은 모두 만남에서 시작된다. 그들의 첫 만남은 서울의 북촌 한옥마을에서 있었다. 언제나 그랬듯이 설렘과 호기심으로 그들의 청춘은 달아올랐다. 그들은 각자 그 남자 그 여자와 함께 지금 몰디브로 가는 꿈을 꾸며 엉뚱한 곳, 서울 한복판 북촌으로 왔다. 몰디브에 도착하면 벌써 애정촌 둘째 날이 되고 자기소개를 해야 하는 일정이다. 그래서 첫 만남 때 '첫인상 선택'과 동시에 그들은 북촌에서 첫 번째 도시락 식사를 한 것이나. 그리고 하늘에서의 데이트라는 명목으로 데이트권 경쟁이 폭풍처럼 몰아쳤다.

"첫날 데이트권을 얻으면 원하는 여자, 원하는 남자와
오늘 밤 비즈니스 석에서 데이트를 ……."

상상만으로도 좋다. 그들의 눈빛이 빛나고 있다. 데이트권을 획득하기 위한 미션은 무슨 내용일까?

> "초등학교 교가 알고 있나요?
>
> 초등학교 교가를 완벽하게 부르는 분에게
>
> 데이트권을 드리겠습니다."

제작진 모의실험 결과 아무도 못 했던 그것을 누가 할 수 있을까? 그 다음 단계는 보나 마나 초등학교 동창이나 학교 선생님, 형제자매들에게 전화로 알아보는 장면이리라. 그 풍경이 주는 묘미를 상상하며 데이트권 경쟁을 진행했다. 설마 있을까?

> "제가 하겠습니다."

외국어고를 졸업한 연세대 출신의 공인회계사 남자1호. 그가 손을 들고 바로 교가를 불렀다.

> "관악산 푸른 바람 가슴에 안고
>
> 푸른 내일을 꿈꾸며 산다 ……."

이럴 수가 ……! 사전에 고지하지도 않았는데 이십 년 전 교가를 기억하다니 대단한 남자다. 대길초등학교 출신 남자1호는 그렇게 방송을 통하여 모교의 교가를 알리고 모교의 명예를 빛냈다. 그런데 잠시 후 복서 출신 여자2호도 손을 들고 교가를 불렀다.

> "북한산 군센 기상 뻗어 내린 곳 아늑한

우리들의 배움터라네 ……."

완벽했고 대단했다. 초등학교 교가를 잊지 않은 두 어린이가 이십여 년 후 어느 날 각각 낯선 여자, 낯선 남자와 둘만의 비행기 데이트를 할 줄 누가 알았을까. 인생은 시시때때로 찾아오는 미지의 일들로 더욱 경이로워진다. 몰디브로 가는 하늘에서 비즈니스 석을 타고 처음 만난 그 사람과 데이트를 하는 것은 그것이 달콤했든 씁쓸했든 해 봤다는 것만으로 그 청춘은 특별해진다.

몰디브는 1,192개의 섬으로 이루어진 나라다. 그중에 유인도는 200여 개다. 그 섬 중의 하나가 우리가 머물게 될 애정촌이다. 각 섬마다 리조트 형식으로 꾸며 놓았는데 휴양지마다 인공미와 자연미가 멋스럽게 어우러진다.

벌써 사랑은 찾아왔는데 그대에게 줄 선물은 없네.
그저 우리는 저토록 푸른 바다를 마음껏 나누어
가져 봅시다.
가자! 가자! 가자!
우리의 사랑이 완성되는 애정촌으로!
그곳은 애정도 인생도 한 치 앞을 모른 채
오늘 밤 사랑의 단식으로 황홀해지리니 …….

힘들게 도착한 애정촌은 참으로 예뻤다. 남녀 모두 오랜 여정의 찌꺼기와 때를 일시에 벗어 버리고 환호성을 질렀다. 별빛이 그대로 쏟아지는 천장 없는 욕실을 보고 여자들은 감탄했다. 이런 호사스런 욕실은 제작진에게는 재앙이다. 카메라를 피해 배구장만 한 넓은 욕실로 숨어들까 봐 제작진은 또 골치가 아프다. 진짜 감정과 중요한 대화들은 목욕탕 담화로 끝나고 껍데기 감정만 카메라에 담길까 봐 겁이 난다. 실제로 과거에 그런 경험이 있어 두려워하는 것이다.

공부를 많이 할수록 사람은 까다롭기 쉽고 가진 게 많을수록 사람은 오만해지기 쉽다. 지위가 높을수록 독선적이고 일방적이기 쉽다. 애정촌의 시설이 거대하고 호화로울수록 사람들은 숨기고 숨고 감추고 감싼다. 현대적인 그곳에서 그들의 마음은 종종 폐쇄적이고 기계적으로 변한다. 거짓말처럼 카메라 앞에서 입을 닫고 감정도 막혀 버린다. 그러니 그들이 환호성을 지를 때 우리는 비명을 지른다. 같은 공간에 있지만, 같은 이유로 모인 사람들의 입장이 이렇게 다르다.

그러니 남녀의 연애 작업은 때로는 쉽고 때로는 지독히 어렵다. 이 나라 사정과 저 나라 사정이 또한 그렇다. 때로는 잘 풀리고 때로는 꽉 막힌다. 그 이유는 나도 모르겠다. 다만 여기는 알라신의 땅. 그분이 주관할 일이다. 애정촌의 애정 문제도 인샬라!

난 꿈꾸고 싶은데
현실은 부딪치고 부서지고

남녀 사이에는 늘 사랑이 흐르게 마련이다. 그것은 늘 사소한 일에서 시작되고 드러난다. 애정촌에는 수영장이 있다. 그 수영장에서 놀던 남자6호가 갑자기 다이빙을 했다. 바닥에 얼굴이 부딪혔다. 애정촌에서 사고가 생기는 일은 가장 끔찍하다. 특히 안전 문제는 가장 신경 쓰는 일이다. 짝을 찾는 일보다 몇 배 더 신경 쓰는 것이 안전사고 문제다. 올 때 그 모습 그대로 건강하게 돌아가는 것이 개인적으로 가장 큰 바람이다. 그런 차원에서 카메라가 항상 동행한다. 카메라가 늘 쫓아다닌다고 신경이 날카로워질 필요는 없다. 경호와 감시의 차원이라면 카메라는 누구보다 든든하다. 특히 여자는 카메라와 함께하기 때문에 밤에 으슥한 곳에서도 마음 편하게 남자와 있을 수 있다. 카메라를 천천히 돌려보니 남자6호가 위험한 다이빙을 한 것이 보였다. 여기는 수영장이지 다이빙장이 아니다. 얼굴에 생채기 정도 난 것이 신의 은총이었다. 한의사 여자5호가 그에게 반창고를 붙여 주었다. 남자6호는 아픔도 잊을 만큼 그 상황이 마냥 좋았다.

"이러려고 내가 다쳤나. 크게 안 다쳤으니까 이 정도면
괜찮은 거 아닌가. 오히려 이건 전화위복의 기회가
될 수 있겠구나."

남자6호(34세/경찰공무원)

남자6호는 첫인상부터 한의사 여자5호가 좋았다. 그 호감이 점점
커져서 남자는 어린아이처럼 행동했고 여자5호의 위성이 되었다.
애정촌에서 그녀 주위만 맴돌고 그녀만 바라보는 남자가 된 것이
다. 그런 남자들은 안타깝게도 최종 결과에서 대부분 나가떨어진
다. 누군가의 위성이 되지 말고 스스로 빛나는 별이 되어야 여자도
그 별빛 따라 오게 된다는 것을 잊었을까.

"지금 이 순간에도 가슴이 뛰어요. 같이 있으면 헤어지게
됨을 아쉬워하고 헤어지고 나면 언제 또 보나 하고
생각나고 눈 감으면 아른거리고 눈뜨면 또 생각나고 ……."

남자6호(34세/경찰공무원)

남자는 여자와 조금이라도 더 있고 싶고, 말하고 싶고, 확인하고
싶다. 그는 몰디브에서 메밀 음식을 정갈하게 만들어 여자에게 주
느라 아침부터 바빴다. 예쁜 몰디브 풍경과 메밀 요리 그리고 음악
이 흐르는 그곳은 지상에서 유일한, 그녀만을 위한 음식점이었다.
…… 그날 남자는 최대한 격식을 차려 여자를 기쁘게 해 주었다.

여자5호 :

지금 꿈을 꾸고 있는 것 같아요. 몰디브에서
누군가 날 위해서 이런 걸 해 주다니.

남자6호 :

이런 걸 몰디브에서 같이 먹을 분이 있다는 게 좋은 것
같아요. 저하고 사귀면 제가 되게 잘 해 드릴 수 있어요.
진짜 은근히 애교가 많거든요 …… 심장이 터져 버릴지도
몰라.

"연애하고 싶은 사람은 남자6호 님 같은 스타일이에요.
좀 순수하고 어리숙해 보이지만 그 모습이 순수해서
더 감동적인 ……. 걱정도 되는 게 남자6호 님이 너무
순수한 것 같아서 제가 행동을 좀 잘못하거나 다른 분한테
마음을 보이거나 하면 상처 받을까 봐 벌써 막 무서워요."

여자5호(28세 /한의사)

남자6호는 여자5호 생각만으로도 늘 가슴이 벅차다. 그런 순애보
행진을 하는 남자6호에게 강력한 경쟁자가 생겼다. 서울대 출신의
한국사 강사 남자3호다. 그는 태권도, 럭비, 역도, 보디빌딩 등 다
양한 운동을 섭렵해 문무를 겸비한 남자다. 기 186센티미터 몸무
게 91킬로그램에 건장하고 잘 생긴 '훈남'이다. 남자3호는 아침에
책 읽는 여자의 모습을 보고 그녀를 좋게 생각했다. 좀 보수적인
남자답게 남자3호는 부지런하고 열심히 사는 여자를 좋게 본다.
여자5호는 그런 이미지였다. 그날 여자는 '도시락 선택'에서 남자
3호에게 갔다. 남자6호는 실망했고 혼자 도시락을 먹었다.

"일이 됐든 가정이 됐든 부지런하지 않은 사람은
다 못 해요. 부지런한 사람은 다 할 수 있고."

남자3호(32세/한국사 강사)

"남자3호 님의 남자다운 모습만 봐서 운동만 좋아하는
융통성 없는 스타일이 아닐까 생각해서 배제했었는데요.
재미있게 아침에 얘기를 해서 궁금했어요. 남자3호 님이
어떤 분인가."

여자5호(28세/한의사)

애정촌 다음 날 라이벌이 한 명 더 늘었다. 연세대 출신의 공인회
계사 남자1호도 여자5호를 원했다. '랜덤 데이트'에서 여자들은
몰디브의 원주민 마을 집 안에 숨었고 남자들은 그녀들을 찾아다
녔다. 내 사랑, 내 여자를 찾아 남자들은 몰디브 마을을 그렇게 뛰
고 달렸다. 남자1호는 현지 어린이에게 숫자 5를 배워 여자5호를
찾아다녔다. 그러나 여자5호를 찾은 것은 그녀를 원했던 세 남자
가 아닌 남자2호였다. '랜덤 데이트'의 마력은 신의 인도를 받아
의도하지 않은 남녀가 만난다는 사실이다. 그 사람과 무슨 일이 일
어날 것만 같다. 알 수 없는 이 예감 ……. 남자2호와 여자5호는 고
기잡이배를 타고 인도양 앞바다로 나갔다. 물고기를 잡고 데이트
도 하며 둘은 가까워졌다. 그리고 그날 저녁 여자5호의 남자는 네
명이 되었다. 특히 처음부터 공들였던 남자6호는 마음이 불안하
다. 세 명도 벅찬데 네 남자가 여자5호를 바라보고 있다. 그것은
그 남자에게는 재앙이다.

"남자2호가 저를 찾은 그때 제 표정 보면 알겠지만

좋았어요. 오늘 또 새로운 사람하고 데이트하네.
그런 생각이었어요."

여자5호(28세/한의사)

"아름다운 그런 경치를 보면서 서로 줄을 당겼다는
그 자체가 솔직히 기분이 되게 좋은 거예요. 생각지도 못한
분이 마음에 들어왔으니까 정말 특별했어요."

남자2호(34세/H리조트 근무)

남녀 사이에는 반드시 무슨 일이 일어난다. 그리고 사랑이라는 요물은 폭풍처럼 왔다가 태풍처럼 간다. 네 남자가 여자5호를 두고 경쟁하고, 여자는 그런 남자 마음을 확실히 모르고 있다. 확실한 것은 강력하게 대시 중인 남자6호뿐이다. 그런데 여자5호를 둘러싼 네 남자의 애정 전선은 그날 밤 우연한 사건으로 또 전기를 맞는다. 남자들이 여자를 찾았던 '랜덤 데이트'에서 남자1호는 여자5호만 찾아 달렸었다. 그 와중에 그는 여자2호를 먼저 보았지만 외면했다. 충분히 그럴 수 있다고 본다. 랜덤 선택이지 의무는 아니기 때문이다. 그 여자와 데이트를 하느냐, 배에 혼자 있을 것이냐? 선택은 본인의 자유다. 그러나 이 일로 여자2호는 많이 상심했다. 여자5호가 그 문제로 남자1호를 불러냈다.

여자5호 :

여자2호 님 표정이 너무 안 좋아요.
여자로서 자존심 상할 것 같아요.

남자1호 :

여자5호 님은 여자2호 님의 감정을 추스르기 위해서
나온 게 아니잖아요.

여자5호 :

남자1호 님이라면 그것까지 배려해 줄 것 같아서
제가 부른 거예요.

남자1호 :

너무 지나친 기대를 하는 거 같지 않아요? 저는 지금요,
여자2호 님이 감정 다치는 것을 돌볼 만큼 여유가 없어요.
나 여자5호 님과 이야기하고 싶었는데 딴 사람들 신경
쓰여서 못 불렀어요. 여자5호라는 몰디브 어를 사람들한테
배워 가지고 물어 보고 다녔어. 여자5호 어디 있냐?
도와 달라.

여자5호는 엉겁결에 남자1호의 마음을 알게 되었다. 자신을 간절
히 원했다는 남자의 고백 앞에 다른 여자의 문제는 사라지고 본인
의 문제에 부닥치고 말았다. 그런데 한국사 강사 남자3호가 여자
5호와 남자1호 사이에서 뭔가를 오해했다. 남자3호는 럭비, 역도,
보디빌딩을 즐겼던 만능 스포츠맨답게 페어플레이 정신을 중요하
게 여긴다. 정작 그 여자만 모르는 사이 남자들의 마음만 들썩이며
들락날락하고 공연히 말만 오락가락하고 있었다. 능력 있고 잘난
남자1호와 남자3호 사이에서 오매불망 일편단심인 남자6호만 절
절하게 애가 타들어 갔다.

"남자1호 님도 정말 멋있는 분 같아요. 여자라면 누구나
좋아할 스타일이죠. 남자1호 님 알아보고 싶긴 한데 저는
좀 …… 외모가 뛰어나고 그러면 나중에 제가 마음고생 할
거 같기도 하고 그런 심리인가? 그런 심리인거 같아요."

여자5호(28세/한의사)

"저도 눈치가 굉장히 빠릅니다. 표현을 안 할 뿐이지 …….
남자1호와 여자5호 둘이 만나는 건 괜찮은데 그 안에
트릭이 있었으니까 그게 싫은 거지요."

남자3호(32세/한국사 강사)

"어제 들었어요. 양강 구도도 힘든데 남자1호가 오면
삼파전이 되어 진짜 힘들지 않겠나 하고 걱정을 많이
했습니다. 솔직히 지금도 걱정이 되고요."

남자6호(34세/경찰공무원)

삶은

이해와 오해의

연속이다

'도시락 선택'을 하면 혼잡한 교통은 말끔하게 정리된다. 오해는
풀렸다. 그러나 서울대 출신 학원 강사 남자3호는 여자5호를 떠

났고 은행원 여자1호에게 갔다. 연세대 출신 공인회계사 남자1호는 한의사 여자5호에게 왔다. '랜덤 데이트'에서 만나 바다낚시를 즐겼던 남자2호도 여자5호에게 왔다. 남자6호의 선택은 변함없이 여자5호였다. 그녀는 남자1호와 남자2호의 마음을 새롭게 확인했다. 한 남자가 떠나고 또 한 남자가 새롭게 왔다. 애정촌에서는 어느 순간 새롭게 온 남자가 더 좋아 보일 수 있다. 끈질기게 구애를 해 오던 남자의 가치는 상대적으로 낮아질 수 있다. 여자5호의 곁을 늘 인공위성처럼 맴돌던 경찰 남자6호가 위태롭다. 그 남자의 마음은 변함없을지라도 ⋯⋯.

> "솔직한 심정으로 되게 좋죠. 감사하고 ⋯⋯. 남자2호 님은
> 올 줄 몰랐는데 왔고 ⋯⋯. 남자2호 님도 멋있어요.
> 연애해 보고 싶은 남자인 것 같아요 그렇게 외적으로
> 화려하고 그런 남자를 제가 못 만나 봤거든요."
>
> 여자5호(28세/한의사)

> "제가 여자5호 님한테 좀 물어 봤어요. 근데 마음이,
> 그 사실을 들으면 오해는 좀 풀릴 줄 알았는데
> 그건 그거고, 한 번 좀 가라앉은 마음이 회복이 잘
> 안 되는 것 같은 느낌이 들었어요."
>
> 남자3호(32세/한국사 강사)

삶은 이해와 오해의 연속이다. 누구나 잘될 거라고 믿으며 살고, 대수롭지 않은 일에 힘을 주고 살고, 정작 중요한 일은 안 하고 살고, 가장 소중한 사람은 잊고 살고, 종종 엉뚱한 일에 몰두하고 살고, 잘하는 일은 안 하고 살고, 즐겁지 않은 일은 하고 살고, 마음

은 꼭꼭 숨겨 두고 살고, 몸은 이리저리 굴리며 살고, 자기는 어디로 가는지 모르면서, 남은 어디로 가는지 알고 살고, 자기는 무엇을 하는지 모르는데, 남은 무엇을 하는지 알고 살고, 자기는 누구인지 모르는 채, 남은 누구인지 알고 살고 ……. 사람과 사람 사이에서 그렇고 그렇게 그럭저럭 살아간다. 삶은 부조리하고 세상은 모순으로 가득 차 있다. 그 속에 끼어 살아가느라 인간의 삶은 날마다 이해와 오해의 연속극이 펼쳐지고 있다.

여자5호의 위성이 되어 가는 남자6호의 마음이 복잡해졌다. 마음은 타오르는데 경쟁자는 늘어 가고 여자의 마음은 우물처럼 깊다. 인간에게는 영역이 중요해지는 순간이 있다. 자기만의 공간이 필요하다. 공동애정구역에서 침범해서는 안 되는 신성한 공간이 존재한다. 고작 그것이 화장실과 욕실뿐이라면 불편하고 괴로울 수 있다. 남자들의 애정 공세를 받는 여자의 행복한 비명도 침묵의 소리도 남자는 경청할 필요가 있다. 과도한 애정은 영혼을 지치게 할 수 있기 때문이다. 여자5호는 애정촌에서 혼자만의 시간을 갖고 싶다고 했다. 혼자 산책도 하고 싶고, 혼자 생각도 하고 싶다. 그러나 잠시만 혼자 있어도 바로 곁으로 다가오는 남자6호가 여자는 부담스럽다. 사유의 공간, 은밀한 공간을 침해당하면 인간은 발톱을 드러낸다는 것을 남자는 잠시 잊었을까. 아니면 그만큼 남자의 심장이 불타고 있던 것일까. 그만, 그만 ……. 물이 끓으면 불을 꺼야 한다.

몰디브 시골 마을을 달려 우연히 여자5호를 발견한 남자2호. 그 이후 그 둘은 데이트를 했고 서로 호감을 품게 되었다. 그런데 데이트권 역시 남자2호 차지가 되었고, 남자는 여자5호와 특별 데이트를 했다. 애정촌 공동생활구역이 아닌 몰디브 리조트의 근사한 레스토랑이 무대다. 남녀공학 고등학교에서 수석으로 졸업한 모범생이며 엘리트였던 여자5호. 그녀는 남자2호 스타일의 남자를 만나 본 적이 없었다. 태권도 선수 출신으로 남자답고 시원스러운 성격에 곧잘 생긴 남자를 여자는 다시 보았다. 복잡하고 섬세함이 아닌 단순 명쾌함이 그 남자의 매력으로 새롭게 다가왔다. 그것은 아마 남자6호의 역할이 결정적으로 작용했는지도 모른다. 조건 뛰어나고 여성스럽고 외모도 매력적인 여자5호를 남자2호 역시 좋게 보고 있다.

> "여자5호의 가정적인 면, 요조숙녀 같은 면, 말수가
> 좀 적지만 남자를 위할 줄 아는 그런 마음."
>
> 　　　　남자2호(34세/H리조트 근무)

> "남자2호는 안 만나 봤던 사람이고, 전 원래 딱 싫어하는
> 스타일인데 나름 매력이 있더라고요. 진짜 남성답기도
> 하고 눈빛이 무척 장난기가 있고 그런 면에서 정말 매력이
> 있었고, 지금 계속 고민돼요."
>
> 　　　　여자5호(28세/한의사)

점점 불편해지는 여자와 점점 불안해지는 남자. 그들의 관계가 위태롭다. 남녀 사이는 좋아질 때는 점점 좋아지고 나빠질 때는 급속하게 나빠진다. 남자6호가 마지막 불꽃을 점화하고 있다. 그는 몰디브에서 피는 꽃을 꺾어 꽃다발을 만들어 정식으로 프러포즈했다. 바닷속으로 들어가 직접 촬영해 온 물고기도 여자에게 보여 주었다. 여자5호는 고마움을 느끼지만 마음은 편하지 않았다. 그러나 어쩌랴, 남자는 무조건 좋은 것을. 사랑의 열병이 찾아오면 뵈는 것이 없는 법. 그것이 순탄하지 않다면 구경꾼도 그것을 보기가

편치만은 않다. 당신이란 존재가 꿈이자 고통인 그런 때 사랑은 잔혹하다.

> "좀 부담스러웠어요. 절 그만큼 생각하는 건 알겠는데 저는 제 마음이 그걸 못 따라가니까. 부담스러운 것 같아요."
>
> 여자5호(28세/한의사)

꿈이 아니다, 인생은 ……. 여자도 남자도 이제 꿈에서 깨어날 때가 왔는가. 여자5호는 고민하고 또 고민했다. 남자는 운명을 예감하고 있다. 사랑 참 많이 힘들다. 결국 그날 밤 고심 끝에 여자는 남자6호를 불러냈다. 안타깝지만 그들의 인연은 여기까지였고, 그렇게 남자의 순애보는 끝났다. 그 남자가 하늘을 우러러 한 점 미련이 없을 만큼 최선을 다했다는 것을 모두 다 안다. 그러나 인생사에서 사랑만큼 뜻대로 안 되는 일도 없다.

　　남자 여자는 결국 헤어지거나 만나거나 싸우거나 사랑하거나 그렇게 끝장을 본다. 심장이 터져 버릴지도 모른다는 남자의 마음은 완급 조절이 필요했다. 사랑은 더 많이 좋아하는 자가 울고 가는 법. 한바탕 울고 나면 또 새로운 사랑이 찾아온다. 몰디브의 로맨티시스트여, 사색하는 여인의 마음을 무심하게 내버려 두라. 측백나무와 사이프러스 나무가 붙어 있으면 서로 그늘에 가려서 병들고 시들어 죽는다 했다. 바람이 잘 통하도록 떨어져 있어야 나무들도 웃고 잘 산다. 적당한 거리에 서면 그립지만 가까이 붙으면 으르렁거릴 수 있는 것은 식물이나 동물이나 인간이나 매한가지다. 죄가 있다면 그 남자 너무 순수하고 열정적으로 그 여자를 좋아했다는 것. 그러나 지금쯤은 아주 조금 때가 탔으려나 …….

4부

금성인과
화성인이
만나면

사랑
의
리얼리즘

**애정촌 36기
남자 연예인 편**　　세상의 모든 남녀 문제는
　　　　　　　　　　꿈이 아닌 현실이다

고독을 두려워마라
이해해 주는 사람은
반드시 있다

공자도 맹자도 짝 때문에 고민이 많았을 것이다.
특히 소크라테스의 짝은 악처로 유명했다.

'남자 연예인 특집' 첫 내레이션은 이렇게 시작되었다. 공자님이나 맹자님과 같은 성인도 반드시 한때는 짝 때문에 홍역을 앓았을 것을 확신했기에 나는 과감히 그렇게 썼다. 예수님과 부처님이 짝에게 어찌 했을지는 결혼을 하고 자식을 낳아 가족을 부양해 봐야 안다. 남들 짝 찾아 주는 일을 거의 삼 년을 하면서 나도 짝으로서는 아주 부실하게 살았다. 다만 내가 인생을 열심히 산다면 자식들도 부모를 배우고 존경하지 않을까, 스스로를 위로하면서 살아왔다. 인품이 훌륭하다고 존경받는 많은 성인군자가 가정에서도 똑같은 평가를 받는 것은 아니다. 그들이 짝으로서 맹점이 많고 짝 때문에 속 썩으며 인생을 살아간다 해도 이러한 모습은 오히려 인간적이다. 성인군자라 해도 신은 아니기에 때로는 결혼도 못 하고 이혼도 하면서 안쓰럽게 살아간다. 부와 명성이 행복과 늘 동행하지는 않는다. 대중의 사랑을 받으며 인기로 먹고사는 연예인들도 마찬가지다. 오늘의 남자 주인공은 연예인들이다. 그들의 사생활은 종종 보호받지 못한다. 자유로운 연애나 한순간의 일탈은 구설수에 오르기 쉬운 연예인들에게는 한낱 꿈일 뿐이다. 그들은 짝을 찾고 결혼을 하는 문제에서 보통 사람보다 더 어려움을 겪는다.

남자 연예인과 짝이 되고 싶어 하는 여자는 누구인가? 여자로서는 일단 쉽지 않은 결정이다. 조금이라도 인기 있고 이름이 있는 연예인이라면 상대를 까다롭게 고를 것이다. 반면, 잘나가지 않는 연예인이라면 여자들 입장에서는 달갑지 않을 것이다. 연예인이라는 직업 자체가 짝으로서는 약점이 많다 보니 고려할 것이 많다. 더구나 연예인이 『짝』에 출연한다면 진짜 짝을 찾으려는 목적보다는 자신을 홍보하려는 본심을 숨기고 있을 가능성이 있다. 대중에게 잘 알려지지 않은 연예인이라면 두세 시간 주인공 노릇을 할 수 있는 『짝』에 출연하는 것은 절호의 기회다. 그러니 촬영 중에 온갖 사심이 담기기 쉽고 진정성을 보여 준다는 측면에서 위험해질 수 있다. 남자 연예인 특집이 조심스러운 이유다.

그러나 반드시 강행하고픈 이유가 있었다. 1박 2일 동안 촬영해 주로 명절날 내보내는 『스타 애정촌』은 『짝』이 아니다. 전혀 다른 프로그램이다. 시청자들뿐만 아니라 기자들도 『스타 애정촌』이 『짝』의 특집 기획이라 여기고, 같은 프로그램이라는 오해를 한다. 그러면서 출연한 연예인들에게 자기 짝을 찾으려는 진정성이 있었겠느냐며 『짝』을 싸잡아 비난한다. 나는 『스타 애정촌』과 『짝』이 다른 프로그램이라고 백 번 말하느니 제대로 '연예인 편'을 만들어 그 차이를 확실하게 보여 주고 싶었다. 홍보성 출연이 의심되고 그런 의도로 출연할 가능성이 많은 연예인을 대상으로 정면 승부를 펼치고 싶었다. 휘발유통을 안고 불 속으로 뛰어들어 가는 심정으로 진정성 논란의 한가운데 있는 연예인들을 애정촌으로 초대했다. 포맷과 애정촌의 힘을 믿었기에 자신만만했다. 연예인뿐만 아니라 정치인, 언론인, 종교인 등 진정성이 의심되는 다른 집단도 애정촌에 가면 사랑 기계가 되어 사랑 찾기에만 집중할 것이라 믿는다. 애정촌에서 거짓과 진실은 구별되고 그들의 마음은 다 드러난다. 객관적으로 옥석을 가려 진실만을 방송하면 된다. 남자 연예인도 사람이다. 그들도 짝을 찾고 싶고 사랑 앞에서 길을 잃고 울 수도 있다. 무엇이 진실이고 무엇이 진심인지 제대로 보고 판단하여 정직하게 방송하면 된다.

결국 개성과 진정성, 결혼 의지 등을 고려해 여섯 사람이 애정촌 입구에 섰다. 누가 주인공이 될지는 종착지에 가 봐야 안다. 모두 다 주인공을 하겠다고? 천만의 말씀이다. 씨는 뿌린 대로 거두게 되어 있다. 누군가는 본심을 숨기고 흐느적거리며 도태될 때 누군가는 자신을 던지며 진정한 주인공으로 거듭날 것이다. 그곳이 바로 애정촌이다.

상대 여자들의 직업은 산부인과 의사, 피겨스케이팅 강사, 벨리댄서, 학원 대표, 광고회사 직원이다. 여자나 남자나 주눅 들 것은 없다. 어쩌면 적당한 조합일 수 있다. 문제는 그들의 마음이다. 남녀가 통하는지는 일단 부딪쳐 봐야 안다. 확실한 것은 없다. 모르니까 부딪치며 여기저기 깨질 수밖에 없고 몇 번 엎치락뒤치락하며 정답을 찾아갈 것이다.

연예인이라고 다를 것은 없다. 그들도 출연 결정을 하기 전 방송사에 와서 일반인처럼 일대일 면접을 보았다. 배우 김진은 우리 프로그램에 나오는 것을 매우 부끄러워하고 두려워했다. 홍보성 출연이라고 오해를 살 수 있어 대중의 시선이 무섭다고 했다. 캐스팅을 할 만한 이유는 충분했다. 김진은 1990년대 인기 시트콤『남자 셋 여자 셋』의 '안녕 맨'으로 알려졌나. 곱상한 외모와 편안한 이미지로 꾸준하게 활동하더니 어느 순간 보이지 않았다. 화면 밖에서 만난 김진은 이제 마흔 살. 언제나 소년 같을 줄 알았던 얼굴 하얀 남자 김진이 어느새 중년 남자가 되어 있었다. 안타깝게도 혹은 다행스럽게도 김진은 짝이 없었다. 그는 운명처럼 남자1호가 되었고 제작진이 기대했던 대로 애정촌 36기의 주인공이 되었다.

연예계 데뷔 19년차 방송인 남자1호. 그가 오랜만에 소박하고 소탈한 모습으로 카메라 앞에 섰다. 애정촌에서 중년의 김진을 보는 느낌은 일단 반가움이었다. 모르는 남녀들이 만나 몸 둘 바를 모르는 것은 연예인들이라고 예외는 아니다. 속속 도착한 출연자들이 눈인사를 나누며 어색함이 감도는 순간, 남자1호가 슬그머니 일어나 지붕 밑 툭 비어져 나온 철근 모서리를 수건으로 감쌌다.

> "노파심에 말하는 건데 여기 모서리에
> 머리 부딪힐 수 있으니까 모두 조심하세요."

남자1호의 마음은 이런 것이다. 그에게는 모두를 위한 따스한 배려심이 있다. 센 척, 있는 척 하지 않으면서 자연스럽게 묻어 나오는 인간미. 그것이 남자1호가 주는 힘이다. 이런 출연자가 있으면 『짝』은 휴먼 프로그램이 될 수 있다. 남자1호 김진에게 좋은 짝을 찾아 주는 일은 그의 가족이 가장 반길 일이다.

> "어머님도 아버님도 몸이 안 좋고 그런데 내가 결혼만
> 하면 걱정 덜겠다 그랬는데 …… 짝을 찾아야 풀리는
> 문제인 것 같았어요. 그동안 버려야 될 쓰레기들을
> 너무 많이 가지고 살고 있지 않았었나, 내가."

　　　　남자1호(김진, 40세/방송인)

평소 캠핑을 즐긴다는 남자1호는 애정촌 생활에 필요한 물건을 챙겨 왔다. 장작과 화로도 가져왔다. 그의 화로는 을지로 상가에서 5천 원을 주고 손수 만든 것이다. 그는 자신이 만든 화로에 휴지를 불쏘시개 삼아 냄비 뚜껑으로 부채질을 하며 삼십여 분 동안 땀을

비 오듯 쏟으며 어렵게 불을 피웠다. 반면 남자6호가 된 가수 빽가는 최신 최고급 캠핑 제품에 토치를 이용해 금방 숯불을 피웠다. 아날로그와 디지털처럼 두 남자의 스타일은 달라도 너무 달랐다. 남자1호 김진은 겉보기와는 달리 아날로그 정서로 무장했다. 그에 대한 애정의 근원은 바로 거기에서 출발한다. 약삭빠르고 물질적이며 계산적인 현대 도시인에서 살짝 벗어나 김진은 사람 냄새 나는 1990년대의 정서를 소유하고 있다. 애정촌이든 어디에서든 기꺼이 노숙을 할 수 있는 남자가 김진이다. 밤에 잘 때 자기가 코를 골아 다른 출연자들이 잠을 설쳤다는 말을 듣고 미안해진 그는 이튿날부터 자청하여 야외에서 잠을 잤다. 그런 노숙은 마지막 날까지 계속되었다.

처마 밑에서 자고 있는 그의 모습이 서서히 보이기 시작하면서 애정촌의 아침이 밝아 왔다. 잠에서 막 깨어난 김진의 모습은 묘한 울림을 주었다. 그것이 위선이라고 색안경을 끼고 보지 않았다. 우리가 사람을 오해하는 일은 잘 알지 못하면서 안다고 할 때 생긴다. 김진은 TV에서 얼굴 하얀 도시 청년 이미지로 오랫동안 소비되어 왔다. 하지만 알고 보면 그는 종종 산에서 야영을 즐기고 아날로그 정서가 흐르는 소탈한 시골 남자 모습에 더 가까울 수 있다. 제작진이 정면 돌파하겠다고 다짐한 연예인의 진정성은 애정촌의 일상에서 그 진심이 얼마나 드러나는가에 달려 있다. 대화 도중에 그리고 인터뷰 때 빛나는 것은 번지르르하게 포장된 방송 멘트보다는 사람의 진심이다.

> "짝을 찾는 데 있어서 그린벨트는 없잖아요.
> 애정촌에서 짝을 찾으면 안 된다는 법은 없잖아요."
>
> 남자1호(김진, 40세/방송인)

"남자1호입니다. 나이부터 밝히겠습니다.

나이는 마흔 살. 여기에서 당당하게 연봉 얼마입니다

얘기하고 싶은데 연봉이라고 하기는 뭣하고 월봉이라고

해야 될 정도니까. 이건 솔직하게 다 말씀드리겠습니다.

나는 여자들에게 나쁜 남자였어요. 진심으로 사과 드리고

싶어요. 지적해 주시면 많이 고치고 변하려고 노력할

겁니다."

남자1호(김진, 40세/방송인), 자기소개 중

"장작 같은 것도 불이 죽으면 저렇게 새롭게 장작을

넣어서 다시 활활 타게 해야 되는데 제가 지금 다시금

뭘 집어넣어서 뭘 태워야 할지 잘 모르겠어요. 전 지금

소속사도 없고 혼자 개인적으로 인맥으로 친한 분들 전화

오면 일을 하고 있어요. 저 혼자 다니면 상당히 좀 외롭고

예전에는 매니저나 코디와 같이 다니면서 힘들게도

일하고 재밌게도 일하고 그 시절이 사실은 그립고요.

다시금 열심히 일하기 위해서 변신하고 새로운 모습을

보여 주기 위해 많이 노력하겠습니다."

남자1호(김진 40세/방송인), '나는 누구인가' 중

남자1호는 애정촌에서 누구보다 솔직했다. 그리고 진심으로 짝을 찾고 있었다. 연예계 생활 19년 차, 인기와 명예의 부침을 겪으며 나이 불혹에 이르니 남자1호는 남자가 되어 있었다. 누구나 카메라 앞에서는 자신이 정한 만큼 혹은 정해진 틀만큼만 보여 주기 쉽다. 그동안 방송에서 본 남자1호의 모습이 전부가 아니라고 확신했다. 개인적인 감정을 배제하고 객관적으로 들여다본 남자1호의 모습은 아날로그적이고 인간적이었다. 요즘 기획사에서 조련

하고 시키는 대로 움직이는 연예인과는 다른 궤적을 보여 주었다. 소속사의 상품 설명서대로 움직이지도 않았다. 그리고 상업적인 술수도 보이지 않았다. 다만 TV에서 잠시 멀어진 연예인으로서 개인적 감상이 조금 더 진하게 묻어 나오는 때가 있어 조심했다.

조금이라도 진정성이 의심되는 장면은 생각하고 질문하고 고민하다 편집 과정에서 조용히 들어냈다. 연예인 편의 편집 원칙은 솔직하지 않은 태도, 거짓 감정일 수 있다고 판단되면 아무리 재미있어도 삭제하는 것이다. 애정촌에 온 연예인들은 조금이라도 더 카메라를 받고 싶은 마음에서 과잉 행동을 할 수 있다. 그러나 이런 행동은 『스타 애정촌』에서는 가능해도 『짝』에서는 안 된다. 매니저도 소속사도 없이 혼자서 활동하는 남자1호는 솔직하고 인간적이었다. 감정 없는 기획사 신상품과는 달리 감정도 풍부하고 오히려 순수하고 때가 덜 묻어 있었다. 꼼수를 부리거나 잔머리를 굴리지도 않았다. 그래서 결과는 짝도 생기고 이미지도 좋아지고 대중은 김진의 존재를 다시 보게 됐다.

인간의 고민은
몸에서 비롯된다

공자와 맹자, 소크라테스 등 성현들이 고민한 짝에 대한 화두를 이 남자만큼 크게 고민하고 있을 사람이 있을까? 보기만 해도 남들이 먼저 걱정해 주는 몸을 가진 남자2호. 그의 고민은 얼마나 크고 깊을까? 애정촌은 그의 고민을 얼마나 담을 수 있을까? 빅죠를 애정촌에 초대한 이유 속에는 그런 인간의 고민을 스스로 묻고 답을 찾아보라는 의도가 숨어 있었다.

애정촌에 가장 먼저 도착한 남자1호는 주인을 기다리고 있는 2호의 옷이 다른 사람 것보다 세 곱절은 큰 것을 보고 놀랐다. 이렇게 큰 옷의 주인은 누구란 말인가? 제작진은 남자2호의 옷을 특별 주문하느라 상상 외의 거금을 썼다. 그 큰 옷의 주인은 가수이면서 거대한 몸 때문에 더 유명해진 그룹 홀라당의 래퍼 빅죠였다. 240킬로그램이나 되는 몸무게 때문에 다이어트 프로그램에서는 초대손님 일순위다. 남자2호는 누구보다 결혼에 대한 고민이 많다. 그런 주목받는 몸을 가지고 살아가다 보니 덩달아 그의 여자도 주목받을 수밖에 없다. 애정촌의 다섯 여자를 한꺼번에 저울에 달아야 빅죠의 몸무게와 비슷해진다. 그러니 빅죠의 몸무게는 가십이고 스트레스이다. 빅죠를 위해 애정촌은 무엇을 제공할 수 있을 것인가? 애정촌이 그런 편견과 선입관을 깨 줄 따스한 공간이 되기를 희망했다.

> "물론 짝을 찾아보려는 노력은 많이 했지만 아무래도 바라보는 시선들이 안 좋고 '저 사람은 굉장히 게으를 거 같다'고 생각하는 사람도 있고 ⋯⋯."
>
> 남자2호(빅죠, 34세/래퍼)

남자2호에게 애정촌의 일주일은 선입관과 편견을 이겨 내야 하는 시간이다. 언제 어디서나 첫인상이 너무 강렬해 결정적인 단점만 보이고 말았을 그의 입장이 이해된다. 애정촌은 자신의 모습을 제대로 보여 줄 시간을 제공한다. 자꾸 보면 단점이 가려지고 장점이 부각될 수도 있다. 그런 점에서 첫인상에서 고전하는 사람들에게 애정촌은 천사의 마을이다. 껍데기가 아닌 알맹이를 들여다볼 시간과 기회로 충만해 있기에 내면이 아름다운 사람에게는 딱 맞는 장소이다. 빅죠 역시 그런 입장을 지지하고 있다. 애정촌 첫날 거대한 몸으로 여자들을 놀라게 했지만 시간이 지나면 섬세하고 자상한 마음을 보여 줄 기회가 찾아올 것이다. 모기를 쫓아 주는 것과 같은 사소한 친절이 모여 그의 첫인상은 바뀔 것이다. 방 안에 들어와 앵앵거리는 말벌에 놀라 총알처럼 빠르게 도망가는 빅죠를 보면, 살찐 사람은 겁도 없고 느리기만 할 것이라는 선입견은 산산조각이 난다.

"솔직히 지금 자신감이 없는 건 아니지만요. 상대방 여자가 저를 싫어할까 봐 말을 아예 못 할 때도 없지 않아 있죠. 겉에 있는 이 모습 말고 속에 있는 제 모습을 봐 줬으면 해요. 그래도 제가 나올 때는 한 번 눈 감아 주고 들어 주었으면 자신의 내면을 봐 주었으면 하는 소망으로 ……."

남자2호(빅죠, 34세/래퍼)

애정촌 36기 첫 음식은 역시 삼겹살이다. 남자2호는 다이어트 중이어서 삼겹살을 멀리하고 있다. 지글지글 익어 가는 고기의 고소한 냄새를 뿌리치기란 어려웠을 텐데도 남자2호는 자기와 한 약속이 중요하기에 참았다. 그에게는 목표가 있다.

여자2호 :

몸무게 지금 감량하고 있잖아요.

목표 체중이 어느 정도예요?

남자2호 :

목표 체중은요, 두 자리 수 99.9킬로그램까지 어떻게든 가려고 노력하고 있습니다. 정말 빠른 시일 내에 ……
앞으로 백 킬로그램 이상, 백오십 킬로그램 정도를 빼야 합니다. 지금은 두 달 만에 사십 킬로그램 감량했고요.

빅죠의 다이어트가 화제다. 자신의 몸무게 절반을 덜어 내는 일이다. 결국 그는 해냈다. 최근 보이는 빅죠의 사진은 홀쭉하다. 애정촌에서 한 다이어트 약속을 그는 지켰다. 미래는 그렇지만 애정촌에 왔을 때 빅죠는 무거운 몸 때문에 고민이 많았다.

첫 '도시락 선택'에서 우려한 대로 남자2호 빅죠만이 여자들의 선택을 받지 못했다. 그는 덩치는 커도 감성이 예민하다. 혼자 도시락을 먹은 일로 상심이 컸나 보다. 그날 저녁 남자2호는 뜻밖에도 애정촌 퇴소를 원했다. 드라마를 만들려는 것인가? 그까짓 일로 …… 더구나 연예인이, 방송으로 밥벌이를 하는 사람이 프로그램에서 하차하겠다고? 그것이 진심이라 해도, 쇼라 해도 그의 퇴소 소동은 절대 있어서는 안 되는 일이었다.

남자6호 :

그러면 진짜 이유가 뭐예요?
진짜 퇴소하고 싶은 마음이 드는 …….

남자2호 :

공동체는 지금 다 같이 움직이고 있는데
저만 혼자 빠져 있는 …….

남자4호 :

지금 잘못 생각하고 있나 본데 혼자 빠진 적이 없어요.

남자2호 :

다 같이 밥 먹고 있는데 저만 혼자 안 먹고 있고
솔직히 그런 것도 너무 싫고.

남자4호 :

저마다 가지고 있는 두려운 점이 있어. 그러니깐 정말
우스갯소리로 남자4호는 몸무게가 제일 많고 난 나이가
제일 많고 그런 단점을 다 가지고 있는 건데 나도 내
나이에 애정촌에 (짝 찾으러) 나오는 게 쉽지가 않아, 진짜로.

남자1호 :

나는 내가 힘든 거, 솔직히 금전적으로 힘들고
뭣 때문에 힘들고 다 얘기했어.

남자2호 :

지금 제가 애정촌에 있으면 다들 제 눈치를 조금씩 보는
거 알아요. 그러니깐 저를 조금 더 편안하게 해 주고 싶어
하는 거 아는데 그 자체가 저는 너무 미안한 거예요,
솔직히.

남자4호 :

미안해하지 마! 왜 미안해! 여자들에게 내가 뚱뚱하기
때문에 선택 안 했냐고 호소도 해 보고, 해 보라니까!
다 그렇게 해. 머릿속에 있는 마음들을 얘길 해, 화난다고.
절대 나가서는 안 돼!

남자2호 :

저는 불편을 주고 싶었던 게 아니에요.

남자4호 :

거기에 대해서 내가 느끼는 상처와 슬픔 그런 건 (마음속에)
갖고 가라고. 갖고 가서 앞으로도 내 인생 살면서
필요할 때 쓰란 말이야. 그럼 또 자극을 받아서 살을 빼면
되는 거고.

남자2호 :

갑자기 (남자1호) 눈이 빨개졌어요. 그러지 마요.

남자1호 :

남자2호의 마음을 아니까. 마음을 아니까.
진짜 마음을 알아.

남자2호 :

위로받고 이러려고 그런 게 아닌데 참. 울지 마요.

남자1호 :

아니, 나 우는 거 아냐. 남자2호가 애정촌에 있게 돼서
좋아서 우는 거야.

남자2호는 최선을 다하고 있지만 쉽지 않은 상황이라고 했다. 행동보다는 마음을 보여 주고 싶었는데 그 결과가 변변찮아 모두에게 미안하다고 했다. 모두를 배려하는 길은 자기가 희생하는 것이라고 생각했는지도 모른다. 그의 짧은 생각을 연예계 선배들이 애정 어린 말로 달래고 어르고 쓰다듬었다. 남자1호 김진의 눈시울이 붉어졌다.

> "(남자2호) 마음을 아니까 제 딴에는 안다고 생각한 거죠.
> 남자2호 마음을 백 퍼센트 모르고 …… 그 모습이 내 모습
> 같더라고요."
>
> 남자1호(김진, 40세/방송인)

연예인으로서 인기의 부침을 겪어 보니 남이 겪는 마음 고생이 남의 일 같지가 않다. 화려해 보이는 연예계이지만 생활하다 보면 문득 솟구치는 서러움에 눈물이 잦다. 남자2호 빅죠. 그가 갈 길은 아직 멀고 험하다. '도시락 선택'의 그것은 파리똥처럼 아무것도 아니다. 그 후 남자2호는 애정촌 생활을 잘해 나갔다. 여자2호 벨리댄서가 그에게 다가왔다.

> "아직도 무명이에요, 슬직히. 아직도 무명이고 제가
> 가수란 걸 모르는 사람이 더 많아요. 절 보면 다들
> 다이어트하는 사람 또는 그냥 뚱뚱한 사람. 저도 처음에
> 『짝』출연 얘기가 나왔을 때 이걸 해야 될지, 말지 이런
> 생각을 했어요. 솔직히 겁도 많이 났고, 외모에 대한
> 콤플렉스도 있고, 나이도 찼고, 짝은 찾아야 되고, (그런데)

아직 세상은 외모보다는 마음을 보지 않을까 이런 생각을
하고 나왔고요. 프로그램에 나와 열심히 노력하고 있지만,
솔직히 눈에는 가장 띄어도 눈에 가장 안 들어오는
사람이기도 해요. 제가 안에 있는 모습을 보여 주고 싶지만
그것보다는 밖에 있는 모습부터 보이니까 나 자신한테
진짜 화가 나요. 저도 자신을 좀 더 찾고 그리고 정말
좋은 사람 만나서 열심히 노력을 하고 싶은 게
제 마음이에요. 지금."

남자2호(빅죠, 34세/래퍼), '나는 누구인가' 중

남녀가 통하는 지는
일단 부딪혀봐야 안다

하늘 아래 첫 동네. 비가 그치고 무지개가 떴다. 애정촌 첫날 저녁
남자4호 배기성은 빨간 기타를 치며 노래를 했다. 산골에 울리는
그의 즉흥 세레나데는 대단히 멋졌다. 예술과 인간과 자연이 무작
위로 무지개처럼 뭉칠 때 신은 몰래 웃는 것 같다. 남자4호의 기타
반주에 맞추어 남녀가 즉흥곡을 부르며 급속도로 하나가 되는 모

습. 그것은 가장 인상적인 애정촌 장면이었다. 같이 노래를 부르며 사람은 하나가 될 수 있고 공감대를 형성할 수 있음을 그날 이들은 보여 주었다. 배기성의 노래도 배기성의 심정도 배기성의 근황도 애정촌에서 처음 마주했다. 개구쟁이 같은 배기성이 벌써 마흔한 살 노총각이라는 사실이 특별한 감흥에 젖게 했다.

"캔이란 그룹에 들어가 노래를 했죠. 캔 1집, 2집이
망했어요. 그때 어렵게 잡은 게 『서세원 쇼』였고 그때
우리 사장님이 한마디 했어요. '방송할 거야, 안 할 거야?
안 할 거면 너 미사리로 다시 가.' 전 진짜 눈물 젖은 빵은
더 이상 먹고 싶지 않았거든요. 그래서 그때부터 방송에
나와 웃기기 시작했죠. 그 이미지가 지금까지 박혀 있고
지금까지 제가 살아온 삶은 상대방에게 다가가려면
웃겨야 되고 넘어져야 되고 ……. 그렇게 살아왔어요,
평생을. 사람들은 그래요. 어떤 사람들은 말 한마디
잘못하면 왜 날 우습게 보냐고 하지만, 난 사람들이 평생을
날 우습게 봐요. 진짜 가수로 아는 사람은 없고
저 사람 재밌지, 웃기지 ……."

남자4호(배기성, 41세/가수) '나는 누구인가' 중

이십 년 경력의 연예계 생활은 무시할 수 없다. 분명 배기싱의 힘이 보였다. 그가 자리에 있느냐 없느냐에 따라 애정촌의 분위기와 집중도가 달랐다. 짝을 찾는 일이 시급한 마흔 줄 남자 연예인의 자화상을 남자4호는 제대로 보여 주었다. 마흔 살 넘은 남자 가수가 애정촌을 찾아왔을 때는 인간의 쓸쓸함과 외로움이 있다. 아무 말도 안 했지만 '나도 짝을 찾고 싶다', '나도 사랑하고 싶다', '나는

지금 외롭다'고 그 사람은 온몸으로 외친다. 남자4호가 깊은 밤 산골에서 부른 노래가 심금을 울렸던 것은 그곳이 애정촌이었기 때문이다. 십 년도 더 넘게 TV에서 그 남자를 봤지만 스캔들 기사는 한 번도 못 본 것 같다. 사랑과 결혼을 두고 남자4호가 하는 고민은 다른 노총각과 별반 다를 게 없다. 마음은 급하지만 쉽지는 않은 상황에서 그는 애정촌을 찾았고 광고 기획 일을 하는 여자5호를 만났다. 남자4호는 오로지 그 여자한테만 호감을 품었는데 그녀는 다른 남자를 마음에 두었다. 그래서 남자4호는 미궁에 빠지고 말았다. 그래도 그는 애정촌의 마지막 날까지 여자5호에게 진심을 다했다. 연예계 생활 이십 년 베테랑이 한 여자 앞에서 그렇게 부끄러워하고 긴장할 줄은 몰랐다.

여자5호와 첫 데이트를 나서던 날, 그는 약속 시간을 넘겨 자고 있는 그녀를 차마 깨우지 못했다. 남자의 매너를 지키며 여자 방에 쉽게 들어가지 못하고 애만 태웠다. 뜻밖에도 그에게는 고지식한 남자의 모습이 있다. 안절부절못하는 그를 도와 자연스럽게 여자를 깨운 것은 남자1호 김진이었다. 남자4호는 남자1호와 어울릴 때는 유머 넘치고 자연스러웠는데 여자5호와 데이트를 할 때는 조심스럽고 소심하고 긴장했다. 남녀의 만남은 돈이 많든 적든, 유명하든 그렇지 않든, 나이가 많든 적든 부딪쳐 봐야 결과를 알 수 있다. 이십 년 연예계 경력의 닳고 닳은 가수가 한 여자를 위해 노래를 해 주고 부끄러워 도망치는 장면은 애정촌에만 있다. 배기성이니까 그 장면이 살았다. 연애에 갑과 을이 존재한다면, 스타인 남자4호도 애정촌에서는 을 신세다. 그의 빨간 기타는 주인 남자가 외롭다고 어디선가 또 울어 줄 것만 같다.

하면 된다
인간의 잠재력은
위대하다

두려움을 이기면 그녀와 데이트를 할 수 있다. 당신이라면 어떻게 할 것인가? 드디어 시간이 되었다. 인간에게는 생각만으로도 무서운 순간이 있다. 공포를 대하는 남자의 자세에서 허세는 거세된다. 그만큼 인간의 공포는 매우 근원적이고 다양하다. 남자들은 애초부터 간덩이 크기가 다 다르다. 그러니 모두가 다 도전하고 성공할 것이라고는 생각하지 않았다. 오히려 공포를 조종하는 기술은 여자가 더 뛰어날지도 모른다. 여자 앞에서 공갈빵 빵빵 날리는 남자의 세계! 오히려 겁 많은 남자들이 지천이다. 나는 그 순간을 기다렸다. 비 내리는 밤 자시子時가 되었다. 강원도 외딴 산골, 비가 부슬부슬 내리는 밤 열두 시. 홀로 깊은 산속으로 들어가, 폐허가 된 목욕탕을 찾아간다면 기분이 어떨까?

"남자들에게만 데이트권을 걸고 담력 테스트를 하겠습니다.
산속 외딴길로 1킬로미터 걸어 늘어가면 폐광이 있어요. 폐광 옆에
하얀 건물이 목욕탕이에요. 그곳에서 자기 깃발을 찾아 가져오면
데이트권을 드리겠습니다. 물론 제작진은 동행하지 않습니다."

마을에서 한참 떨어진 산길로 가다 보면 하얀 건물이 보인다.

1989년 4월 30일 문을 닫았다는 폐광 옆 목욕탕이다. 오랫동안 사용하지 않아서 내부는 무방비 폐허 상태. 텅 빈 하얀 건물이 숲속에 있어 괴기하고 음습한 느낌을 준다. 낮에 스치는 것만으로도 으스스한데 한밤중에 거기를 들어간다는 것은 끔찍한 공포다. 1970년대와 80년대 탄광촌 마을이었던 영월 모운동에는 사라져 가는 것들의 흔적이 곳곳에 남아 있다. 하늘 아래 첫 동네라 하는 이 높은 곳에 마을이 있다는 것도 신기한데, 그 마을이 한때 극장까지 있을 정도로 번성했다니 믿기지 않는다. 탄광촌이 사라지면서 극장도 당구장도 세탁소도 성당도 학교도 사라져 갔다. 지금은 모두 버려진 채 방치된 흔적만 보인다.

폐광 속 동굴에는 허리까지 차오르는 시뻘건 황토물이 콸콸 솟고 있다. 그 옆 버려진 목욕탕은 박쥐가 푸드득 날아다니고 알 수 없는 뭔가가 튀어나올 것처럼 생겼다. 목욕탕 바닥을 걸으면 깨진 유리 조각들이 밟히고 발목까지 차오르는 물이 찰박찰박 소리를 낸다. 두 번 거푸 꺾어 들어가면 사각형 욕조가 나타난다. 욕조 안에 1에서 6까지 번호가 적힌 깃발 여섯 개를 꽂아 두었다.

그 음침한 곳에서 자신의 깃발을 가져올 자 누구인가? 남자4호, 남자2호, 남자1호 세 명만이 자원했다. 남자들은 차례로 도전에 나섰다. 무인 카메라로 촬영하고, 제작진은 출연자들 모르게 안전한 거리에서 지켜보기로 했다. 부슬부슬 비 내리는 밤, 자정이 다 된 산골에는 동물이 우는 소리만 꺼억꺼억 들려온다. 산길로 쭉 가다 보면 오른쪽에 빛바랜 하얀 건물이 불쑥 나타날 것이다. 자세히 보면 목욕탕 이정표도 발견할 것이다. 그 길 중간에는 광부 동상이 있다. 밤에 마주치는 모든 것은 공포의 대상이 된다. 하물며 인간의 모습을 하고 있는 말없는 동상이라면 …….

남자2호 빅죠가 먼저 머리에 카메라를 장착한 채 산길로 들어갔다. 거대한 체구가 어둠 속으로 사라지고 혼자 중얼거리는 소리만

와이어리스 마이크를 타고 들려왔다. 공포의 신음 소리다. 그는 얼마 못 가 도중에 포기하고 돌아왔다.

> "진짜 무서웠습니다. 전 진짜 제가 겁이 없는 줄 알았는데
> 진짜 무서웠습니다. 모든 게 다 공포감으로 다가온 것
> 같아요, 진짜."

남자2호(빅죠, 34세/래퍼)

그렇다면 남자4호 배기성은 성공할 것인가? 그는 제작진 지시대로 길을 따라가더니 하얀 건물을 발견했다. 그리고 자기 번호가 적힌 깃발을 가지고 나와 데이트권을 획득했다. 다른 사람의 성공은 늘 쉬워 보인다.

> "출발할까요?"

랜턴과 비상 사이렌을 가지고 홀로 산길을 떠난 남자1호 김진. 잘만 찾아갔다면 십오 분 후 목욕탕 건물에 도착했을 것이다. 그러나 삼십 분이 지나고 사십 분이 지나도 남자1호는 돌아오지 않았다. 성공한 것인가, 실패한 것인가? 제작진이 마음을 졸일 때 남자1호의 다급한 목소리가 들렸다.

> "감독님! 위로 올라와요! 감독님!"

남자1호는 구원의 외침을 보냈고 잠시 후 돌아왔다. 그의 모습은 무엇인가와 격렬한 사투라도 벌인 것처럼 초췌했다. 그는 하얀 건물을 보고 다가갔는데 건물의 입구를 못 찾았다고 했다. 당연히 깃

발도 찾지 못했다. 왜 그랬을까?

> 제작진 :
>
> 입구 찾기 쉬운데 ……. 물 차 있는 곳 지나면 깃발이 있어요.

> 남자1호 :
>
> 물 차 있는 곳? 흙만 차 있던데요.

> 제작진 :
>
> 물에 발이 안 빠졌어요?

목욕탕 입구로 들어가면 신발이 잠길 정도로 물이 차 있다. 발이 물에 안 빠졌다는 것은 뭔가 잘못된 것이다. 출발 전 그 상황을 들었기에 그는 혼란에 빠졌다. 목욕탕 건물은 찾았지만 입구를 찾지 못하고 헤매다 온 것이 분명하다. 그는 목욕탕 입구로 이어지는 길이 아니라 대뜸 건물 뒤로 갔다. 그리고 도랑을 건너다 넘어지고 덤불을 헤치며 건물로 다가갔는데 입구를 찾지 못했다. 우여곡절 끝에 창문을 넘어 들어가긴 했는데 방향을 잘못 잡았으니 깃발을 찾지 못한 것이 당연하다. 남자1호의 설명을 듣고 보니 버려진 창고처럼 보이는 옆 칸을 들락거린 모양이었다. 그는 어둠 속에서 무엇을 보았을까? 두려움은 종종 허상의 세계로 인간을 안내한다.

> 남자1호 :
>
> 이 길을 몰랐지. 이럴 줄 알았으면 내가 깃발 찾았지.

깃발 그냥 기념으로 가질게요.

공포심 때문이었을까? 남자1호는 간단하고 쉬운 외길을 두고 엉뚱한 곳에서 헤맸다. 그래도 남자1호는 최선을 다했다. 그 모습이 아름다웠다. 분투 끝에 제작진 도움을 받아 깃발을 가지고 돌아온 남자1호에게 모두가 환호의 박수를 보냈다.

남자1호 :

아냐, 아냐, 아냐. (성공) 그런 거 아냐. 제발 오해하지 마.
목욕탕 건물 가긴 갔었어. 다른 건물(창고)로 들어가서
깃발을 못 발견한 거야.

남자1호는 많이 아쉬워했다. 실패했지만 최선을 다한 도전이었다.
남자1호의 도전은 다른 사람들에게 대단한 것으로 받아들여졌다.
진흙투성이에 땀범벅이 되어 돌아온 남자1호의 모습은 놀라왔다.
특히 여자들의 반응이 폭발적이었다.

"아주 대단해 보이고 달라 보였어요. 남자1호 님이
자기가 희려고 힌 걸 끝까지 했잖아요. 나왔다가
또 들어갔었대요. 깃발을 못 찾아서 ……. 책임감이 있어
보여서 멋있었어요."
여자3호(32세/산부인과 전공의)

남자1호는 미션에 실패했지만 여자3호의 마음을 얻는 데는 성공했다. 가끔은 성공보다 귀한 실패가 있다. 남자1호가 그랬다. 죽다 살아난 몰골을 하고 진흙과 땀범벅 그리고 생채기까지 난 모습으로 돌아온 남자를 그 여자가 눈여겨봤다. 실패했다 해도 최선을 다한 도전은 빛나 보인다. 여자3호와 남자1호가 짝이 된 데는 남자가 목욕탕 입구를 못 찾은 공이 크다. 불가능하다고 위험하다고 피하면 인류의 도약은 없었을 것이다. 어려움 속에서 핀 꽃이 더 아름답다. 하면 된다. 인간의 잠재력은 위대하다.

여자의 마음은 갈대

마음이 출렁거리면

기다려야 한다

첫 '도시락 선택'에서 여자들은 선택 직전 마음을 바꿨다. 여자5호(회사원)가 남자3호(곽승남, 배우)에게 가자, 그에게 가려 했던 여자3호(의사)는 남자1호(김진, 방송인)에게 갔다. 그러자 남자1호에게 가려 했던 여자2호(발리댄서)는 남자4호(배기성, 가수)에게 갔다. 여자들이 인터뷰에서 말한 대로 선택을 했다면 빅죠뿐만 아니라 배기성도 혼자 도시락을 먹었을 것이다. 결국 빅죠만이 혼자 쓸쓸히 도시락을 먹게 되자 자기의 비만한 몸을 비관한 빅죠가 먼저 퇴소하겠다고 선언하는 해프닝이 생긴 것이다. 이 모든 진실을, 이 모든 배경을 그들은 모른다. 여자의 마음은 갈대이며 시시때때로 흔들렸다. 무엇이 또 사랑을 불러올지 도무지 알 수 없다. 거창하거나 대단한 것만이 사랑을 불러오는 것은 아니다. 아주 사소한 것이라도 여자와 남자를 엮고 평생 인연으로 만든다. 의외의 '도시락 선택' 결과가 목욕탕 공포 미션처럼 남자1호와 여자3호의 인연을 만들어 갔다.

남자1호:

나는 백수 중에 백수인데 의사 선생이 와 주니까.

여자3호:

그런 게 어디 있어요. 전 그냥 여자3호일 뿐입니다.

여자3호:

전 남자1호 개그 그런 거 좋아해요.
제가 남들 안 웃을 때 웃거든요.

남자1호:

실없는 말 좋아하는 사람 처음 보네. 그럼 바늘 없는 말도 좋아하겠네. 이런 식으로 하는 개그 말이에요?

남자1호:

조금이라도 좋은 점을 하나 발견하면 …….

여자3호:

전 일단 장점을 많이 보려고 해요.
단점이 없는 사람은 없으니까.

여자3호 :

제가 운영하고 싶은 가게가 세 가지 있거든요.
병원이랑 커피 전문점이랑 만화방이랑.

남자1호 :

보노보노 이런 것도?

여자3호 :

정말 좋아해요.

남자1호 :

정말요?

여자3호 :

웃겨 죽을 것 같아요. 보노보노 보면 쓰러져요,
너무 웃겨서.

남자1호 :

그 제일 재밌는 장면이 뭐냐 하면 너구리가
'야, 보노보노야. 뽀로리 따라와.' 이렇게 하면서
데려갔잖아요.

여자3호 :

야, 하나 둘 셋 하면 뛰는 거야.

잘못 들어선 길이 옳은 길일 때가 있다. 자신이 선택하려 했던 남
자3호를 여자5호가 먼저 선택하자, 남자1호에게 갔던 여자3호다.

그런데 둘은 의외로 잘 통했다. 그리고 그날 밤 남자1호는 여자3호에게 데이트권을 사용하려고 목욕탕 담력 테스트에 도전했지만 결국 성공하지 못했다. 그러나 최선을 다하는 남자1호의 모습을 여자3호는 매우 좋게 보았다. 전후 과정을 보면 그들의 인연은 그렇게 묘하게 반전과 의외의 일을 만나며 전개되어 갔다. 한편 여자3호는 애정촌 12강령 외우기 경쟁에서 우승해 데이트권을 획득했고, 그것을 남자1호에게 사용했다.

여자3호 :

저랑 나갈래요?

남자1호 :

데이트권을 나한테 쓴다고요? 왜요?

여자3호 :

싫으면 말아요.

남자1호 :

아니, 좋은데, 그렇게 어렵게 외워서 왜 나한테?

여자3호 :

그래서 더 어려운 거 부탁하잖아요?

남자1호 :

뭔데요?

어디 갈지 찾아 달라고.

여자3호는 만화를 좋아한다. 두 사람은 만화로 통했다. 레스토랑에 자리 잡은 두 사람. 남자1호는 그림을 그려 꽃과 함께 선물했다.

"어떻게든 감사 표시를 조금이라도 하고 싶은데
좀 유치찬란하지만 그래도 그런 게 (그림 솜씨) 나오니까 그냥
한 거죠. 어디서 나왔는지 저도 잘 모르겠어요.
그냥 나오더라고요."

남자1호(김진, 40세/방송인)

작은 꽃은 곧 시들고 만다. 여자와 남자는 꽃을 살리려 노력한다. 소주잔에 물을 따르고 꽃송이를 꽂는 남자. 소주잔에 꽃이 있다. 꽃이 취하고 있다. 꽃을 대하는 남자의 순정. 그것이 김진의 마음이다.

남자1호 :

이곳에서 만약에 연결(짝)이 됐어. 그러면 부모님께
소개할 마음도 있는 거예요?

여자3호 :

전 부모님한테 원래 다 말하거든요.

남자1호 :

반대하시면?

여자3호 :

그건 그때 가서 생각해 보죠. 닥치지 않은 건
미리 생각하지 않아요. 닥친 후에 …….

남자1호 :

좋은 말이다, 좋은 말이야.

"전 여자3호 님이 부담스럽고 한편으로 또 좋은 분이기도
하고 …… 여자3호 님이 가진 직업(의사), 학벌, 기타 등등
복잡해요. 모르겠어요. 아직 …….

남자1호(김진, 40세/방송인)

"전 권위적인 거 싫어해요. 여자는 안 되고 남자는 되고
그런 거. 저는 제가 돈 벌고 남자가 살림만 하겠다
해도 상관없거든요. 돈은 남자든 여자든 아무나 벌면
된다고 생각해요. 남자가 못 벌면 제가 벌면 되는 거고,
남자1호분도 아직 젊잖아요. 뭐든 하겠죠. 잘할 거
같고 지금 당장 불안정하다고 앞으로 계속 불안정한 건
아니니까."

여자3호(32세/산부인과 전공의)

남자는 지금은 백수, 여자는 의사. 연예인 남자와 전문직 여자. 어

색한 듯 묘하게 어울리는 남녀다. 이 어울림에서는 여자의 사고방식이 결정적이다. 독특하고 주관이 뚜렷하면서 이해심과 포용력이 있는 여자. 그녀의 한마디는 새록새록 의미도 깊고 신선한 울림도 준다. 남자1호 김진이 괜찮은 여자를 만났다는 생각이 들었고 두 사람의 러브 스토리가 완성되었으면 하는 바람을 갖게 됐다.

그러나 시간이 지나 서로 가까워진다고 사랑이 완성되는 것은 아니다. 남녀가 친해지고 사랑이 달아오를수록 크고 작은 마찰음은 두 사람을 끊임없이 시험한다. 조금만 무심해도 조금만 지나쳐도 사랑은 울고 웃는다. 그렇게 사랑에 빠진 남녀는 내버려 두어야 한다. 환상이 깨지면 사랑은 앙상하고 섬뜩한 뼈대만 남는다. 그럴지라도 이 두 사람의 사랑은 제대로 완성되어 가슴이 몰캉몰캉해질 때까지 지켜보고 싶었다.

여자3호 :

근데, 아침에 식사 마치고 혼자 훅 나갔어요?

남자1호 :

씻으러 간 건데, 인터뷰 있어서.

여자3호 :

전 그런 거 별로 안 좋아해서 ……. 다 같이 밥 먹는데 혼자 다 먹었다고 자리 뜨고 그러는 건 좀 …….

비가 몹시 내린 태풍 전야. 둘은 산책을 나갔다. 남자가 우산을 들었지만 여자는 오는 비를 고스란히 맞고 있다. 남자는 우산을 움켜

잡은 채 걷고 있다. 제 몸이 고달프면 남의 사정을 봐주기가 쉽지 않다지만 지금은 연애 1단계다. 여자 마음도 중요하다.

> "그런 걸 잘 신경 못 쓰는 것 같아요. 그래서
> 너무 웃겼어요. 제가 나중에 막 장난쳤거든요. 날 비막이로
> 쓰고 있다고 …… 그냥 내면에 있는 자상함 같은 거,
> 착한 거, 그냥 선한 사람 같아서 뒤통수치지 않을 것 같은
> 느낌, 좀 한결같았잖아요."

여자3호(32세/산부인과 전공의)

두 사람의 삶과 삶이
만나다

세상의 모든 남녀 문제는 꿈이 아닌 현실이다. 결국 답은 자신이 살아가는 삶에 있다. 꿈처럼 달콤한 사랑도 현실에 부딪히면 비로소 본질이 드러나고 문제가 보인다. 연예인들이 사랑은 꿈속의 연인과 팥빙수 나눠 먹듯이 하다가도 결혼은 제각각 제 형편에 맞는 사람을 찾아 골인하는 것을 종종 본다. 그들도 순수하게 사랑만 따지지 않고, 사람을 볼 것이고 돈을 볼 것이고 집안과 직업을 볼 것이다. 그 지독한 리얼리즘 앞에 연예인이라고 예외는 없다. 애정촌 생활 중반이 지나면서 이들도 낭만과 허상이 아닌 현실을 가늠하

며 자기 짝을 정해 갈 것이다. 백수에 가까운 연예인 남자1호와 전문의 여자3호에게도 현실이 중요해졌다. 그들은 이제 다른 남자, 다른 여자를 찾지 않고 상대에게만 집중한 채 둘만의 영역을 탐구해 갈 것이다. 두 사람의 삶과 삶이 만나는 것이다. 그러면서 애정촌의 일상은 더 세세한 의미를 띠었다.

태풍으로 정전이 된 애정촌. 남자1호는 또 꽃을 가지고 여자3호를 위해 뭔가 하고 있다. 전기가 나가고 꽃과 편지가 전해지고 여자는 웃고 남자는 쑥스러워한다. 남녀의 애정은 그렇게 오가고 있다. 남자는 여자가 알려 준 대로, 말한 대로 움직이고 있다.

남자1호:

어우, 창피해. 이렇게 가는 거 안 좋아한다고 했지. 이렇게 가는 거, 이렇게 쑥 나가는 거 별로 안 좋아한다고 했지? 맞다, 난 그거 까먹고 있었어. 그걸 얘기해 주면 내가 알아요. 얘기 안 하면 몰라.

여자3호:

얘기해 주면 알아요? 제가 어제 노래 불러 달라고 했는데.

여자가 말해 주면 남자는 안다. 남자1호는 「내 마음 깊은 곳에 너」라는 노래를 연습하더니 여자3호를 위해 노래를 했다. 탤런트로 활동하기 전에 가수로도 얼굴을 내밀었던 남자1호이지만, 이렇게 한 여자를 위해 노래를 하는 것이 쉬운 일은 아니었을 것이다. 그러나 남자는 진심을 담아 오로지 여자3호를 위해 노래를 불렀다.

너에게 노래를 하려다 정신 줄을 놓았네
잠시 잊고 있었나 봐 이미 그곳에는
넌 있지 않은 거 내 마음 깊은 곳에 너
너에게 내 불안한 미래를 함께하자고 말하긴 미안했기에
너를 또 다시 혼자 있게 하지는 않을 거야
내 품에 안기어 눈을 감을 땐
널 지켜 줄 거야
언제까지나 너를 기다려
내 마음 깊은 곳에 너, 내 마음 깊은 곳에 여자3호 님

남자는 부끄럽지만 용기를 내어 여자가 말한 대로 노래를 불러 주었다. 노래를 들은 여자의 마음은 이러했다.

"손발이 오그라들어서 남자1호 님은 그런 걸 하기가
사실 쉽지 않은 분인 걸 아니까 더 크게 느껴졌고요.
그리고 아주 멋있었어요. 감동적이었어요. 손발
오그라들었는데요, 가슴은 몰캉몰캉해졌어요."

여자3호(32세/산부인과 전공의)

남자1호와 여자3호는 모두가 축복한 대로 짝이 되었나.

남자1호 :

제 눈에 다 알고 싶은 분이 들어와서 남자1호가
여자3호에게 ('최종 선택' 선물을) 주겠습니다.

'최종 선택'은 …… 대체 얼마나 손이 많이 가는지
  남자1호 님 한번 알아보겠습니다.

그들의 러브 스토리는 방송 당시 많은 시청자의 가슴을 말캉말캉
하게 해 주었다. 지금도 그들의 만남을 궁금해하고 응원하는 사람
이 많다. 애정촌에서 짝을 맺어 나간 많은 사람들이 만나고 헤어지
고 다시 만나는 사랑싸움을 한다. 대개는 애정촌의 보호를 벗어나
는 순간 곧바로 위기가 온다. 오로지 사랑에만 집중하는 애정촌과
달리 사회에서는 이런저런 일에 치이고 사람에 치이다 보면 애정
사가 공격받기 마련이다. 특히 의사라는 직업은 바쁘고 스트레스
가 심한 편이다. 짝을 이루어 애정촌을 나간 남자1호와 여자3호에
게는 다시 폭풍우가 치고 정전이 오고 알 수 없는 운명이 작용할
것이다.

나는 두 사람의 근황을 묻지 않았다. 두 사람이 어떻게 됐나 하는
궁금증보다는 애정촌에서 느낀 여운을 깨고 싶지 않은 마음이 더
컸는지도 모르겠다. 그래도 마음 한 구석에서는 그들의 미래가 궁
금했다. 어떻게 지내고 있을까? 천지신명의 도움으로 덜컥 청첩장
을 보내온다면 가장 기쁠 사람들인데 …… 소식은 감감하고 세월
만 또 가고 있다. 그렇다면 그들은 아마도 …… 음 …… 그랬을지
도 …… 아마도 그들의 사랑이 위험해졌다면 그 원인은 그들의 삶
과 삶이 부딪혔을 가능성이 크지 않을까? 세상 남녀 문제는 꿈이
아닌 현실이기에.

참 다른,

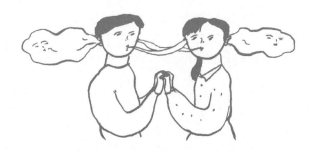

남자와
여자

애정촌 32기
삼척 편

**내 마음에
무슨 죄가 있는가?**

내 마음이
그만 들켜 버렸다

애정촌 6박 7일만을 생각하라.
일곱 남자 중 한 남자가 떠났고
사람들은 애정촌에 오면 왜 우느냐고 묻는다.
결국 다섯 여자 중 네 여자는 남자 때문에 울었다.

애정촌 32기는 그랬다. 그 모든 것은 남녀의 마음이 일으킨 파도다. 선남선녀가 서로 물고 물리며 한바탕 애정 전쟁을 치르고 떠났다. 때는 만물이 만개한 늦봄, 강원도 삼척의 아름다운 자연 풍광에서 그들을 만났다. 애정촌 일주일은 우리네 인생처럼 흘러간다. 순수한 유소년기와 불같은 청년기를 지나 불혹의 나이가 되면 조금쯤 인생이 보인다. 애정촌도 중반이 지나면 사랑이 보인다. 서로의 마음이 보인다. 그 마음은 시시때때로 출렁인다. 남녀의 마음이 이렇게 다르고 사람의 마음이 이렇게 요동치는 것을 어찌하랴.

애정촌에서 남녀의 첫 만남을 보면 비슷한 듯 보여도 매번 다르다. 기내도 크고 호기심이 발동하는 첫 만남은 본능의 시간이다. 그 섬세하고 특별한 느낌을 감상하는 것이 두드러진 행동을 보는 것보다 재미있을 수 있다. 누구는 몸을 감상하는 게 재미있다고 하지만 나는 마음을 들여다보는 게 더 재미있다. 마음은 움직이지 않는 것 같지만 움직이고 있다. 인간의 몸이 늙어 가는 것은 보이지 않지만 늙고 있다는 사실은 분명하다. 마음도 마찬가지다. 변화무쌍한 아우성이 들리지 않을 뿐이다. 그 미세하고 극사실적인 세계를 들여다보면 몸으로는 표현 못 하는, 천둥 치는 소리도 들을 수 있다. 그래서 남녀들의 첫 만남은 매번 비슷해도 나는 그 장면이 제일 재미있다.

애정촌 32기 여자들이 도착했다. 네 여자의 평균 키는 170센티미터. 늘씬한 미녀들이다. 자신만만해도 될 것 같은데 그녀들은 몹시 부끄러워했다. 남자들 쪽을 차마 보지 못하고 등진 채 수줍게 앉아있다. 이런 모습은 처음이다.

남자1호(29세/회사원)

남자2호(29세/모터사이클 레이서) 부상으로 애정촌 중도 퇴소

남자3호(29세/회사원)

남자4호(36세/경찰공무원)

남자5호(34세/패션MD)

남자6호(31세/재무설계사)

남자7호(36세/치과 의사)

여자1호(30세/회사원)

여자2호(31세/현재 무직. 전 증권사 직원)

여자3호(25세/비서)

여자4호(29세/한의사)

여자5호(27세/인터넷방송 아나운서)

애정촌 32기 출연진이다. 나이와 직업이 적절하게 조화를 이루고있다. 미남 미녀 특집이라고 해도 될 만큼 인물도 좋다. 누가 누구

와 어떻게 이루어질지는 아무도 모른다. 마음을 감추고 있어 '도시락 선택'을 해 봐야 처음으로 마음이 드러난다. 그 상태에서 혼란이 오고 마음이 오락가락할 수는 있다. 그러나 처음 먹은 그 마음은 좀처럼 잘 바뀌지 않는다. 남자 여자 마음이 그렇게 다르고 그 마음을 읽는 것은 그 무엇보다 흥미진진하다. 네 여자는 울어 버렸다고 한다. 울지 않은 한 여자가 더 궁금하지 않은가?

처음에는 잘 드러나지 않지만 애정촌 생활 중반이 지나면서 그들의 감정은 요동치게 되어 있다. 첫 만남에서 남자들은 남자를 경계하고 여자들은 여자를 신경 쓴다. 마음을 깊이 들여다보기 전에는 정말 그 사람의 마음도 행동도 예측할 수 없다. 말을 하고 그 이상과 취향과 성향을 짚어 가다 보면 그 사람의 정체성이 조금씩 드러난다. 이 남자 이 여자도 그렇다.

> "제가 좀 구속 심한 여자들을 좋아하거든요. 남들이 봤을 때 저 여자 약간 좀 이상하다 싶을 정도로 행동하는 여자가 딱 제 이상형인 것 같아요. 제 핸드폰 몰래 막 훔쳐보는 여자, 너무 매력적이에요. 쿨한 여자 정말 싫어합니다."
>
> 남자6호(31세/재무설계사)

> "남자들이 다 훤칠한 것 같아요. 그래서 어쩌나, 나는 집에 가야 하나 …… 아, 저는 저렇게 훤칠하고 잘생긴 사람을 보면 남자로 안 느껴져요. 바람피울까 봐."
>
> 여자1호(30세/회사원)

여자1호의 이상형은 『짝』에 모두 합쳐 세 번 출연하여 소탈하고 친근하고 속 깊은 행동으로 '국민 형아'라는 별명까지 얻은 두산맨이다. 남자의 외모는 전혀 보지 않는다고 했다. 미남은 오히려 남자로 안 느껴진다는 그녀에게 '도시락 선택' 때 두 남자가 왔다. 둘 다 어디 내놓아도 손색없는 미남 쾌남이다. 그런데 여자1호가 간절하게 바라는 남자도 그녀에게 왔다. 얼마나 모순인가? 인물 순이라면 이 남자들은 상위권에 있다. 여자의 마음은 도통 미스터리다.

'도시락 선택'은 여자들의 마음, 아니면 남자들의 마음이 드러나는 시간이다. 첫 '도시락 선택'은 남자들이 하기로 했고 비공개 비밀 선택이다. 삼척의 명소에서 여자가 기다리면 남자가 각자 찾아갈 것이다.

남자들은 어디로 갈지 서로 모른다. 물론 여자들도 그 결과를 알 수 없다. 남자는 마음에 둔 그녀에게 가장 먼저 도착하고 싶다. 모터사이클 레이서 남자2호가 먼저 여자1호에게 갔다. 여자1호가 간절하게 기다렸던 남자다.

남자2호 :

오래 기다렸죠?

여자1호 :

뭐예요? 제가 선택하면 오는 거예요?

남자2호 :

아니요. 제가 선택해서 온 건데?

여자1호 :

아, 정말요?

둘은 통했고 그것을 안 순간은 마냥 좋다. 그러니 잠시 착각할 만한 상황일 수도 있겠다. 여자는 지금 행복하다.

> "아니 세상에 어떻게 이런 일이 ……. 이런 일이 난 없을 줄
> 알았거든요. 내가 좋아하는 사람이 나를 좋아한다는 건
> 생각을 좀 안 해 봤던 것 같아요."
>
> 여자1호(30세/회사원)

바닷가 해변에서 두 남녀는 그것만으로 행복했다. 그런데 또 한 남자가 여자1호에게 오고 있다. 자신을 옴짝달싹 못 하게 구속하는 여자가 이상형이라는 재무설계사 남자6호다. 두 남자와 한 여자가 밥을 먹었다.

> 남자6호:
>
> 남자2호 님은 여자1호 님 어떤 점 때문에 도시락 같이
> 먹으러 온 거예요?

> 남자2호:
>
> 솔직히 얘기하면 어젯밤 벌레 잡는 거 보고 오, 성격
> 괜찮은데 그리고 쓸데없는 내숭 인 떨 기 같고 …….

> 여자1호:
>
> 그럼, 남자6호 님은요?

남자6호 :

왠지 구속을 잘할 것 같아서요.

잘생긴 남자를 안 좋아한다는 여자1호에게 미남과 쾌남이 동시에 왔다. 여자 하나에 남자 둘. 삼각관계의 시작이다.

"남자6호 님하고 저하고 성향이 반대예요. 남자6호 님은 집착을 원하고 저는 집착이라는 것을 별로 좋아하지는 않아요. 그렇다고 방목을 좋아하는 건 아닌데, 저를 쥐지 않아도 저는 계속 그 안에 있을 사람이거든요."

남자2호(29세/모터사이클 레이서)

"한 분은 개방적인 걸 좋아하고 풀어 주는 걸 좋아하고, 한 분은 여자 친구가 좀 간섭해 주는 걸 좋아하고, 난 어떤 여자일까요? 관심은 남자2호한테 더 가는 거 같아요."

여자1호(30세/회사원)

그날 오후 여자1호는 남자2호가 '첫인상 선택'도 자기를 찜했다는 것을 알게 되었다. 그래서 그녀는 더욱 행복했다. 그런데 그날 밤 어처구니없는 일이 발생했다. 설거지를 하던 남자2호가 어이없게도 손목 혈관을 다친 것이다. 그릇이 떨어지면서 일어난 사고인데 상태가 예사롭지 않았다. 주요 시합을 앞둔 모터사이클 레이서에게 손목 상태는 매우 중요하다. 모든 것을 다 접고 절대 안정이 필요했다.

"어이없게 다쳤는데 하필이면 또 일하는 데 지장이 있는
부분을 다쳐서 저한테는 다음 주가 시합이라 손목을,
하필이면 오른손이라 손목을 비틀어야 하거든요. 저희는
팀이 움직이는 거라 저 하나 때문에 팀이 큰 영향을 받을
수 있거든요. 참 안타깝고 …… 아직까지 마음 전달이나
이런 것도 제대로 못 했는데 ……."

남자2호(29세/모터사이클 레이서)

정말 예상하지 못한 일이었다. 여자1호와 잘될 수도 있는데 그는
치료를 받기 위해 먼저 돌아가야 하다. 가장 많이 놀란 사람은 여
자2호였다. 그녀의 작별 인사는 몹시 슬퍼 보였다. 남자는 그렇게
떠났고 여자는 울었다.

"몰랐어요. 그 정도로 심각한 상황인 줄 몰랐고 그렇게 갈
정도까지의 상황인 줄은 정말 몰랐어요. 그래서 꽤
충격이었죠. 내가 설거지를 했어야 했어. 차라리 내가
손을 베고 내가 차라리 나갔다면 이렇게까진 안 그랬을
거예요. 아, 나 왜 이러지? 좋아하려고 하면 꼭 무슨 일이
벌어지고 ……. 사람을 좋아하면 안 되는 건가?"

여자1호(30세/회사원)

애정촌에서 남자를 구하는 일이 더 이상 여자1호에게 의미 없어 보인다. 그만큼 남자2호의 빈자리가 컸다. 인연이니 운명이니 하는 것들이 이런 것인가? 바람이 불고 간 자리, 여인은 울고 있다. 마음에 무슨 죄가 있는가? 그 사람을 좋아했을 뿐이다. 시간이 흐르면 다른 사랑이 기다릴 수도 있다. 그러나 지금 그녀는 떠난 남자를 생각할 뿐 다른 누군가를 보지 않는다.

> "나는 내가 약은 여자인 줄 알았어. 남자2호
> 직업(모터사이클 레이서) 아니야 이러면서 …… 사회에서도
> 쟤는 뭐가 안 되니까, 안 돼. 이렇게 계속 재고 따지고
> 하다가 애정촌까지 왔는데 ……. 지금은 남자2호 연봉이
> 십만 원이라도 하겠다."
>
> 여자1호(30세/회사원)

그렇다면 재무설계사 남자6호는 여자1호에게서 떠난 것일까? 그 여자는 집착이나 구속이란 말과는 거리가 멀어 보였다. 그리고 애정촌 사람들 모두에게 도중에 퇴소한 남자2호를 향한 마음을 보여 주었다. 그런 상황에서 남자6호는 여자1호를 떠나거나 아니면 분명하게 자신의 마음을 보여 주거나 할 것 같았다. 잘생긴 남자답게 그리고 바람둥이 남자처럼 말이다.

애정촌에서 사람 마음이 흔들리고 변하고 또 유혹하고 넘어오고 잊고 요동치고 난리 나는 것을 한두 번 본 것이 아니다. 사람이란 그런 것이고 사람 마음이란 간사하고 부박한 것이다. 애정촌에 밤이 찾아왔고 그들은 술잔을 기울이며 심리전을 전개하고 있다. 남녀의 마음은 그렇게 술잔 속에서 드러나고 감추어진다.

남자5호 :
여자1호 님은 남자2호 님 좋아했잖아요. 그런데 지금은 갔잖아요. 다른 분 혹시 있어요, 마음에 드는 분?

여자1호 :
저는 올인하면 그냥 쭉 가는 스타일이에요. 난 그렇지 않은 줄 알았어. 진짜 애정촌에서 나를 새롭게 봤다.

남자5호 :
남자6호 님, 밝혀 봐요. 지금 좋아하는 여자 몇 호예요?

남자6호 :
말하면 안 마셔도 되는 거예요?

남자5호 :
말하면 안 마셔도 되고, 말 안 하면 마셔 ……. 왜 말을 못 해?

남자6호 :
마실게요.

남자6호는 말하지 않았다. 그리고 벌주를 마셨다. 술김에 고백하고 가볍게 농담처럼 진심을 건네는 남자가 얼마나 흔했던가? 남자의 침묵이 그래서 인상적이었다. 남자6호가 자신의 마음을 감춘 이유는 무엇일까?

> "제 마음은 여자1호요. 남자2호가 어쩔 수 없는 일로
> 나가면서 여자1호한테 자기 마음을 워낙 크게 던져
> 주고 가서 그게 제가 좀 부담이 됐던 거 같아요. 솔직히
> 자존심이 상하잖아요. 경쟁 상대가 없어진 입장이잖아요.
> 뭔가 애정촌에서 제가 나서서 마음을 표현하면 이게
> 자꾸 비겁해지는 게 아닌가."
>
> 남자6호(31세/재무설계사)

그랬다. 그 마음 안다. 남자는 진정한 승부를 원한다. 남자2호가 떠나가지 않았다면 그 결과는 어땠을까? 좋아서 못 견딜 것 같은 사랑도 한 철이 지나면 변하고 시들고 만다. 남자2호와 여자1호의 관계도 애정촌에서 어떻게 변했을지 누가 알겠는가? 반전의 기회도 도전의 기회도 상실하고 그냥 속만 태우고 있을 것을 생각하니 남자6호가 측은해졌다. 떠난 남자와 남은 남자, 누가 더 고약한 날들을 보낼 것인가?

그런데 남자6호를 한결같이 바라보는 여자는 따로 있었다. 바로 여자2호다. 한때 증권 관련 일을 했고 지금은 꿈이 있는 백조라는 춘천 여자다. 여자2호의 이상형은 여자1호와는 반대로 잘생긴 남자다. 조각 같은 꽃미남을 그녀는 좋아한다. 그녀는 못생긴 남자는 다른 조건이 아무리 좋다 해도 끌리지 않는다. 여자2호가 마음을

둔 남자6호는 확실히 미남이라고 할 만한 외모다. 같은 남자가 봐도 배우 못지않다.

> "남자6호하고 식사를 하고 싶어요. 일단 첫 번째는 외모에 끌렸고요. 그다음에 자기소개 이후에는 금융권에 있는 것도 마음에 들어서 ……."
>
> 여자2호(31세/전 증권사 근무)

남자의 외모를 본다는 것이 처음에는 빈말이라 생각하고 대수롭지 않게 생각했다. 그런데 그녀의 순정이 빛나서 '한 번 더 특집'으로 그녀를 애정촌에 초대했을 때 알았다. 그녀가 또 꽃미남만 바라보고 다른 남자한테는 관심도 두지 않는 것을 보며 매우 놀랐다. 그녀에게 남자의 외모는 중요했다. 외모가 마음에 든다면 그녀는 또 변함없는 순정을 보여 줄 것이다. 그런 면모가 남자의 외모보다는 수입이나 학벌 같은 조건을 우선시하는 요즘 여성들의 세태와 참 다르다고 생각했다. 동굴에서 실시한 '운명의 끈' 선택에서도 여자2호는 남자6호와 이어지기를 바랐다. 그러나 끈을 잡아당겨 만난 상대는 경찰공무원 남자4호였다. 처음에는 여자2호의 표정과 말을 대수롭지 않게 지나쳤다. 그런데 남자6호에 대한 순정과 집착을 고려하고 보니 여자2호의 반응이 너무나 선명해서 놀라웠다. 좋아하면 여자 마음은 그렇게 솔직하게 표현될 수 있구나.

> "놀랐죠. 많이. 어! 어! 이거 뭔가? 첫 번째면서 제가 원했던 분과 데이트하게 됐는데 그냥 운이 좋았죠."
>
> 남자4호(34세/경찰공무원)

"그냥 한숨? 아, 운 되게 없다. 남자4호 님이 딱 나오는 순간 든 생각은 남자6호가 다른 여자와 만나느니 그냥 동굴에 혼자 있었으면 좋겠다. 그런 생각 들더라고요, 차라리 ……."

여자2호(31세/전 증권사 근무)

하지만 여자2호의 바람과 달리 남자6호는 여자3호가 잡아당긴 끈을 잡고 동굴에서 나왔다. 나는 여자3호의 매력이 남자6호의 마음을 흔들어 놓을 것을 기대하며 그 '랜덤 데이트' 결과에 만족했다. 그러나 남자6호와 여자3호의 해변 데이트는 울릉도 오징어처럼 건조했다. 역시 대단한 남자6호였다. 남자는 한결같이 여자1호를 바라보고 있다. 대단한 여자2호가 한결같이 남자6호만을 바라보고 있는 것처럼 …….

타인의 행동을
이해하지 못하는 것은
무심함 때문이다

여자들 마음이 어디로 가고 있는지 전혀 몰랐던 남자들에게 여자 마음을 알려 줄 때가 왔다. '도시락 선택'에서 여자2호는 남자6호에게 갔고, 남자6호가 바라던 여자1호는 다른 남자에게 갔다. 여자는 안도하고 남자는 실망했다.

여자2호 :

저, 올 줄 아예 몰랐죠?

남자6호 :

응, 전혀 몰랐어.

여자2호 :

진짜? 저 누구 좋아하는 줄 알았어요?

남자6호 :

여자2호 님은 말을 잘 안 하니까 전혀 모르고 있었어요.
안 바뀌고 그대로예요?

여자2호 :

난 처음부터 쭉 남자6호.

사랑의 물길은 사람 마음을 알면서 만들어진다. '도시락 선택'은
결정적인 순간이고 고도의 전략이고 집단 고백이다. 여자2호는 이
순간을 기다렸다. 남자6호가 처음으로 자신의 마음을 알게 되는
때를.

"저 깜짝 놀랐어요. 그때부터 저도 그 얘기를 듣고
고마워함과 동시에 여자2호는 어떤 분이지 생각하고

여자2호를 다시 자세히 보기 시작한 거 같아요."

남자6호(31세/재무설계사)

"남자6호가 처음에는 그냥 호감이었고요. 지금은 약간
설렘이고요. 앞으로는 좀 더 많이 알고 싶은 사람이에요"

여자2호(31세/전 증권사 근무)

세상 만물의 이치는 한 치 어긋남도 없이 맞물려 돌아간다. 여자2
호를 중심으로 보니 그녀의 행동이 다시 보이고 이해된다. 타인의
행동을 이해하지 못하는 것은 무심해서 그렇다. 처음부터 끝까지
다시 되짚어 보니 여자2호가 달리 보였고 그녀의 행동 하나하나
가 이해되었다. 첫 '도시락 선택'에서 그녀는 영화『봄날은 간다』
무대였던 강호순 할머니 집에서 남자를 기다렸다. 결국 아무도 오
지 않아 그녀는 혼자가 되었다. 그런데 할머니가 자꾸만 자고 가라
는 바람에 웃느라, 구수한 인정에 감탄해서 미처 그녀의 고독을 살
피지 못했다. 그때도 여자는 남자6호를 간절하게 기다렸다. 데이
트권을 걸고 여자들이 해변에서 씨름을 할 때도 여자2호는 온 힘
을 다했다. 결승에서 한 치 양보도 없이 해변에서 바다로 이어지는
격전을 치렀고 그만 아깝게 지고 말았다. 그녀는 남자6호와 데이
트하기 위해 그렇게 바닷속으로 몸을 던지며 명승부를 치른 것이
리라. 그녀의 간절한 소망은 마침내 이루어졌다. 데이트권을 건 시
(詩) 쓰기에서 여자2호는 남자6호를 향한 구애의 심정을 솔직하게
표현해 일등을 했다.

지은이 : 여자2호

제목 : 사랑의 시작은 고백에서부터

철썩철썩 파도가 때린다.

끼룩끼룩 갈매기가 비웃는다.

뻐끔뻐끔 물고기처럼 고백도 못 하냐고

하얀 모래처럼 내 머릿속은 하얗다.

고백하고 싶어 힘써 보지만 보기 좋게 내팽개치기

아, 안 되겠다. 희미한 이 마음으로 다가가야지.

두근두근 쿵쾅쿵쾅 내 마음 소리가 들리니?

널 구속할게 나만 바라봐 줘.

이보다 더 적극적인 구애가 있을까? 누구나 아는 표현으로 모두가 있는 자리에서 시를 낭독하여 남자6호를 향한 마음을 고백한 것이다. 자신을 옭아매는 여자가 좋다는 남자6호. 그 남자를 옭아매고 싶은 여자2호. 두 남녀는 해변으로 가서 첫 데이트를 했다.

"시간이 너무 빨리 가는 거예요. 오늘도 거의 대여섯 시간 데이트를 했잖아요. 근데 진짜 삼십 분처럼 짧게 느껴지는 거예요. 남자6호 님은 처음 느낌처럼, 지금도 설레고 좋은 사람이다. 내 첫 생각이 맞았구나, 그런 생각."

여자2호(31세/전 증권사 근무)

보고 만질 수 없는 사랑을

볼 수 있고 만질 수 있게 하고 싶은 외로움이

사람의 몸을 만들었다.

최인훈,《광장》중

사랑을 보고 만질 수 있다면 좋으련만 여자의 마음도 남자의 마음도 애달프다. 떠난 몸도 남은 몸도 마음을 고문한다. 사랑은 삼각형인데 어쩌란 말이냐? 새는 날아가고 앉을 곳은 어디 있는가? 애정촌 마지막 하루를 남기고 남자6호가 처음으로 여자를 불러냈다. 여자2호에게 미리 양해를 구하고 여자1호와 대화를 했다

남자6호 :

내가 여자1호 님이랑 이제 얘기를 해야 되겠다고 생각하는 그 밤에 남자2호가 갔잖아. 가면서 큰 걸 하나 던져 주고 갔지. 던지고 간 게 여자1호가 받아들이기에 너무 큰 것 같았어.

여자1호 :

나는 나를 좋아하는 사람한테 호감을 느끼는 편이거든. 근데 그중에 두 명이 있었는데 내가 봤을 때 남자6호는 계속 여러 사람을 알고 싶어 하고 …….

남자6호 :

여러 사람? 내가 누굴 알고 싶어 했는데? 내가 아까도 말했잖아. 나 지금 이렇게 누구 불러서 얘기하는 거 여자1호가 처음이야. 정말로 아무도 없어.

사람을 겉만 보고 판단하고 부정확한 이미지로 단정하며 우리는 소중한 사람을 그렇게 오해하고 살아갈지 모른다. 자기 마음을 자기도 모르면서 남의 마음을 아는 것은 더욱 어려울 수 있다. 여자1호의 마음은 애정촌 둘째 날 모터사이클 레이서 남자2호에게 묶

여 정지해 있다. 남자6호의 마음을 알게 된 것은 그로부터 나흘이 지난 애정촌 마지막 밤이었다.

남녀 마음은 서로 표현하기 전에는 잘 모른다. 자기를 꽉 옭아매다시피 사로잡는 여자를 좋아한다던 남자6호가 구속이나 집착과는 거리가 먼 여자1호에게 마음이 간 것은 사람 말이란 것이 얼마나 부질없는가를 보여 주는 듯하다. 백 마디 말보다 행동 하나가 중요하다. 남자6호는 여자1호의 천진난만하고 순수한 모습, 환하게 잘 웃고 예쁜 모습에 끌렸다고 했다. 지금도 말과는 달리 그 무엇인가에 꽂혀 인생을 약속하는 남녀가 얼마나 많은가? 사소한 것이든 중대한 것이든 남녀는 서로 통하면 걷잡을 수가 없다.

"남자6호가 저를 계속 선택하고 기다렸다고 하더라고요.
근데 전 진짜 전혀 몰랐거든요. 좀 놀랐어요. 여자2호도
남자6호 좋아하니까 제가 그 자리에 그렇게 껴서 그렇게
할 필요까지 없다고 생각했는데, 왠지 둘이서 한 번 밥을
먹었다면 아마 어떻게 변했을지 모르겠지만 기회가
없었다는 게 좀 아쉬웠던 것 같아요."

여자1호(30세/회사원)

남자2호에게 마음이 멈추어 있는 줄 알았던 여자1호가 의외의 답을 주고 있다. 남자6호가 조금만 더 일찍 마음을 표현했더라면 상황이 달라졌을 거라고 한다. 남자 여자 사이에 영원한 것이 어디 있으랴. 손 마주 잡고 목숨 걸고 한 열녀의 맹세도 동지섣달 외로움에 부서지고 무너지는 것이니 인간의 나약함을 탓할 수밖에. 남자6호가 바라보는 여자와 남자6호를 바라보는 여자. 두 여자의 화두는 지금 남자6호다.

여자2호 :

얘기하고 왔어?

여자1호 :

속 시원하게.

여자2호 :

좋았어?

여자1호 :

선입견을 버린다는 거.

여자2호 :

누가?

여자1호 :

내가.

여자2호 :

아, 어떤 선입견?

여자1호 :

나는 남자6호가 모든 여자에게 다 잘해 줄 것 같고
그랬는데 또 얘기해보니까 그렇지 않고 달랐던 모습이
맞구나.

여자2호 :

그렇지? 남자6호는 보면 볼수록 매력 있다.

처음과 끝이 똑같은 사람인 것 같아.

사랑은 늘 더 좋아하는 사람이 약자다. 여자2호는 연적일 수도 있는 여자1호의 마음보다는 말에 방점을 찍었다. 중요한 것은 그녀의 마음일 텐데 ……. 여자2호의 관심은 남자6호에 대한 정보다. 그의 행동 하나하나, 그의 말 한마디 한마디가 그녀에게는 완벽해 보인다. 둘 사이가 잘만 되면 그녀는 남자가 원하는 대로 완벽한 구속을 할 것도 같다는 생각을 해 본다.

"어제 얘기를 두 분이 나눴어요. 근데 솔직히 저는 못 물어 봤거든요. 궁금하긴 한데 그렇게 확인하고 싶진 않았어요."

여자2호(31세/전 증권사)

애정촌 여섯째 날 아침. 여자2호는 남자6호에게 아침 식사를 차려 주었다. 다른 남자들과는 다른 메뉴로 한 남자만을 위해.

남자6호 :

다른 사람들 다 밥 먹고 있어?

여자2호 :

아니, 다 토스트.

남자6호 :

아, 진짜로?

여자2호 :

응, 남자6호 님은 빵 싫다며? 밥 먹어야 된다며 …….

남자6호 :

진짜 혼자 만든 거야? 완전 감사하네.

여자2호 :

맛있게 먹어 줘서 감사해요.

이것이 여자2호의 마음이다. 남자가 꽃으로 보이니 내내 벌처럼 꽃 속에서 함께 있고 싶은 마음일까? 조용하고 드러나지 않아 촬영할 때는 몰랐는데 그 남자를 보는 그 여자의 눈이 정말 형형하게 빛나고 있다.

사랑아 너는 이리 오래 지워지지 않는 것이냐?

도종환, 「봉숭아」 중

사람을 좋아한다는 것은 때로 눈물겹도록 아름답고 슬프다. 구경꾼이 가장 정확하게 세상을 본다. 그 마음이 거짓이 아니기 때문에 그런 것이다. 사람이 순수하면 순수하게 세상을 본다. 그 사람이 제대로 된 짝을 만나기를 소망한다.

"제가 최선을 다하고 난 다음에는 아쉬움이 남지 않을 것 같고 그러기 위해서는 조금 더 노력을 해야 될 것 같아요.

뭘 하면 그분이 좋아할까, 계속 이런 생각 하고 있어요.”

여자2호(31세/전 증권사)

남자6호는 편지를 썼고 모두가 모인 자리에서 마음을 고백했다.

　“준비를 솔직히 못 했어요. 못 했는데 정말 제 마음을
　담은 것을 한 분한테 그 한 분한테만 보여 드리고
　싶습니다. 여자1호 님!”

여자2호의 마음이 아플지라도 …… 남자6호는 마음이 시키는 대
로 했다.

　“제 마음을 충분히는 아니지만 어느 정도는 전해 드렸다고
　생각하고 선택은 여자1호한테 맡길 거예요. 그리고 그
　선택에 대해 어떠한 원망이나 후회도 하지 않을 겁니다.”

　“어떻게 보면 여자2호한테는 좀 나쁜 날이 될 수 있었겠네요?”

　“아, 근데 여자2호가 아파하지 않았으면 좋겠어요,
　정말로.”

남자6호(31세/세무실세사)

　“남자6호가 나쁜 남자는 아니고 자기 감정에 솔직한
　분인 것 같아요. 제 감정도 중요하지만 상대방 마음도
　중요한 것 같아요 ……. 저는 약간 뭐 사랑을 받는다,
　이런 느낌보다는 사랑을 준다, 이런 연애가 더 많았던

것 같고요. 그래서 더 아팠던 것도 많아서 이제는 내가
좋아하는 사람이 아닌 나를 좋아해 주는 사람을 만나고
싶은데 그게 아직은 잘 안 되는 것 같아요.”

여자2호(31세/전 증권사 근무)

사랑은 날마다 조금씩 성장한다. 다만 눈치채지 못할 뿐이다. 결국
남자6호의 외사랑도 여자2호의 외사랑도 이루어지지 않았다. 여
자2호 그녀도 눈물을 보이고 말았다.

남자6호 :

저는 여기에서의 선택이 앞으로 남은 시간의 인연을
결정한다고 믿지 않아요. 하지만 처음부터 변하지 않았던
제 마음의 소신을 지키도록 하겠습니다.

여자1호 :

저의 혼란스러움 때문에 누군가에게 상처를 주고 싶지
않습니다. 그래서 저는 선택하지 않기로 결정했습니다.

여자2호 :

좋은 짝이 되어 드리진 못했지만 좋은 친구는 되어 드릴 수
있을 것 같아요. ‘최종 선택’은 하지 않도록 하겠습니다.

사랑의 내비게이션을 멈추고

백화점 임원 비서 여자3호. 그녀는 삼성중공업 다니는 남자3호가 좋다. 그런데 남자3호는 스포츠 아나운서 여자5호가 좋다. 여자3호는 늘 남자3호와 밥 한번 먹어 봤으면 했다. '첫인상 선택' 때도 첫 '도시락 선택' 때도 '랜덤 데이트' 때도 그녀의 바람은 이루어지지 않았다. 자기를 좋아하는 여자 또는 남자는 자기만 바라보는데 자신은 다른 여자 또는 남자를 바라보는 상황이 유독 애정촌 32기에는 많았다. 내 마음에 무슨 죄가 있는가? 여자3호도 결국 울고 말았다.

여자3호의 이상형이 나타났다. 삼성중공업 다니는 부산 출신 남자3호다. 친절하고 자상한 남자3호는 외모도 준수했다.

> "일단은 좀 어둡지 않고요. 밝고 제 얘기를 잘 들어 줄 수 있는 자상한 남자가 이상형으로 좋아요"
>
> 여자3호(25세/비서)

첫 '도시락 선택' 때 삼척이 낳은 마라토너 황영조의 동상 아래에서 여자3호는 남자3호가 오기를 기다렸다. 그러나 남자3호는 네 남자의 선택을 받은 여자5호에게 갔다. '첫인상 선택' 때 많은 남자가 여자3호를 지목했지만 '도시락 선택' 때는 아무도 오지 않았다. 우리가 살아가는 곳은 사람과 사람의 인연으로 기억된다. 그녀는 동상 속 황영조와 함께 쓸쓸히 밥을 먹었다. 아픈 장소는 오래도록 더 기억에 남는다.

"집 짓고 그런 거 로망 있거든요. 남자3호 님이 건축 쪽 한다고 해서 멋있다 그렇게 보고 있었어요. 입으로는 말 안 했고 머리로는 멋있다. 밥은 정말 한번 먹어 보고 싶긴 하거든요. 밥을 먹어 보고 싶은데 기회가 생기겠죠?"

　　　여자3호(25세/비서)

"지금은 여자5호. 본 지 얼마 안 돼서 서먹할 수 있잖아요. 근데 편하게 대해 주고 아무렇지도 않고 그런 게 참 좋거든요. 여자 쪽에서 애교도 부리고 그런 게 좋죠."

　　　남자3호(29세/회사원)

남자는 여자가 자신을 좋아한다는 사실을 모른다. 그는 첫 '도시락 선택' 때 여자5호에게 갔고 다른 세 남자와 경쟁을 벌였다. '도시락 선택' 이후에는 여자5호를 두고 두 남자의 경쟁이 본격적으로 전개되었다. '랜덤 데이트'는 운명의 끈 선택으로 정했다. 장소는 동굴. 삼척의 시골 마을에 있는 천연 동굴로 우리 프로그램에서 최초로 공개했다. 오래전부터 동굴에서 운명의 끈 선택을 하려고 벼르다가 동굴 상태가 좋지 않아 포기하곤 했는데 그곳은 참으로 절묘했다. 입구는 좁지만 안은 넓었다.

　　　여자와의 데이트냐? 동굴에서의 고독한 수행이냐? 남자들이 각자 끈 하나씩 잡고 동굴 안으로 들어가면 동굴 밖 여자들은 반대쪽 끈을 당겨 남자들을 꺼내 줄 것이다. 오늘 운수 사나운 남자 두 명과 여자 한 명은 데이트 기회가 없다. 여자의 구원을 받지 못한 두 남자는 데이트가 끝날 때까지 동굴 안에서 명상의 시간을 보내야 한다. 누가 악연이고 불운인지는 모른다. 한 치 앞도 모르고 웃는 것이 인생의 묘미다.

여자3호는 남자3호를 간절히 구하고 싶었지만 남자6호를 구했다. 둘 사이에는 아무런 감정 변화도 일어나지 않았다. 여자3호는 일편단심 남자3호만을 원하고, 남자3호는 여자5호를 간절히 기다리고, 남자6호는 여자1호를 원하고, 여자1호는 떠난 남자2호를 그리워하고, 여자2호는 남자6호를 원하고 ……. 동굴 안팎에서 남녀는 그렇게 엇갈리고 있다.

　　남자3호가 간절히 원했던 여자5호는 연적 남자1호를 구해 주었다. 비운의 주인공은 남자3호와 남자5호가 되었다. 동굴 안에서 메아리가 되어 들려오는 두 남자의 절규와 동굴 밖 웃음소리가 인생의 희비극을 말해 준다. 남의 불행은 나의 행복인가? 동굴에 남게 된 남자3호는 여자5호가 연적인 남자1호와 만난 것을 모른다. 남자3호가 동굴에 갇혀 온갖 상상, 공상, 망상을 하는 사이 남자1호와 여자5호는 곧바로 데이트를 떠났다.

　　　남자5호 :

　　자꾸 꼬이죠?

　　　남자3호 :

　　안 되네, 자꾸. 여자5호 왔으면 했는데 여자5호는 커녕
　　아무 여자도 …… 여자5호 님 누구랑 갔을까? 남자1호만

아니었으면 좋겠다. 그건 진짜 최악.

남자3호에게는 최악의 일이 일어났다. 반면 결과적인 일이지만 남자5호에게는 최선의 일이었다. 그렇게 비극적인 일도 파급 효과는 전혀 다르게 전개된다. 하지만 지금 두 남자는 외롭고 괴롭다. 동굴 안 두 남자는 그날 그렇게 그 옛날 곰이 인간이 되려고 인내한 것 이상으로 짝에 대해서 생각하고 또 생각하다 어둠이 내려올 때 하산했다. 남자3호는 연적 남자1호와 여자5호가 만나 데이트를 즐기고 있다는 것을 알고는 낙담했다. 끈 하나를 잘못 고른 죄로 남자3호는 고약한 하루를 보냈다. 여자5호를 두고 경쟁하는 동갑내기 두 남자의 하루가 이처럼 다르다. 남자3호는 입맛이 쓰고 남자1호는 입맛이 달다.

> "저 외국에서 오래 살아서 개방적이고 한국적인 거
> 싫어할 거라 생각하는 사람이 많은데 사실은
> 보수적이고요. 진짜 저는 여자한테 이벤트 한 번 해 본 적
> 없고 그런 일에 약해요. 아닌 척하면서 뒤에서 챙겨 주는
> 스타일이랄까? 부끄러워서요."
>
> 남자1호(29세/회사원)

> "제 입장에서는 하필 여자5호가 남자1호랑, 이런 거
> 생각하니까 너무 손해 보는 기분인 거예요. 동굴에 남게 된
> 남자5호랑 같이 우리 너무 많이 손해 보는 거 같다고 큰일
> 났다고 …… 빨리 뭐 해야겠다고."
>
> 남자3호(29세/회사원)

그런 남자3호가 여자5호를 위해 준비한 것은 노래다. 남자3호를 처음부터 바라보고 있는 여자3호는 마음이 쓰리다.

> "제가 이제 표현을 했으니까 제 입장에서는 좀 더 편해졌죠. 하여튼 제일 의미 깊은 날이었던 거 같아요. 뭔가 터닝 포인트."
>
> 남자3호(29세/회사원)

> "정말 너무 감사하죠. 남자3호 님이 얼마나 큰 용기를 냈을까. 솔직히 남자1호 님보다는 훨씬 편하고 말도 잘 통하고 답을 정확히 못 내리겠어요."
>
> 여자5호(27세/인터넷방송 아나운서)

> "멋있던데요, 기타 ……. 부럽거나 그러지는 않았는데 나와 식사라도 한 번 하고 난 다음에 그런 마음을 먹었으면 조금 달라질 수 있었을까? 내게는 전혀 기회가 없었던 거니까."
>
> 여자3호(25세/비서)

여자5호는 프러포즈를 받았고 남자3호는 주었다. 그러나 방으로 돌아온 그녀의 대화 중심에는 남자3호가 아닌 남자1호가 다시 있었다. 한 남자는 했고 한 남자는 안 했는데 여자는 아무것도 안 한 남자 얘기를 하고 있다. 그 상황을 지켜보던 여자3호가 조용히 방을 나갔다. 그리고 주방에서 요리를 하고 있는 남자3호에게 다가가 처음으로 자신의 마음을 털어놓았다.

여자3호 :

남자3호 님이 볼 때 여자5호가 더 나은 것 같아요?

남자3호 :

지금은.

여자3호 :

지금은? 내가 '첫인상 선택' 때부터 계속 남자3호 님을 봐
왔거든요. 한 번만 저를 생각해 볼 의지가 있을까요?
한 번 생각해 볼 수는 있잖아요.

여자의 고백이 요리하는 소리에 묻힌 탓일까? 남자3호는 요지부
동이다. 그저 열심히 여자5호를 위해 음식을 만드는 데만 집중할
뿐이다. 어제는 노래로 마음을 표현하더니 오늘은 음식이다. 여자
3호의 마음은 갈 곳을 잃었다.

> "내비게이션에다가 남자3호 님을 찍고 달리다가 갑자기
> 도로 중간에서 내비게이션이 딱 꺼지거나 고장 나 버린
> 기분? 지금은 진짜 공황 상태. 밥 한번 같이 먹고 조금 더
> 알아보고 싶다는 건데 이제 완전히 정말 여자5호 님에게만
> 집중하는 거 같으니까."
>
> 여자3호(25세/비서)

남자들이 좀 그렇다. 무조건 앞만 보고 달린다. 이제 여자의 마음
을 알려 주어야 할 때다. 다음 날 '도시락 선택'은 여자들이 하기로

했다. 여자3호는 가슴이 시키는 대로 하겠다며 남자3호를 선택했다. 그녀의 곁에 여자5호가 올 수도 있는 상황이다. 그러나 여자5호는 두 남자를 외면하고 뜻밖의 선택을 했다. 남자1호도 남자3호도 아닌, 평소에 별다른 교감이 없던 남자4호에게 갔다. 누가 봐도 전시용 선택이다.

"저는 솔직히 놀라고 약간 화도 났고요. 제 생각에는
 남자3호한테 갈 거라고 생각했는데 전혀 다른 분
 남자4호한테 가서 제가 좀 의구심이 들었죠."

　　　남자1호(29세/회사원)

"솔직히 말해서 남자3호 님은 정말 죄송하고 미안한데
 그냥 편한 동성 친구 같아요. 남자1호 님은 남자로서 정
 말 매력이 있고 끌리는데 딱 데이트할 때만 이런저런
 얘기를 하고 여기에 와서는 아무런 표현을 안 해요.
 오늘 제가 그런 태도, 남자4호 선택을 보인 건 제 불만에
 대한 표현이기도 했고."

　　　여자5호(27세/인터넷방송 아나운서)

"여자3호가 마음 가는 대로 왔다고 하니까 참 고맙고
 그래도 제 마음이 안 바뀔 거 같아서 더 미안한 게 있고."

"마음이 바뀌지 않을 거라고 생각하는 이유가 뭐예요?"

"원래 제 성격, 스타일이 좀 그런 게 있어요.
 한 번 딱 정하면 크게 이유도 없어요. 그냥 그래요."

　　　남자3호(29세/회사원)

"밥 한번 먹어 보자, 밥을 먹으니까 확실히 처음에
'첫인상 선택'에서 좋아서 남자3호랑 같이 밥을 먹어
보고 싶었는데 그게 그냥 집착이 아니었나. 그냥 밥 한번
꼭 먹어 보고 싶다는 그 집착. 생각했던 떨림이 있을 줄
알았는데 없어서 그걸 알게 된 시간이라 괜찮았던 거
같아요."

여자3호(25세/비서)

'도시락 선택'에서 네 남녀는 그렇게 마음이 오고 갔다. 누군가와
밥은 먹었지만 마음의 소리는 소화시키지 못했다. 그날 밤 여자5
호는 남자3호를 불러냈다.

여자5호 :

오늘 '도시락 선택' 때 내가 남자4호한테 갔잖아.

남자3호 :

남자4호를 선택한 것은 조금 의외였지.

여자5호 :

어떻게 보면 복합적인 이유가 있었거든. 솔직히 말하면
남자3호는 너무 고맙다. 너무 고맙고 잘 챙겨 주고 나
배려해 주고 고마운데 아직 이성에 대한 그런 거는 잘 못
느끼고 있어.

이성으로 끌리는 느낌은 없다는 최후 통첩. 남자3호는 기분이 좋

지 않다. 여자5호를 보고 달리던 남자3호의 내비게이션도 고장이
났다. 어찌할 것인가?

> "모르겠어요. 좀 공황 상태라서 생각을 정리해야 될 것
> 같아요. 여자5호한테 여전히 호감 있어요. 근데 만약에
> 여기서 갑자기 여자5호가 저한테 다시 잘해 준다고 해도
> 전처럼 그런 건 아닐 것 같아요. 그렇다고 다른 분한테
> 마음이 가는 건 아닌데 그래서 더 좀 공황상태. 네, 그래요."
>
> 남자3호(29세/삼성중공업 재직)

누구나 사랑을 찾다 어른이 되어 간다. 남자3호가 그렇다. 늘 생생
하게 활동하던 애정촌의 엔도르핀인 그가 잠만 자고 있다. 긴 잠을
자고 나면 그가 보는 세상은 좀 달라져 있을까? 사랑은 매우 불공
평하다. 목마른 자가 우물을 파야 한다. 다음 날, 여자5호가 웬일
인지 아침을 준비했다. 아침 식사를 받을 주인공은 남자1호다. '도
시락 선택' 때만 해도 여자는 두 남자에게 확신이 없다고 했다. 그
런 그녀를 움직인 것은 무엇일까? 그것은 지난밤 '나는 누구인가'
에서 남자1호가 들려 준 인생 이야기 때문이다. 역시 '나는 누구인
가'는 힘이 세다.

> 여자5호 :
>
> 확신이 없었는데 어제 본인이 말했잖아요. 뭐라고
> 표현해야 되지? 좋았거든요. 좋았고 어떤 그런 느낌을
> 받았어요.

"저는 연세가 많으신 아버님의 큰 아들로 태어났습니다.
부유한 편이었고요 어려움 없이 쭉 자라면서 미국
유학까지 다녀왔습니다. 그때까지는 그냥 앞만 보고
달렸고요. 그러다가 집에서 연락을 받았어요."

남자1호(29세/회사원), '나는 누구인가' 중

개인 사생활이라 방송에서 전부 공개하지는 않았지만 자기소개와
는 다른 인생의 깊이 때문에 '나는 누구인가'는 달라 보였다. 남자
1호도 그랬다. 그것으로 인해 여자5호의 마음이 더 움직였다. 남
자1호도 여자5호를 위해 최선을 다해 달렸고 데이트권을 획득했
다. 그들은 고기잡이배를 타고 마지막 데이트를 나갔다가 뱃멀미
만 하고 돌아왔다. 그들의 밀당에 잠깐 객으로 들어왔다가 천국과
지옥을 맛본 경찰 남자4호는 우왕좌왕하며 마음을 잡지 못했다.
그가 왕의 여자처럼 모시려고 하루 종일 대기시킨 리무진의 주인
공은 여자5호가 아닌 여자3호 차지가 되었다. 바라만 보다가 지친
남자와 여자는 둘이 만나 편한 친구가 되었다. 그들만의 위로 파티
를 위해 최고급 리무진이 움직였다. 짜릿한 감정 없는 무심한 남녀
를 싣고 리무진은 달렸다.

인생도 사랑도 럭비공처럼 어디로 튈지 알 수 없다. 여자3호의 짝
사랑은 결국 이루어지지 못했다. 애정촌에서 여자3호도 울고 말았
다. 남자3호는 여자5호를 향한 마음을 거두지 않았다. 반면, 남자1
호는 마지막 승부구가 필요했지만 돌진하지 않았다. 두 남자는 모
두 여자5호를 '최종 선택' 했다. 그러나 여자5호는 아무도 선택하
지 않았다.

"너무 어린 나이에 개원하고 일이 일을 만드는 거예요.
나는 대학만 가면 행복하겠지 했는데 대학 갔더니
더 많은 일이 있고 어느 정도 자리를 잡고 나니까
허탈했죠. 이러려고 내가 그렇게 뛰어왔나 생각도 들고
그리고 제가 결혼 적령기다 보니까 일이 아니라
결혼에서 행복을 더 찾아야 되는 건가 생각도 들고, 지금
허물 벗은 느낌이에요. 진짜 저는 그냥 스물아홉 살 여자로
돌아가서 원장도 아니고 뭐 잘난 딸도 아니고 ……."

여자4호(29세/한의사)

여자4호는 강남에 문을 연 한의원 원장이다. 키 174센티미터 미녀
한의사. 그런 그녀도 애정촌에 와서 울고 말았다. 패션 MD 남자5
호 때문이다. 남자5호는 부지런하고 자기 관리에 철저한 데다 잘
생기기까지 했다. '도시락 선택'에서 네 남자의 선택을 받은 여자
5호는 남자5호에게 호감이 있었다. 그러나 '도시락 선택' 후 그 남
자는 뒤도 돌아보지 않고 여자5호를 떠났다.

"여자5호는 제 스타일이 아닌 거 같아요. 말하는 게
저랑 안 맞는 거 같고 저는 별로 마음에 안 들었습니다.

여자3호는 웃을 때 눈이 예쁜 거 같아요."

남자5호(34세/회사원)

'도시락 선택' 후 남자5호는 비서 여자3호에게 관심을 표현했다. 여자3호를 불러냈고 호감이 있다는 표시로 손을 잡았다. 여자는 뿌리치지 않았다. 남자는 여자도 자기한테 호감이 있다고 생각했을지 모른다. 그러나 여자의 마음은 좀 달랐다.

"남자5호가 어떤 분인지 잘 모르겠는데 제 이상형하고는 정말 거리가 멀거든요. 전 그렇게 능수능란하게 손잡고 이런 거 별로 ……. 그냥 잡고 있긴 했지만 전 그런 거 별로 안 좋아해요. 차라리 정말 조심스럽게 오는 게 좋아요."

여자3호(25세/비서)

동굴에서 펼쳐진 '운명의 끈' 선택에서도 남자5호는 여자3호와 만나고 싶었다. 그러나 둘의 인연은 이어지지 않았다. 그는 동굴에 남았고, 한의사 여자4호도 제작진이 들고 있는 끈을 선택하는 바람에 데이트를 하지 못했다. 여자4호는 첫 '도시락 선택'에서도, '랜덤 데이트'에서도 패션 MD 남자5호를 원했었다. 그것을 남자는 모르고 있다. 여자4호에게도 남자5호에게도 오늘은 대단히 운수 나쁜 날이었다. 그런데 오히려 그것이 두 사람이 가까워지는 계기가 되었다. 모두들 데이트를 나갔을 때 둘은 일찍 애정촌으로 돌아와 동병상련의 심정으로 대화를 나눴다.

남자5호 :

여자4호 님은 누가 왔으면 했어요?
끈 당겼을 때 몇 호 말했어요?

여자4호 :

왜? 먼저 말해 봐요.

남자5호 :

하나, 둘, 셋 하면 같이 말할래요?

여자4호 :

네.

남자5호 :

하나, 둘, 셋!

여자4호 :

남자5호 님.

남자5호 :

…….

여자4호 :

뭐야? 아, 나 짜증 나.

남자5호 :

아!

어쩌다 고백해 버리고 말았다. 사랑은 고백으로 시작되는데 그만 마음을 들키고 말았다.

> "무척 좋았어요. 저는 저를 좋아해 주는 여자가 좋아요. 거기 동굴에서 제가 혼자 남았기 때문에 여자4호 님을 만난 거 같아요. 전화위복이 된 거 같아요."
>
> 남자5호(34세/회사원)

어쨌든 패션MD 남자5호는 솔직했다. 한의사 여자4호는 얼떨결에 이 남자에게 호감을 표시한 셈이 되었다. 사랑에서 여자는 좀 서툴고 남자는 꽤 능숙해 보인다.

> 남자5호 :
>
> 내가 솔직히 반했던 게 눈물 글썽이면서 말하는 거 나는 봤거든. 사람이 진실을 말하면 느낄 수 있는 거 같아.

> 여자4호 :
>
> 내가 눈물 글썽였구나.

지난밤 애정촌에서 그들은 진실 게임을 했다. 미녀 한의사 여자4호가 짝을 찾는 문제로 고민하는 솔직한 모습을 남자는 지켜보았다.

남자5호:

여자4호 님은 남자 몇 명 사귀어 봤어요?

여자4호:

두 명이요. 그러니까 저는 제 일 열심히 하는 사람이고 잘하는데 남자 복이 없어요, 진짜로. 내 인생에 정말 한 가지 모자란 부분이 그거예요. 짝. 나머지는 다 돼. 내 마음대로 다 되는데 그거 하나는 못해. 나는 정말 괜찮은 여자인데 …… 그래서 애정촌 나온 게 커요.

"이 사람이 정말 진실한 사람이구나. 정말 똑똑한 사람이구나. 그런 게 마음에 들었고요. 외모도 제 스타일에 가깝고 짧지만 강력한 느낌이 저에게 다가온 거 같아요."

남자5호(34세/회사원)

데이트권을 건 여자 씨름 결승에서 여자2호와 여자4호는 치열하게 겨루었다. 다 남자 때문이다. 무슨 여자들이 저렇게 억셀까 그때는 그렇게 생각했는데 돌아보고 그녀들의 마음속으로 들어가 보니 경쟁이 치열할 만했다. 그녀들의 마음속에 남자가 있었다. 결국 여자4호가 우승했고 그녀는 남자4호에게 데이트권을 사용했다. 여자4호가 남자5호에게 선물한 데이트는 이층 버스를 디고 동해안 국도를 달리는 것이었다. 세계 어느 곳과 견주어도 뒤지지 않을 아름다운 동해 해변을 스포츠카가 아닌 이층 버스를 타고 그들은 달렸다.

다르니까 끌리고
다르니까 맞춰 가는 거다

"너 뛰어가 봐. 내가 잡을게"

"하나, 둘, 셋. 간다!"

그들은 해변에서 '나 잡아 봐라' 놀이를 했다. 여주인공 한의사 여자4호가 달렸다. 남주인공 패션 MD 남자5호도 달렸다. 그렇게 올드 무비 한 편이 만들어지는데 …… 엔딩은 남자5호가 옷을 입은 채 바다로 뛰어들면서 완성되었다.

여자4호 :

왜 뛰어든 거야? 정말 너무 깜짝 놀랐어, 진짜.

남자5호 :

그냥 들어가고 싶었어. 물에 한 번도 안 들어갔잖아.
살아 있음을 느낀다, 진짜.

남자는 살아 있음을 느꼈다고 했다. 그런데 여자는 무엇을 느꼈을까? 여자는 나중에 돌아와 여자 방에서 하소연을 했다.

여자4호

사람이 사람을 좋아하면 대화를 해야 하는 거 아니야?
어떤 사람인지 알아봐야 되고 내 짝으로서 적합한 그런
사람인가 알아봐야 되는데. 어, 이거 뭐지? 이거 하자 저거
하자 그러니까 행동만 하고 대화는 하나도 없어. 바다
보면서 대화해도 되는데 달리기 하자 그러고, 업어 줄게
그러고, 막 안고 저기 위에 올라가 볼까 그러고, 나중엔
입수까지 했어요.

여자는 남자와 조곤조곤 대화를 못 나눈 것이 서운해 모락모락 의
심이 피어오를 태세다.

"남자5호 님이 솔직히 나이 어리지 않잖아요.
서른네 살이잖아요. 그러니까 짝을 만나러 왔으면 좀
더 검증하고 나한테 오히려 까다로운 질문도 하고 나를
검증해 봤으면 좋겠는데 그런 게 없어서 내가 인형처럼
희생된 느낌이었거든요. 그러니까 그냥 나 안 좋아하나?
이런 생각 들었어요. 진짜 솔직히 말해서."

여자4호(29세/한의사)

"진짜 오늘 최고의 하루를 보낸 것 같아요. 여자4호 님은
오늘 데이트를 무척 좋아했던 것 같아요. 여자4호 님도
저에 대한 감정이 크게 생기지 않았을까 ……. 그러니까
저희 둘은 이제 의심 없이 서로 다 좋아하게 된 것 같아요."

남자5호 (34세/회사원)

같은 장소에서 함께 시간을 보낸 후 여자는 화가 나 있고 남자는 신이 나 있다. 남자와 여자가 참 다르다. 동상이몽은 정확한 해석이 필요하다. 자신의 연애는 늪에 빠졌어도 남의 애정 문제에서는 족집게가 되는 때가 있다. 남자3호가 지금 그렇다.

여자4호 :

남자3호 님은 남자5호가 나를 좋아하는 게 진심이라고 생각해?

남자3호 :

응. 우리끼리 얘기 많이 하잖아.

여자4호 :

어떤 점에서?

남자3호 :

남자5호 님이 스타일 자체가 약간 좀 자유분방하고 가벼워 보이는 게 있긴 한데 ……

여자4호 :

남자들은 막 여자를 좋아한다, 그러면 그 여자에 대해 알아보고 싶고 궁금하지 않아?

남자3호 :

물어 보고 하지. 근데 …….

여자4호 :

천천히 알면 되지, 뭐 그런 건가?

남자3호 :

그게 아니라 막 그렇게 물어 보면 되게 진지해지잖아.
그러면 싫어할 것 같아.

여자4호 :

재밌게 해 주고 싶고?

남자3호 :

그런 게 더 많지. 기간이 긴 것도 아닌데. 특별히 나갔는데
그냥 같이 놀고 싶지.

여자4호 :

마음이 좀 컸나 봐, 그 사람에 대한. 마음이 크니까 조금만
행동해도 좀 그런 것 같아.

때마침 남자5호가 여자 방에 왔다. 여자4호가 이렇게 고민하는 줄
은 꿈도 못 꾸는 남자5호를 보고 여자1호가 대뜸 물었다.

여자1호 :

데이트 재미있었어요?

남자5호 :

재미있었어요. 최고의 데이트였어.

여자1호 :

좋겠다!

남자3호 :

좋겠다!

남자, 여자의 마음이 이리도 다른데 세상에서는 아무렇지도 않게 사랑이 잘도 이루어진다. 한의사 여자4호는 좀 순수하다. 화가 난 여자4호를 위해 남자3호는 진심으로 남자5호에게 조언해 주었다. 남자5호는 친구의 조언을 받아들여 여자4호와 대화를 했다.

남자는 좋을 때는 이유 없이 좋다. 내 여자니까. 그런데 여자는 좋을 때 이유가 있어야 한다. 자신이 그 남자의 여자일 수밖에 없는 이유. 그것을 폼 나게 말할 줄 아는 남자라야 자기 남자가 될 자격이 있다. 잘생기고 괜찮은 남자가 입이 얼어 여자에게 차이고, 아무렇게나 생긴 남자가 화려한 말발로 미녀를 유혹하는 것을 우리는 얼마나 자주 목격했던가! 자상하다는 것은 태도보다는 말이 결정적일 때가 많다. 말재주의 중요성을 종종 우리는 잊고 산다.

"제 기준에서 사랑이라는 감정은 그 사람이 무슨 색깔을 좋아하고 무슨 음식을 좋아한다고 해서 좋아하고 싫어하고 그런 감정이 생기는 게 아니라 저는 처음 봤을 때 제 느낌이 좋고 제가 좋으면 좋은 편이라서 그런 게 좀 다른 것 같아요. 그래도 많은 대화를 나눠야 되는 건 맞는 것 같아요."

남자5호(34세/회사원)

"남자5호는 가슴을 뛰게 하는 사람? 같이 있으면 가슴이 뛰고 좋고, 저는 진짜 사오십 대 가장의 마음으로 살던 이십 대였거든요. 그걸 다 벗어던지고 서로가 이름도 직업도 모르는 상태에서 처음 만났잖아요. 그런 순수한 상태에서 만난 것도 처음이고 그리고 전 지금 허물을 다 벗고 그냥 여자4호거든요. 그러니까 지금 이런 게 너무 신기하고 소중한 것 같아요."

여자4호(29세/한의사)

다르니까 끌리고 다르니까 서로 맞춰 가는 것이다. 남자는 여자를 재미있게 해 주려고 했고, 여자는 남자를 더 많이 알고 싶어 했다. 방향은 달라도 목표점은 같다. 그렇다면 가는 길이 조금 멀어도 결국 그들은 만날 것이다. 두 사람은 애정촌의 유일한 짝이 되었다. 짝이 되었다는 것은 지금 사랑이 시작되고 있다는 말이다. 사랑이 시작되면, 멈출 수가 없다.

나는
사랑을 통해
인간을
보았네

사랑을 통해 본 남자와 여자 그리고 사람에 대한 화두가 애정촌 천 일 동안 나를 따라다녔다. 우주 주머니 속 먼지 한 점 같은 존재들은 어떻게 만나 사랑하고 존재하는 것일까?

사랑을 완성하여 짝을 이룬 사람의 시초는 늘 황홀하고 달콤하다. 그때 남자와 여자의 모습을 추억 속 풍경이 아닌 현실 속 파노라마로 보면 거기 인간의 원초적인 모습이 있지 않을까? 살아 있는 생명체는 할 수 있는 한 최선을 다해 사랑을 한다. 인간도 예외가 아니다. 오히려 고도로 복잡하고 오묘하면서 지독한 리얼리즘이 전개된다. 애정촌 풍경을 극사실적으로 세팅한 것도 현실을 외면하지 않고 정직하게 현 시대의 사랑을 보려는 의도였다. 서로 모르는 남자와 여자가 애정촌에 모여 짝을 이루는 과정을 보면 너무나 자연스럽게 인간이 보인다. 그 모든 것은 사랑에서 시작되었다. 인생이 달콤하고 알싸한 것도, 사람이 풀잎처럼 흔들리는 것도, 상대방이 어느 날 위대하고 탐스러워 보이는 것도, 자신도 모르게 추락하고 취해 비틀거리는 것도 다 지랄 같은 사랑 때문이다.

인류의 가장 오래된 기억을 끄집어내 봐도 그 속에 사랑은 가장 탐욕스럽게 웅크리고 있다. 그리고 시시때때로 당신들은 왜 사랑하지 않느냐고 독사처럼 경고한다. 남자와 여자가 만나 사랑하는 과정이 복사꽃을 피우고 복숭아 한 알을 베어 물게 한다. 그토록 지독한 인간의 본능을 본 적이 있는가? 위대한 지성도 거룩한 선비도 빌어먹을 좀비도 어쩌면 그렇게 사랑의 본능은 평등하던가! 그 속에 내가 있고 네가 있다. 내가 잘 아는 남자는 이렇고 내가 잘 모르는 여자는 그렇다.

나는 천 일 동안 애정촌에서
사람을 보았고 인생을 보았다.

이 글은 애정촌을 꾸며 놓고 『짝』이라는 TV 프로그램을 삼 년 동안 만들면서 느꼈던 남자와 여자 그리고 인간에 대한 감상이다. 그렇다고 그 것을 심오하고 거창하게 받아들이는 것을 원하지는 않는다. 그것에 대해 너무 많은 의미를 두는 것 또한 경계한다. 그지 보고 느끼고 아는 만큼 풀어 놓았다. 일상의 번뇌와 고민을 모두 내려놓고 오직 사랑만 생각하고 짝을 찾는 공간, 애정촌. 그곳에서 삼 년 동안 60기에 이르는 출연자들을 촬영하고 방송하면서 보고 느낀 것이 결코 맹탕은 아닐 것이라고 믿는다.

애정촌에서 나는 사랑을 통해 인간을 보았다. 애정촌에 온 사람들은 사전 면접을 거쳐 저마다 이유가 있다고 판단하여 초청했다. 또 촬영하면서 출연자의 심성과 감정이 슬며시 드러날 때마다 그들의 인간적인 면모를 새롭게 발견했다. 인터뷰를 통해 그들의 마음 소리를 듣고 그들의 행동을 다시 보기도 했다. 편집 작업을 거치면서 그들의 행동과 생각을 입체적으로 조립하고 분석했다. 그렇게 공정하고 객관적인 입장에서 추리고 다듬은 결과만을 시청자에게 전달하려고 애썼다. 즉, 방송에서는 애정촌 구성원들의 가장 객관적인 모습을 보여 주고자 했다.

그러나 방송 후 모르던 사실이 드러나거나 방송 결과를 대하는 태도를 보면 사람은 또 다르게 보인다. 그렇게 나는 조심스럽게 사람을 알아갔다.

'사랑이 무엇일까?'보다는 '사랑 앞에 남자와 여자는
왜 그럴까?' 하는 것에 더 관심이 갔고
인간의 심리와 행동에 더 초점이 맞춰졌다.

겉으로 보이는 모습과 행동을 넘어 인간의 내면 언저리를 공부하는 데 삼 년은 턱없이 짧은 기간이었고 그래서 좀 더 오래 프로그램을 제작하고 싶었다. 그러나 이제 프로그램이 종영되어, 오대양 육대주 다른 나라 다른 인종은 어떻게 행동할지 살펴볼 기회를 잃어 아쉽다.

『짝』을 만드는 동안 6천 명이 넘는 남녀를 면접해 677명의 출연자가 애정촌을 다녀갔다. 돌아보면 아찔한 순간도 많았고 희열에 가득 찬 순간도 많았다. 그러면서 또 사람에게 실망하고 사람에게 감동을 받았다. 사람을 아는 것은 정녕 신의 영역인가? 도대체 얼마나 많은 사람을 만나봐야 사람을 안다 할 것인가? 애정촌에 신의 눈은 존재하지 않는다. 불완전한 인간의 눈이 애정촌을 응시할 뿐이다. 인생에도 사랑에도 정답은 없다. 끝을 알 수 없기에 달리고 또 달렸다. 그렇게 힘껏 달리는 삶은 실수를 해도 용서받을 수 있고 실패를 해도 후회하지 않는다. 그것이 인생이고 세상살이다.

애정촌의 탄생과 성장 그리고 소멸을 통해 나는 인생의 희로애락을 폭풍처럼 겪었다. 심신이 건강한 수백 명의 남녀를 초대해 애정촌의 경험을 소중한 추억으로 공유하도록 했다. 짝을 찾으러 애정촌에 온 그들이 사랑 때문에 울고 웃을 때 내 인생에도 태풍이 몰아쳤다. 수많은 불면의 밤이 있었고 연중무휴의 혹독한 노동이 있었다. 그러다 보니 해가 뜰 때 잠이 들어 늦은 오전에 깨어나는 습관이 생기기도 했다. 눈을 뜨면 애정촌이고, 눈을 감으면 집이었다. 제 몸이 동강나는 줄도 모르고 만신창이가 되도록 그렇게 애정촌을 가꾸었다. 재미있고 정직하고 공정한 방송을 만들기 위해 하늘을 우러러 한 점 부끄럼 없이 일했다.

그런데 삼 년 동안 엄청난 고통과 땀으로 일군 애정촌이 이렇게 어이없이 파괴될 줄은 상상도 못 했다. 그날 아침, 인생 한 치 앞도 알지 못하고 나는 웃고 있었다. 기자의 전화 한 통에 악몽은 시작되었다. 머리에 가장 먼저 떠오른 것은 애정촌에 뼈와 살을 묻다시피 하며 일하는 스태프들의 얼굴이었다. 이들 중에는 『짝』으로 방송에 입문하여 몇 년 동안 몸 바쳐 일하는 후배 피디들이 한둘이 아니다. 그날만 인터넷에서 1천 5백 개가 넘는 기사들이 『짝』을 짓이기고 있었다. 내막을 잘 알지도 못하면서 그리고 단 한 번이라도 프로그램을 보지 않은 사람들이 마녀 사냥하듯 돌을 던지며 프로그램을 매도했다. 나에게 발생한 일은 내가 가장 잘 아는 법이다. 그것을 다루는 언론의 교묘함과 뻔뻔함을 대하면서 나는 절망하고 분노했다. 모두가 사랑하며 짝을 찾고 '나'를 찾자고 한 애정촌은 그렇게 순식간에 일그러졌다. 과정이 나빠도 끝이 좋으면 행복할 수 있다지만 애정촌의 끝은 왜 이토록 잔인하단 말인가? 애정촌의 황홀한 추억들도 미래를 위한 꿈도 한순간에 다 사라지고 말았다.

인간의 삶과 프로그램의 운명은 묘하게 닮아 있다. 삶은 탄생하면서 시작되고 죽음으로 끝이 난다. 그 살아가는 과정 곳곳에 고비가 있고 반전이 있다. 햇볕과 비바람을 맞으며 과일이 익어 가듯 인생은 세월을 견디며 풍성해진다. 『짝』이란 프로그램은 그것을 보고자 했던 것이다. 그 기회가 사라지고 더 이상 그런 애정촌 세상을 대한민국에서는 꿈꿀 수 없다는 것이 애통하다.

> 인생은 결과가 아닌 과정에 진실이 있다.
> 그래서 애정촌은 결과가 아닌 그 과정을 중요하게 본다.
> 사랑을 찾아가는 과정 속에 보이는 인간적인 모습이 결국
> 사랑이고 삶의 본질이다.

『짝』은 짝 찾기의 재미만 쫓다가 일회용 소모품으로 전락하지는 않았다고 자부한다. 애정촌에서는 생활이 보이고 사람이 보이고 인생이 보인다. 애정촌 천 일 동안 남녀의 만남을 지켜본 경험은 소중하다. 그들

이 보여 준 연애 심리와 행동은 지금 오늘을 살아가는 대한민국 남녀를 대상으로 얻어 낸 실제 자료인 만큼 그 가치가 상당하다. 그것은 연구자들이 감히 시도해 보지 못한 인간 심리와 행동에 대한 방대한 보고서가 될지도 모른다.

하지만 그것을 완성하는 것은 불가능하고 불완전하고 무모하다는 것을 알고 있다. 귀납적 결론에 이르려면 더 무수한 사실이 쌓이고 쌓여 거대한 퇴적층을 이루어야 한다. 지금은 그저 남자와 여자 그리고 인간에 대한 주관적이고 감상적인 말들만 넋두리처럼 할 수밖에 없다. 다만 애정촌의 시간을 곱씹으며 이해와 공감을 구할 뿐 그 이상도 이하도 아니다.

대한민국에서 애정촌은 멈추었지만 '인간의 사랑'에 대한 화두는 영원히 인류를 지배할 것이다. 애정촌 천 일 동안 고된 노동이었지만 황홀한 꿈을 꾸었고 진정으로 행복했다. 아무도 가지 않은 길을 갔다는 이유만으로 애정촌 동산에서 보낸 시간은 아름다웠다. 삼 년 동안 애정촌을 함께 일군 동료들, 용기를 내 애정촌에 출연한 사람들, 그리고 수요일 밤마다 애정촌을 사랑해 준 시청자들이 눈물겹도록 고맙다.

SBS 『짝』
출연자에게 묻다!
나에게
'애정촌'이란?

아래 내용은 SBS 『짝』 기획연출자 남규홍 PD가 출연자들에게 보낸 질문에 대한 답변이다. 답변은 출연자들의 솔직한 의견을 살리고자 최소한의 교정만 보고 원문 그대로 게재하였다.

융합 / A+B=C / A+B=A+

애정촌 1기 남자2호 이승배 님

애정촌이란 뭐라 정의할 수 없는 정말 가 본 사람들만 느낄 수 있는 묘한 곳 같아요. 누가 강요하지 않아도 그 상황에 놓이면 본능적으로 집중해서 몰입하게 돼요 ㅎㅎ 다녀와서 누군가 만나는 것에 대한 생각도 깊어지고 ……, 또 같이 생활했던 좋은 사람들을 알게 된 것도 감사한 일이에요! 무척 좋은 추억으로 남아 있답니다! 애정촌을 생각하니 엄청 추웠던 그때가 생각이 나네요!

애정촌 1기 여자5호 민현아 님

짝은 가까이에서 인생을 함께하는 관계라고 생각합니다. 이는 이성뿐만 아니라 동성 간의 우정도 아우를 것이고요. 나에게 애정촌은 그곳이 아니었다면 만날 수 없었던 특별한 짝(친구, 형, 동생)을 알게 된 곳입니다.

애정촌 1기 남자7호 노덕명 님

지금 지혜랑 결혼해서 잘 살고 있는 태양입니다. 애정촌은 제 인생을 바꿔 준 곳이었어요. 인연은 하늘에서 정해 주는 것도 있겠지만 노력으로 만들 수도 있다는 것을 알게 된 곳이었습니다. 이제 결혼 1주년이 다 되어 가는데 가끔 처음 그곳에서 만났을 때가 떠오르네요.

애정촌 2기 남자1호 남궁태양 님

잊히고 있던 좋은 추억이었는데, 문자를 보고 떠올려 보니 아직도 가슴이 설레는 느낌이네요. 꼭 소풍 전날 같은 애정촌이었습니다.

애정촌 3기 남자4호 박찬희 님

야구 시즌이라 그런지, 저에게 애정촌은 9회 말 2아웃이었습니다.^^

애정촌 5기 남자1호 윤광진 님

저에게 애정촌은 ㅎ 정말로 ㅇ 짝을 찾아 소중한 가정을 꾸리고 지금은 아기 도 낳아서 행복을 만들어 준 소중한 곳이죠. 평생 기억하며 살겠죠. 좋은 추 억이자 나중에 아가한테도 데리고 가서 보여 주고 싶고요~

애정촌 7기 남자2호 조용진 님

애정촌이란 겨울을 봄으로 바꿔 준 곳이라고 할 수 있겠네요.^^

애정촌 7기 여자3호 김진이 님

저한테 애정촌은 풍선이었습니다. 기대에 부풀어 도전했으나, 결국에는 욕 심에 터져 버린 ……. 덕분에 제 주변 사람들도 많이 놀랐죠. 뭐랄까 저와는 잘 맞지 않는 방송이었다고 생각합니다. 지금 생각해 보면 출연하기 전에 방송을 보면서 몇몇 좋아 보이는 여자 출연자들을 보고 출연을 결심했던 것 같아요. 그러면서 놓친 부분이, 출연 후 일상생활에서 겪게 될 변화였는데 요, 워낙 남들에게 평가받기를 싫어하는 저로서는 이후 사람들을 만나는 것 이 곤욕이었습니다.

애정촌 7기 남자3호 피재성 님

새로운 세상이었던 공간. 이름조차 잊고서 나를 버리고 아니, 잠시 나를 잊 고서 이 세상, 이 공간에 이 사람밖에 없다고 느끼며 세상 다른 생각들은 잠시 접어 두고 누군가에게 모든 신경을 집중했던 시간. 내 이름이 불리지 않으니 지금까지의 나를 잊고 행동하게 되었던 경험이었다. '1호 님, 1호야~' 새로운 자아의 경험, 좋은 추억 감사합니다!

애정촌 8기 여자1호 김주희 님

애정촌을 통해 제가 세상에 비췄지만, 사람들의 반응을 통해 저를 볼 수 있었어요. 청찬과 질타를 둘 다 받으며 한 단계 성숙할 수 있었어요. 저로서는 인생의 좋은 기회가 된 시간이었어요.

애정촌 8기 남자7호 한수일 님

애정촌은 사랑이 어려운 사람에게 그 이유를 적나라하게 꼬집어 준 곳. 제삼자의 시각으로 모니터링되고 해석되고 여론을 통해 피드백 받고 …… 그로 인해 제가 생각했던 '짝'의 조건을 확 깨 버린 충격적인 곳이었어요. 여태껏 이상형이라고 정해 놓은 것들이 아이러니하게도 그동안 내 짝, 인연을 찾는 걸 방해하고 있었나? 그런 생각이 들었거든요. (지금 남편, 진짜 제 이상형과는 완전히 반대인데 연애하고 같이 살아 보니 너무 좋아요 ㅎㅎ 소개팅이나 밖에서 만났다면 서로 눈길도 주지 않았을 거예요.) 요새 집에서 애 키우느라 TV도 잘 못 보고 외부와의 소통도 ㅎㅎ 적어지다 보니, 제가 애정촌에서 지금의 남편을 어떤 마음으로 만났었는지조차 가물가물하네요. 처음에 '애정촌이란?' 질문을 받았을 때는 '내 인생의 족쇄 ㅋㅋ'라고 할 뻔했어요.

애정초 8기 여자2호 성지애 님

아직도 그때를 생각하면 뭔가 멍해지는 듯하네요 ㅋㅋㅋ 애정촌은 저에게 마법 같은 추억을 준 곳이죠. 단시간에^^

애정촌 8기 남자4호 이명득 님

애정촌이란? ㅎ '새로운 시작'이요 ㅎㅎ

애정촌 10기 여자1호 신채빈 님

저에게 『짝』이란 '새로운 인연의 무게를 잴 때 반대편에 올려놓았던 불필요한 짝사랑의 무게 추를 내려놓을 수 있었던 계기'입니다. 그전까지는 새로운 인연을 짝사랑의 그녀와 비교하고 거절하느라 짝을 만나지 못했거든요. 짝사랑하던 그녀가 아닌 다른 사람에게서 설렘과 질투를 느끼는 순간, 비로소 짝사랑을 잊을 수 있었어요.

애정촌 10기 남자4호 장건우 님

나 자신에 대한 내면을 집중해서 들여다볼 수 있게 해 준 곳! 내 성격, 행동, 이성을 대하는 방식, 말투를 깨닫게 해 준 곳! 이성을 볼 때 나 자신을 한층 더 성숙하게 바라보게끔 만들어 준 곳!

애정촌 12기 여자2호 하숙현 님

'애정촌', 다시 들으니 만감이 교차합니다. 참 할 말이 많은 곳이기도 하고요. 나가기만 하면 장가가는 줄 알았습니다!^^ 파라다이스이기도 했고, 서로 가면을 쓴 가장무도회이기도 했고, '인간시장'이기도 했습니다. 또 애정촌(愛情村, 애정 ① 사랑하는 마음 ② 남녀 사이에 그리워하는 정)에서 애정촌(哀情村, 애정, 불쌍하게 여기는 마음)의 마을로 바뀐 곳입니다.

애정촌 13기 남자6호 권순일 님

짝 칠 일은 작은 집단에서 큰 세상의 본성을 알게 된 일주일이었습니다. 우리가 복잡한 사회에서 깨닫지 못하고 느끼지 못했던 인간 본연의 모습을 다시 찾게 해 준 애정촌이었습니다. 타인을 통해 오롯이 비추어진 내 모습도 찾을 수 있었던 시간. 잠시나마 현실을 떠나 본능에 충실해 보니 떠나온 그곳으로 다시 돌아가기가 두려웠던 곳^^ 가족과도 온전히 그런 시간을 함께할 수 없었는데, 값진 경험이었습니다.

애정촌 13기 남자7호 염정필 님

애정촌은 제게 운명이었습니다. 모든 것은 하늘의 뜻이었고요.~

애정촌 14기 남자1호 민은서 님

애정촌은 9와 4분의 3 승강장 같아요. 그곳에서 꿈같은 시간을 보냈죠. 이제 그 승강장 입구는 사라졌지만 그때를 떠올리면 진짜였을까 싶고, 그립네요! ㅎㅎ

애정촌 15기 여3호 윤종은 님

애 - 애간장 태우고,

정 - 정말 뭐라고 표현도 못 하고 망설이고,

촌 - 촌각을 다투면서 일주일 동안 상대방 마음을 알기 위해, 얻기 위해
   최선을 다했던 곳, 뜨거운 심장이 뛰었던 곳.

그곳이 바로 제가 있었던 애정촌이었습니다.

애정촌 15기 남자6호 최금탁 님

애정촌이란 사랑의 마력이 있는 곳이라고 생각해요. 다들 큐피드 화살이라
도 맞은 듯이 한 가지만 생각하게 되는 것 같아서요 ㅎㅎ 저에게 애정촌은
신세계였어요. 출연하면서 다양한 분야의 사람들을 만나고 많은 경험을 했
기 때문입니다 ㅋ.

애정촌 16기 여자3호 우명희 님

제 인생을 되돌아보는 계기가 되었고, 촬영하는 동안에 있었던 수많은 일들
은 앞으로도 살면서 계속 생각날 것 같습니다.

애정촌 17기 남자2호 최원일

애정촌은 제게 인생 최고의 이벤트였고 잊을 수 없는 추억이었습니다.

애정촌 19기 남자3호 엄지만 님

애정촌이란? 웃고, 즐겁고, 뜻깊은 추억을 남길 수 있게 생활하는 처총(처
녀, 총각)들의 보금자리. 이성에게 나를 마음껏 표현할 수 있는 곳이고 좋은
친구, 아름다운 사람, 사랑하는 사람을 만나는 기회의 보금자리였습니다.

애정촌 19기 남자4호 이상훈 님

그때의 아름답던 추억이 벌써 십 년 전 얘기가 되었네요. 돌이켜 생각해 보
니 그때는 몰랐는데, 애정촌이란 존재는 저에게 아름다운 젊음이 있었던 주
억의 세월로 돌아가게 해 준 타임머신이었습니다. 힘들고 지치던 일상 속에
서 항상 애정촌을 떠올리면 추웠던 겨울이었음에도 불구하고 그때의 따스
함과 아름다운 추억이 가슴 뭉클하게 해주니까요. 정말 해피한 그 시간을
영원히 간직하게 해 준 애정촌이 저에겐 타임머신 같은 존재였네요^^*

애정촌 19기 남자5호 남화민 님

애정촌이란 …… 저에겐 아주 오랜만에 설렘이라는 감정을 느낄 수 있었던 곳이기도 하고, 나도 누군가의 사랑을 받을 수 있는 사람이구나 라는 걸 느껴댑니다. 삼십 평생을 솔로로 살아오면서 남자에겐 사랑을 못 받는 사람인 줄 알았거든요 ㅋㅋ 저에게 정말 뜻깊고 소중한 추억이었답니다!

애정촌 20기 여자1호 조아라 님

특별한 추억과 배움을 준 곳.

애정촌 21기 여자4호 김민영 님

애정촌에서 칠 일은 저에겐 칠 년과 같았지요. 희로애락이 있는 단절된 세상. 그곳에서 새로운 삶에 대한 자신감을 가지게 되었습니다. 영화 『트루먼 쇼』처럼 주인공이 세상의 탈출구를 찾는 것이 아니라 그 반대편 무지개 너머의 생각만 하던 세상 같은 곳. 지금은 더 이상 아무도 찾지 못하게 봉인된, 가 본 자들만이 기억하는 고대 유적지 같은 곳. 언젠가 다시 진실성을 가진 자들에게 문을 열어 상처받은 자들의 치유 공간이 되었으면 합니다.

애정촌 21기 남자5호 김인수 님

저에게 애정촌은 '교감과 교란이 넘치는 애정의 왕국'이었습니다! 인생에서 가장 뜨거운 일주일을 보내게 해 주신 선배님께 다시 한 번 감사드립니다!

애정촌 22기 남자3호 이현동 님

애정촌은 제게 '희로애락' 그 자체였어요. 일주일 동안 모든 감정을 다 느끼고 나를 돌아보았던 뜻깊은 추억으로 가득 찬 곳이랍니다.

애정촌 24기 여자6호 임영미 님

저에게 애정촌은 몰래카메라입니다. 방송이라는 방패 뒤에 숨어 있는 진실을 끄집어내는 몰래카메라!

애정촌 26기 여자5호 심유정 님

애정촌은 저에게 인간관계에서 '스쳐 가야 할 사람'과 '인연이라는 운명으로 닿아 있는 사람'을 다시 보게 해 준 눈이라고나 할까요? 서른 살 저를 재정립하도록 큰 틀과 좋은 계기를 만들어 주었습니다. 덕분에 저는 '나와 인연으로 닿아 있는 사람들, 모든 것들'에 더 큰 소중함과 감사함을 느끼며 살고 있어요. 또 삶의 순간순간을 소중히 여기고 '나'의 감각, 감정, 나의 많은 것들을 믿고 사랑하게 되었습니다. '꽤 괜찮은 삶이었다 싶을 그런 삶의 일부분'으로 기억하겠습니다.

애정촌 28기 여자4호 권신홍 님

일주일간 스물네 시간 촬영한 것을 시청자들이 알 리 없고, 그것이 방송 2회분량으로 나오기 위해 얼마나 많이 편집되었는지 시청자들은 모른다. …… 많은 악플에 시달린 출연자 중 한 명으로서 『짝』 출연 이후 많은 것을 느꼈는데, 그중 하나가 언제나 솔직해야 한다는 것이었다. …… 시청자들 눈에 보인 시간은 겨우 두 시간이지만 촬영 기간은 일주일이었기 때문에 나는 악플에도 그다지 상처받지 않고, 호의적인 글에도 으쓱하지 않을 수 있었던 것 같다. 모두들 아주 잠깐의 내 모습을 보고 판단한 것이니까. 그리고 무엇보다 대중의 호감도, 대중의 미움도 그저 순간일 뿐이라는 것. 출연 이후, 오래전 연락이 끊겼던 사람들로부터 연락도 받고, 한동안 어디를 가든 질문 세례를 받는 등 많은 사람과 교류가 있었다. 화면에 비친 나의 낯선 모습을 보며 스스로를 성찰하는 시간을 가질 수 있었고, 아주 잠깐의 나의 언행들로 호되게 평가받고 나니, 내가 속으로 생각하는 것도 중요하지만 남들 눈에 비치는 모습 역시 중요하다는 것을 깨닫게 되었다. …… 일상에서 벗어나 다른 사람들과 환경을 경험한다는 것이 얼마나 중요한지를 느꼈다. 거기서 배운 것들을 토대로 나는 지금 매일매일 내 주변 사람들과의 관계를 돌아보며 살아가고 있다.

애정촌 30기 여자1호 이규선 님

저에게 애정촌은 세상과 소통이었습니다. 애정촌을 통해 절 표현할 수 있었고 만남이 이루어졌고 방송으로 시청자들에게 저를 알리는 하나의 매개체였습니다. 삼십일 년 동안 회사, 집, 친구, 학교 말고 또 다른 세상과 이어지는 통로였다고 생각합니다.

애정촌 30기 남자7호 류혁 님

애정촌이란 2010년을 살던 '평범한 대한민국 남녀들이 짝을 찾는 과정을 지켜보면서 나를 새롭게 발견하고 TV 속 출연자들의 입장에 서 보는 프로그램' 같습니다. 누구에게나 중요한 화두인 '사랑은 무엇인가, 나는 어떤 반려자를 원하는가'에 대해 생각하게 합니다. 그래서 초반에 다양한 성격을 가진 사람들을 보면서 감정이입을 할 수 있었습니다. 후반에는 어느 정도 정형화된 자기 홍보의 모습이 많이 보여 감정이입이 어려웠습니다만, 저에게 애정촌은 좋아하는 심리학 테스트이자 내가 진짜 원하는 것 그리고 배우자에게 내가 기대하는 것을 생각해 볼 수 있는 시간이었습니다. 세상과의 소통은 덤이고요. ㅎ

애정촌 31기 남자1호 권효상 님

애정촌을 요즘 스타일로 정의하자면 '너와 나의 연결고리' ㅎㅎ 결혼한 뒤 부부싸움을 할 땐 애정촌 탓을 했죠 ㅎㅎㅎ 애정촌을 한마디로 하면 '마시멜로'가 좋겠어요. 처음에는 달콤함에 끌려 먹고 난 뒤 양치질을 잘한 이들에겐 만족스러울 테고, 관리를 못 한 이들에겐 썩은 이가 생겨 먹은 걸 후회할 수도 있죠. 어느 누구에게나 애정촌은 달콤한 설렘이었을 거예요. 그 안에서 혹은 그 후 어떻게 하느냐에 따라 각자 달라지지 않을까요?

애정촌 31기 여자3호 박시원 님

애정촌은 '연애라는 감정을 통한 자기 성찰의 기회'라고 생각합니다. 마음에 드는 짝을 찾아가는 과정에서 나의 장단점을 발견하게 됩니다. 그리고 조금 더 확장하면 '나에게 연애란 무엇인가?' 하고 생각하게 됩니다. 정말 연애를 해야 하는가? 결혼은 꼭 해야 하는가? 정말 내가 원하는 삶은 무엇일까? 그리고 그 안에서 연애, 결혼은 어떤 의미가 있는가? 그런 고민을 하게 된 계기가 되었습니다. 지금도 내내 이어지고 있지만요^^ 저에게 애정촌은 이러한 경험이자 고민의 기폭제였습니다.

애정촌 31기 남자3호 이웅준 님

애정촌은, 솔직한 대답은 앞으로 두고두고 후손들에게 재미를 선사할 기록을 남긴 곳 ㅎㅎ 그리고 제 내면을 들여다볼 수 있었어요. 내가 생각했던 것보다 훨씬 모순투성이구나, 그런 생각을 했죠. ㅎㅎ

애정촌 31기 여자4호 유미 님

애정촌에서 사회적인 나를 벗고 감정에만 충실했던 귀한 시간이었어요.

세상 사리사욕 다 잊고 사랑에만 집중할 수 있었던 시간과 공간. 사랑을 찾으며 나 자신도 돌아볼 수 있었던 시간. 애정촌은 사랑입니다~^^

애정촌이란? 긴장의 끈을 놓을 수 없는 곳. 내게 애정촌은? 나를 한 단계 더 성숙시킨 곳^^

애정촌은 나 스스로 '상남자'임을 깨닫게 해 준 곳이다.

저는 악플 때문에 한동안 힘들었지만 지금 기억으로는 잊지 못할 추억이고 자신을 돌아볼 수 있었던 기회였어요. 남녀의 만남에서 처음으로 용기 내어 다가가 볼 수 있었던 시간이었고요.

애정촌 …… 바빠 살아가는 메마른 이곳에 사랑이라는 오아시스?

이제는 결혼도 하고 금쪽같은 자식도 있지만 두 해가 지난 지금도 종종 그때를 생각하면 그립고 애잔합니다. 나에게 애정촌이란 내 젊은 심장을 숨겨 둔 곳입니다. 아마 나이가 들어 치매에 걸린다고 해도 제일 마지막까지 가지고 갈 추억입니다.

사실 애정촌 몰디브 마지막 밤, 카메라 없는 화장실에 가서 혼자 펑펑 울었습니다. 애정촌은 제게 '자각몽'이었습니다. 꿈인 걸 알았고 깨고 싶지 않지만 현실로 돌아가야 하는 …….

제게 짝은 …… 음 …… 터닝포인트!! 같네요~^^

애정촌 37기 여자4호 김미리 님

애정촌은 잊을 수 없는 아름다운 추억이에요.ㅋ 카메라가 따라다니니 연예인이라도 된 듯한 기분을 느낄 수 있었고 ㅎ 무엇보다 좋은 사람들과 합숙하며 참 좋은 시간이었어요. 지금 생각해 보면 딱 '달콤한 꿈'을 꾼 것 같아요^^

애정촌 37기 여자5호 최진이 님

애정촌은 인생의 축소판이라 생각합니다. 사랑과 우정 그리고 그에 따른 어두운 면까지 다시금 알게 해 준 곳. 그리고 단순히 이성을 만나는 기회가 아니라 지금까지의 인생을 돌아보게 하고 제2의 인생을 시작하게 해 준, 제 인생의 가장 큰 터닝포인트 중 하나라고 생각합니다. 애정촌 이후 많은 일들을 겪으며 상처도 받았지만, 무척이나 소중한 사람들을 알게 되었습니다.

애정촌 38기 남자4호 김은호 님

나에게 애정촌이란 음 …… 내가 어떤 사람인가를 (특히 이성에게) 객관적으로 정확하게 들여다보게 해 준 '연애 돋보기' 같은 느낌이었습니다.

애정촌 39기 남자5호 이동식 님

배낭여행. 갑갑할 것 같은 이성과의 만남이 진지하고 솔직할 수 있어서 좋았습니다. 허물없이 알아갈 수 있었어요.

애정촌 42기 남자5호 김명철 님

애정촌은 저에게 행복과 행운을 찾아 주는 파랑새와 같았습니다. 제 평생 잊지 못할 추억입니다. 많은 것을 배우고 느꼈습니다. 늘 그랬듯이 가슴으로 사람을 대하고 가슴으로 살 것입니다.

애정촌 43기 남자6호 곽민성 님

십이 년 만에 아이 엄마가 갑자기 느닷없이 절 찾아왔네요. 근데 밉지가 않더라고요. 아이도 무척 좋아하며 따르고, 좋은 관계로 진행 중입니다. 저에게 짝이란 인생 중반에 심은 씨앗 같습니다.

애정촌 43기 남자2호 서종철 님

애정촌이라는 이색적인 공간으로 여행을 떠났다가 꿈에서 깬 지 두 해가 지났네요. 그 꿈을 통해 저 자신이 이성에게 매력이 없는 사람이고, 이성에게 매력이 있는 사람이 되기 위해 노력해야 한다는 것을 깨달았습니다. 다시 애정촌에 갈 것인지 선택하라면 또 가고 싶은 곳이에요.

애정촌 44기 남자7호 강성훈 님

제게 애정촌이란 새로운 동반자를 만나게 해 준, 더없이 소중한 인연의 장소입니다. PD님을 비롯한 스태프 여러분 덕분에 짝을 맺은 여자 3호와 곧 결혼할 예정입니다. 결혼 날짜와 장소 등 청첩장이 나오는 대로 알려 드리겠습니다.

애정촌 45기 남자3호 기명관 님

좋은 추억이었고 좋은 사람들과 좋은 인연이 만들어 준 곳이고요! 제 인생에서 두 번 다시 경험할 수 없었던 곳이네요. 애정촌을 통해 정말 많은 변화가 생겼고, 자신감이 없었던 저에게 용기를 준 곳이에요. 저에게 애정촌은 한 번 더 가고 싶은 곳이네요! 아쉬움이 너무 많이 남은 것 같아요!!

애정촌 46기 남자1호 이병우 님

애정촌은 저에게 보고 싶은 친구와 같은 존재입니다. 잃었던, 잊고 살았던 순수한 옛 기억을 되찾게 해 준 고마운 곳이지요.

애정촌 46기 남자2호 안병찬 님

제 시선은 시청자이며 외로운 시간을 대리 만족하며 때론 함께하고 싶은 부러움의 대상이었습니다.

애정촌 46기 여자3호 서유정 님

닫혀 있던 내 안의 나와 만나는 계기를 마련해 준 시간이었어요. 남이 아닌 나를 스스로 평가하고 반성하는 방법을 알게 해주었죠. 일주일간 깨달은 것을 사회에 나와 계속 지켜 내려면 끈기와 노력과 고통도 따르지만, 그 시간이 없었더라면 ……. 이래도 인생은 살아지고 저래도 인생은 살아진다는 걸 이젠 알지만, 내 삶의 주체가 나란 걸 잊지 않으려 해요.

애정촌 46기 여자4호 윤혜경 님

저에게 애정촌은 백설공주 동화 속에 나오는 진실만 비추는 거울이었던 것 같아요. 진짜 제 모습을 본 기분이었어요. 제가 너무 비관적으로 생각하는 것일 수도 있지만, 제가 생각하는 것보다 스스로가 진실하지 못한 사람이라는 게 화나고, 슬프고, 짜증 나고, 싫고, 스스로에게 실망한다는 게 어떤 기분인지 그때 많이 느꼈던 거 같아요. 사람들은 부럽다지만 나 스스로 부족하다고 느끼니까 진짜 차가운 바닥을 기어가는 기분이랄까요? 작년엔 우울증도 겪었어요. 사람도 무섭고 나 자신도 싫고 슬프고 그랬던 거 같아요. 애정촌에 나온 사랑스러운 저 여자와 나는 다른 사람 같고. ^^ 그래도 사람으로 받은 상처는 사람으로 치료되는 것인지, 올해 초에 만난 남자친구 덕분에 다시 사랑을 믿고 싶게 됐어요.

애정촌 47기 여자3호 김고은 님

애정촌은 '관심촌'이다. 스스로를 관심을 두고 돌아볼 수 있는 곳, 주변 사람들이 따뜻한 관심으로 가득한 곳. 내게 애정촌은 무엇이냐고? 클라라의 시구 전과 시구 후이다.

애정촌 47기 여자4호 이채은 님

애정촌은 나를 돌아보게 한 거울, 나아가 소중한 사람들과의 연결고리 …… 인 듯합니다^^

애정촌 48기 여자1호 이정조 님

끝없이 펼쳐진 앞이 보이지 않는 안개 자욱한 길 그리고 그 길을 걷는 지독한 권태로움과 강박감. 목적도 희망도 없이 걷는 나그네에게 반딧불 한 마리가 왔습니다. 나그네 스스로 반딧불을 찾았지만 부름에 답해 와 준 것은 반딧불입니다. 그 빛은 잠깐이지만 치유의 빛이었고 사막에서의 물 한 모금이었습니다. 주저앉을 뻔했던 나그네를 다시 걷게 해 준 희망의 빛이었습니다. 저와 같은 길을 걷는 다른 나그네들도 있다는 걸 깨닫게 해 주었습니다. 그래서 혼자지만 외롭지 않게 꿋꿋이 걸어갈 힘을 주는 그런 희미하지만 절대 꺼지지 않는 빛이었습니다. 그리고 그 빛에 전 빚을 졌습니다. 잊지 않고 지금까지도 언제나 그 빛의 추억을 떠올리며 힘을 얻습니다. 애정촌은 제게 빛이었습니다.

애정촌 48기 남자2호 최훈민 님

이룰 수 없는 꿈은 슬프다고 합니다. 그래도 잠시나마 꿈꿀 수 있었다는 것에 감사합니다. 지금도 소중히 기억하고 있습니다. 애정촌은 제게 그런 곳입니다. 평생 잊지 못할 좋은 추억!

애정촌 48기 남자3호 성창규 님

애정촌은 요람과 같은 곳. 저에게 서른 살까지의 연애를 곱씹게 하고 진실한 '나'를 만나게 해 주었습니다. 이레 동안 남을 알아 가고 마음을 얻기 위해 동동거리는 동안 나라는 낯선 인물을 만나게 하고 날 당황스럽게 하고 후회하게 하고 결국 새로운 눈으로 다시 나에게만 맞는 그를 찾게 합니다.

애정촌 48기 여자4호 심희연 님

저에게 애정촌은 한 단어로 설명하자면 일본 영화 『배틀로얄』이었습니다. 제한된 시간, 제한된 장소, 제한된 인원이라는 세 가지 조건이 있고 그 안에 미션이 주어집니다. 모든 사람이 처음에는 마음에도 없고 장난처럼 느껴지다가 점차 자기도 모르게 그 미션을 수행하게 됩니다. 인간의 본질이 밖으로 표출되어 버리는 거죠. 처음엔 뚜렷한 목표의식 없이 그냥 촬영에 임했는데 어느새 게임의 룰에 적응하고 목적을 달성하려고 하는 저를 보면서 조금은 신기함을 느꼈습니다. '내가 이렇게 용기가 있었구나!' 하는 대견함도 느꼈지만 '내가 이래서 짝이 없었구나!' 하며 지나간 삶에 대한 후회도 들었습니다. 하지만 성격을 바꾸기에는 너무 늦은 나이라 있는 모습 그대로를 상대방에게 보여 주는 것, 그것이 가장 쉽게 사람의 마음을 사로잡는 방법인 듯합니다. 생각지도 못했던 자신의 내면과 단점을 새로 알고 나니, 방송 출연 후에 오히려 내면이 더 굳게 다져진 듯합니다. 어쨌든 저를 돌아볼 수 있는 가장 큰 사건이었다고 생각합니다.

애정촌 48기 남자6호 정태영 님

저에게 애정촌은 내 인생의 또 다른 집이라고나 할까요? ㅋㅋ 애정촌에서 사랑을 찾는 데는 실패했을지 모르지만 마음을 나눌 가족과 같은 친구, 형, 동생들을 만나면서 새로운 가족을 만난 듯하네요. 또 다른 건 내 애정사를 되돌아보게 되는 곳 …… 짧은 일주일이지만 내 평생 사랑하면서 성공하고 실패하는 모든 것을 다 느낄 수 있었던 좋은 시간을 주고 나 자신을 돌아보게 해준 그런 곳 ㅋㅋ 무슨 말을 하는지 저도 모르겠지만 애정촌은 제 인생에 가장 좋은 것이었습니다.

애정촌 48기 남자7호 백철진 님

애정촌은 나를 객관화 해주었던 계기였어요. 나 자신을 알게 해 주고, 더불어 자존감 성장!

애정촌 49기 여자1호 김혜진 님

내가 인생 노년의 생활을 하고 있을 때 손자 손녀가 "할아버지는 인생에서 가장 크게 기억에 남는 게 뭐예요?"라고 물어보면 "짝 애정촌이다"라고 얘기할 수 있을 정도로 내 인생에서 가장 큰 행운이었던 곳~^^

애정촌 50기 남자1호 이세영 님

제게 애정촌은 저의 잘못된 연애 패턴을 여실히 알려준 곳, 더불어 조건 만능주의에 찌든 현실과 대비된 판타지의 공간이었습니다. 어떤 사람의 인포메이션이 전혀 없는 상태로 사람을 있는 그대로 판단할 수 있기 때문이죠. 지금도 그 판타지의 곳이 가끔 그립습니다.

애정촌 50기 여자5호 김민정 님

애정촌이란 나 자신이 바뀌는 계기가 된 곳, 남을 배려하고 생각할 수 있었던 곳, 단기간에 사랑이란 걸 알게 해 준 곳. 폐지되어 너무 아쉬웠던 곳. 다시 한 번 더 나가보고 싶은 곳.

애정촌 52기 남자1호 하지수 님

인생의 전환점. 동굴 밖으로 나와 사람들과 소통하는 계기가 된 것 같아요.

애정촌 52기 남자3호 옥연욱 님

저를 객관적으로 볼 수 있었던 계기가 되었고 앞으로도 좋은 추억으로 남을 것 같아요.

애정촌 53기 여자1호 김규리 님

애정촌을 이렇게 요약하고 싶다.
다섯 글자로 하면, 뜻밖의 기회.

네 글자로 하면, 보물찾기.

세 글자로 하면, 53기

두 글자로 하면, 사랑

한 글자로 하면, "!"

애정촌 53기 여자2호 박은솔 님

애정은 결국 생존을 위함이라는 걸 깨닫게 해 준 곳. 애정에 있어서 어쩔 수 없는 선택과 고도의 집중이 필요하다는 것을 알게 해 준 곳. 애정을 욕망하며 애정에 절망하기도 한 '애증촌'. 그리고 애정촌 또한 삶을 여행하며 지나쳐 가는 수많은 행선지 중 하나라는 것. 욕망의 애정촌에서도 이루어지지 않은 인연은, 아무렇지 않은 듯 살다 보면 언젠가 나타나리란 걸 새삼 깨달은 추억의 그곳이었다는 거.

애정촌 53기 여자3호 신벼리 님

저에게 애정촌은 진짜 거짓말 하나도 안 보태고 가장 행복했던 장소이자 시간이었습니다. 6박 7일 동안 처음 보는 남녀가 모여 짝을 찾아가는 과정은 저에게 용기를 낼 기회를 만들어 주었고 무엇보다 '정말 이렇게까지 리얼일 수 있을까?'라는 생각을 했습니다. 첫 연애를 『짝』을 통해 하게 되어서 좋은 시간을 보냈습니다. 그로 인해 주위에 너무나 좋은 분들도 알게 되었고, 인생을 살아갈 자신감도 생겼습니다. 저는 예전부터 애정촌 애청자였고 또한 출연자였습니다. 『짝』은 저에게 가족과 같은 프로그램입니다. 애정촌 하면 생각나는 것은 바로 '최고의 행복! 최고의 경험!'입니다.

애정촌 53기 남자5호 박준규 님

내가 연애를 할 준비가 되어 있나를 확인시켜 준 추억의 장소였습니다. ^^

애정촌 53기 남자7호 김선수 님

나에게 애정촌이란 단어는 아주 특별합니다. 연애 한 번 못 해 본 내가 애정촌 생활을 통해 연애하게 되었고 그 연애가 많은 사람들의 축하 속에 결혼이라는 결실로 이어졌습니다. 만약 애정촌에 나가지 않았다면 지금 나는 어떤 모습일까요? 결혼은커녕 연애도 못 하고 있을 것 같다는 생각이 듭니다. 특수한 공간에서 특별한 추억이 있는 애정촌. 그래서 나에게 있어 애정촌이란 '행복'이라는 짧은 두 글자로 표현하고 싶습니다.

애정촌 54기 남자4호 임형준 님

애정촌은 '무인도에 남녀 둘만 있다면 무슨 일이 생길까?'와 같은 가상의 공간, 일주일이 칠십일처럼 느껴지는 시간의 방 같습니다. 저에게 애정촌은 서른세 살의 저란 사람을 가감 없이 쏟아붓고 내 속을 들여다보는 인생의 전환점이었습니다. 물론 인생의 짝을 만나게 된 계기가 되기도 했고요.

애정초 54기 남자5호 김정학 님

남자로서의 저를 다시 한 번 되돌아보고 찾아가는 과정이었습니다.

애정촌 55기 남자2호 강성욱 님

애정촌은 저에게 사랑이 무엇인지 그리고 인생이 무엇인지 생각하게 했습니다. 단지 마음이 끌린다는 어린 시절의 동경이 아닌 현실적인 의미에서 사랑과 결혼을 고민했습니다. 프로그램 제목이 왜 사랑, 연인, 결혼이 아닌 '짝'일까에 대해서도 많은 생각을 했습니다. 아마도 짝과 사랑은 어느 정도 다른 의미였기 때문이 아니었을까요?

애정촌 56기 남자1호 김종민 님

애정촌이란 곳을 한마디로 정의하긴 힘든 것 같습니다. 다만, 저에게는 지금껏 겪어 보지 못했던 다른 세상(사회)이었습니다. 또 만나 보지 못했던 사람들을 만날 수 있었고 겪어 보지 못한 일들을 겪으면서 새롭게 깨닫는 것들도 있었어요(그것이 인위적으로 만든 상황이었든, 우연히 일어난 일들이었든 말이죠). 가장 중요했던 것은 방송으로 나 자신을 보며 반성할 기회를 가진 것입니다. 나의 표정, 말투, 무의식적 습관까지도 ……. 하지만 사람은 쉽게 변하지 않는다고, 어쩌면 저는 지금도 그전처럼 살아가고 있는지도 모릅니다. 틈틈이 그날들을 생각하며 노력은 하겠지만요. 애정촌이 그저 연애나 사랑만을 목적으로 존재하지는 않았던 것 같아요.

애정촌 57기 여자1호 손재희 님

저는 솔직히 애정촌에 다녀온 후로 사랑에는 의리와 같은 우정이 있어야 한다고 느꼈어요. 사람들이 사랑을 품고 애정촌으로 들어가지만, 나올 땐 우정도 가지고 나오잖아요. 어떻게 보면 인연을 만나러 갔다가 우정을 만들 수 있는 곳이었어요. 깨지는 커플들을 보면서, 시작할 때는 사랑으로 만나도 우정과 비슷한 의리가 있어야 오래가더군요. 사랑에도 의리가 필요합니다. 의리!!! 애정촌은 사랑뿐만 아니라 우정도 있는 곳입니다.

애정촌 57기 여자3호 박혜은 님

애정촌은 양파였다. 나에게 애정촌은 맛있는 재료이자 썰수록 매운 양파였다.

애정촌 56기 여자2호 박현정 님

저에게 애정촌은 특별하고 아쉬운 추억이며, 없어진 모교처럼 안타까운 대상입니다.

애정촌 57기 남자4호 조형선 님

애정촌은 야구다. 9회 말 2아웃부터니까. 끝날 때까지는 끝난 게 아니다. 애정촌은 내 삶에서 터닝포인트(전환점)가 된 곳이며 한여름 밤의 꿈이 펼쳐진 곳이다. 어느 누구를 만나든 그곳에서 있었던 일들을 자유롭게 스토리텔링 할 수 있을 것 같다.

애정촌 57기 남자7호 최기석 님

나에게 애성촌은 새로운 삶을 준 소중한 곳입니다. 힘들게 얻은 사랑을 쉽게 잃어버리고 누군가를 원망하며 삶을 허비하며 살았지만 애정촌에서 새로운 사랑을 만나 가족과 삶의 소중함을 느꼈던 곳입니다.

애정촌 58기 남자1호 박지훈 님

SBS 짝 피디가
출연자 677명을 통해 본
남자 여자 그리고
인간

나도
『짝』을 찾고
싶다

초판 1쇄 찍음	2014년 12월 5일
초판 1쇄 펴냄	2014년 12월 10일

지은이	남규홍
펴낸이	정용수
펴낸곳	도서출판 예문사

박지원이 편집장을, 김은혜가 편집을, 이근정이 교정을,
최진영이 그림을, PL13이 표지와 내지 꾸밈을 맡다.

출판등록	1993. 2. 19. 제11-76호
주소	경기도 파주시 직지길 460(출판도시) 도서출판 예문사
대표전화	031-955-0550
대표팩스	031-955-0605
이메일	yms1993@chol.com
홈페이지	http://www.yeamoonsa.com
단행본 사업부 블로그	http://blog.naver.com/yeamoonsa3

ISBN	978-89-274-1155-0 03810

*   이 도서의 국립중앙도서관 출판예정도서목록(CIP)은 서지정보유통지원시
스템 홈페이지(http://seoji.nl.go.kr)와 국가자료공동목록시스템(http://www.nl.go.kr/kolisnet)
에서 이용하실 수 있습니다. (CIP제어번호 : CIP2014033229)

*   책값은 뒤표지에 있습니다. 잘못된 책은 구입하신 곳에서 바꿔드립니다.